響け! ユーフォニアム

北宇治高校吹奏楽部、決意の最終楽章 前編

武田綾乃

宝島社文庫

宝島社

目次

おもな登場人物

〈低音パート〉

黄前　久美子　三年生。ユーフォニアム。部長を務める。
黒江　真由　三年生。ユーフォニアム。福岡の強豪校から転校してきた。
加藤　葉月　三年生。チューバ。一年生指導係を務める。
川島　緑輝　三年生。コントラバス。低音パートリーダー。強豪校出身。自分のことを緑と呼ばせている。
久石　奏　二年生。ユーフォニアム。小悪魔的な性格。
鈴木　さつき　二年生。チューバ。あだ名はさっちゃん。
鈴木　美玲　二年生。チューバ。あだ名はみっちゃん。
月永　求　二年生。コントラバス。龍聖学園出身。
針谷　佳穂　一年生。ユーフォニアム。中学時代は漫画部。
上石　弥生　一年生。チューバ。バンダナがトレードマーク。
釜屋　すずめ　一年生。チューバ。つばめの妹。

〈トランペットパート〉

高坂　麗奈　三年生。トランペット。久美子の親友。ドラムメジャーを務める。
小日向　夢　二年生。トランペット。実力者だが、引っ込み思案な性格。

〔その他〕

塚本　秀一　三年生。トロンボーン。久美子の幼馴染み。副部長を務める。
井上　順菜　三年生。パーカッションのパートリーダーを務める。
釜屋　つばめ　三年生。パーカッション。一年生のすずめの姉。
剣崎　梨々花　二年生。オーボエ。葉月とともに一年生指導係を務める。
義井　沙里　一年生。クラリネット。あだ名はサリー。

田中　あすか　卒業生。ユーフォニアム。久美子が一年生のときの副部長。
吉川　優子　卒業生。トランペット。久美子が二年生のときの部長。
中川　夏紀　卒業生。ユーフォニアム。久美子が二年生のときの副部長。

滝　昇　北宇治高校吹奏楽部のイケメン顧問。厳しくも愛がある。
松本　美知恵　吹奏楽部の副顧問。あだ名は軍曹先生。
橋本　真博　外部の指導者。専門はパーカッション。
新山　聡美　外部の指導者。専門はフルート。木管を指導する。

響け！　ユーフォニアム
北宇治高校吹奏楽部、決意の最終楽章
前編

プロローグ

　職員室の窓からは一本の桜の木が見える。中庭に生えるそれは、かつての生徒たちが卒業記念に植えたものだ。樹齢は七年。人間であれば小学生になる年頃だが、すでにどっしりと地面に根を張り、花弁で着飾った枝を空に向かって伸ばしている。

「今年もまたこの時期がやってきましたね」

「そうですね。一年があっという間で驚きます」

　近づいてきた教頭に、私は微《かす》かに笑みを浮かべてみせる。与えられた自分の机の上には、楽譜の束や部員名簿が積まれていた。端に置かれた写真立てのなかでは、学生時代の友人たちが笑っている。自分を含め、写る四人の姿はいまよりずっと若い。

「先生が北宇治《きたうじ》に来て、とうとう三年目ですか。いろいろと感慨深いんじゃないですか？」

「いまはそれどころじゃないですけど、卒業の時期になったら寂しくなるかもしれないですね。一年生のころから知ってる子たちも、もう立派に最高学年ですから」

「確かに、四月はバタバタしていてしんみりしている暇なんてなさそうですね。とくに吹奏楽部はいろいろと大活躍ですし」

「新入部員を勧誘しようと、部員たちもあの手この手を使っているようですから。今日の演奏会も勧誘のためのものですしね」

ちら、と手元の腕時計に視線を落とす。新入生歓迎コンサートの開始まで、残り十分を切っている。

「じゃあ先生もそろそろ体育館に移動する頃合いですね。お忙しいときに話しかけてしまって」

「いえいえ、大丈夫です」

「今年も応援していますからね。頑張ってください」

当たり前のように告げられた応援の言葉に、一瞬だけ息が詰まる。かつては煙たがられることも多かった吹奏楽部の活動がここまで受け入れられるようになったのは、これまでの実績が大きく影響しているのかもしれない。

両手をあけたまま、私は席を立ち上がった。廊下に出ると、学生服に身を包んだ生徒たちがこちらに挨拶してくる。ケラケラとはしゃぐような笑い声が人けのない空間に響いていた。懐かしい、と私はとっさに目を細める。学生時代の自分も、教師からはこんなふうに見えていたのだろうか。

掲示板には、吹奏楽部の演奏会のポスターが貼られている。部員の一人が描いてくれたもので、『音を楽しめ！』というスローガンが堂々と書かれている。『新入部員歓迎！』の文字は力を入れすぎたせいか、小さくインク染みができていた。

今年も春が来た。そう、ふとした瞬間に実感する。薄桃色の花弁が散る空間を、生徒たちが駆けていく。陽《ひ》だまりに染まる春風を吸い込み、私は部員たちのいる体育館へと足を踏み出した。

これは、北宇治高校吹奏楽部の物語だ。

一　あの子のユーフォニアム

【北宇治幹部ノート】

四月　第一水曜日　　　　　　　　担当者　黄前久美子《おうまえくみこ》

三人だから意思疎通を図るために交換ノートでも書いとけって優子《ゆうこ》先輩に言われたけど、なんかこういうのっていまさら感があって少し照れちゃうね。ドラムメジャーは去年までなあなあの扱いだったから、今年はそこらへんの線引きもしないとだね。部長・副部長が人間関係のフォローはして、ドラムメジャーが音楽の指導だけに専念できるような環境を用意したいなぁと思ってます。一年間、頑張っていきましょう！

コメント

目指せ、部員百人！（塚本《つかもと》）

多けりゃいいってもんでもないでしょ。（高坂《こうさか》）

＊

こつん、と薄桃色の爪先が机の表面を軽く弾《はじ》いた。伏せられていた麗奈《れいな》の長い睫毛《まつげ》が、わずかに持ち上がるのがわかる。「久美子」と彼女の唇が声を紡ぐ。芯のある、透き通った声だった。

「ミーティング、始めないの？　もう二分も過ぎてるけど」

急《せ》かすように言われて、久美子は慌てて音楽室に集まる部員たちの顔を見回した。三年生になって初めての登校日、その記念すべき一日目。本来ならばクラス替えの結果に一喜一憂しているはずの時間帯に、久美子たち北宇治高校吹奏楽部の三年生部員たちは一堂に会していた。

「あ、じゃあ、三年生会議始めます」

慌てて席を立ち、ピアノの前に進み出る。黄前久美子。手元にある部員名簿のいちばん上に、その名前は記載されていた。隣の欄には『部長』の二文字が堂々と並んでいる。

久美子の後ろに並ぶのは、副部長である塚本秀一《しゅういち》とドラムメジャーである高坂麗奈だ。三人をひっくるめて、幹部と呼ぶ部員も多い。

「まずは今後の予定です。プリント配布するので確認してください」

久美子の指示に、秀一がプリントを列ごとに配っていく。詰襟の学生服は一年生のころは少し大きかったようだが、三年目ともなるとしっかりと彼の身体《からだ》に馴染《なじ》んでいた。

トロンボーン担当の秀一は、久美子の幼馴染みだ。高校生活のなかでいろいろと関係が変わったりもしたが、現在は幼馴染みという呼び名が二人の関係性を言い表すのにもっとも適切な表現だろう。

配り終えたという秀一の報告を受け、久美子は一歩前に出る。

「今日は今後についての確認をざっくりとやります。えっと、今日から新学期ということで、吹奏楽部もいろいろと忙しくなります。四月は校外での演奏会が二件と、あとは新入生歓迎コンサートが予定されてます。曲のほうもそろそろ決まるので、決定次第パートリーダーから各パートに渡してください」

「はい」

「あと、今週の木曜日から一週間、一年生の部活体験期間が始まります。無理な勧誘はダメだけど、興味がありそうな子には積極的に声をかけてあげてください。正式な楽器は入部日に決めますが、実力のある子やマイ楽器を持っている子は優先的にそのパートに配属します。各パートの希望人数も把握しておきたいので、楽器の数を確認して私まで伝えてください」

「次に、ドラムメジャーからの連絡です」

そう言って久美子の隣に立ち並んだのは、麗奈だった。彼女と久美子は中学が一緒だったが、親しくなったのは高校に進学してからだ。頭脳明晰《めいせき》、容姿端麗。まさに才色兼備という四字熟語がふさわしい美少女だ。

麗奈が担当するドラムメジャーという役職は、一般的にはバンドが歩きながら演奏する際の指揮者のことを指す。北宇治では生徒間の指導もこの役職が兼ねており、基礎合奏などの指揮は彼女が行う。

「今年から基礎合奏の練習メニューを一新したので、そちらの楽譜も明日の放課後練習時に配ります。パートリーダーの人は取りに来るよう、お願いします。初心者用の練習メニューも用意していますので、もしも体験入部の期間から熱心に練習したがる初心者の子がいたらそれを渡してあげてください」

はい、と再び部員たちがそろって返事を寄越《よこ》す。「ほかに何かあったっけ?」と首を傾《かし》げた久美子に、秀一と麗奈は首を横に振った。

「それでは、以上で朝のミーティングは終わります。ありがとうございました」

「ありがとうございました」

お決まりの挨拶のあとは自由時間だ。音楽室に残って雑談する者もいれば、早々に教室へ戻る者もいる。久美子は両腕を上へ向かって突き出すと、そのまま大きく伸びをした。

週に一度、平日の月曜日の朝に、この三年生ミーティングは行われる。

「今日のミーティング、集まる意味あった？　べつに放課後にやりゃよかった気もすんねんけど」

欠伸《あくび》を噛《か》み殺す秀一に、麗奈が冷めた目を向ける。

「意味あったでしょ。伝達事項もあるんやから」

「まあ、高坂が言うならそうなんかもしれんけど。朝ってどうしても眠いから、集中力落ちるねんなぁ」

頬をかく秀一に、麗奈がこれみよがしにため息をついている。この二人は相性がいいんだか悪いんだか、よくわからない。ピアノの上でプリントの束をそろえ、久美子は二人に向き合った。

「まあ、せっかくみんなで月曜に集まろうって決めたわけだから、しばらくは続けようよ。月曜に早起きする習慣をつけるってのもいいことだと思うしね」

「それは確かに」

うなずく秀一の肩越しに、一枚の写真が見える。白い額縁に収まっているのは、去年の吹奏楽コンクール関西大会の集合写真だ。部長が手にしている賞状には『金賞』

の二文字が躍っていた。

　京都府立北宇治高校は宇治市にある公立高校だ。学力は中の上。実績のある部活があるわけでもなく、これと言って目立った特徴もない。そんな北宇治に音楽教師である滝昇《たきのぼる》がやってきたのが二年前、久美子が一年生のころだった。吹奏楽部の顧問となった滝は指導に優れた手腕を発揮し、赴任一年目にして北宇治を全国大会出場へと導いた。その翌年は惜しくも全国出場を逃したが、北宇治が吹奏楽強豪校であるという評価は揺るぎないものとなっていた。

「今年、何人くらい部員入ると思う？」

　久美子の問いに、秀一はうなるような声を上げた。

「うーん、いまが何人やっけ？」

「三年生が二十八人で、二年生が四十三人」

　答えたのは麗奈だった。「じゃあ二、三年合わせただけで五十五人超えとるんやな」

と秀一がしみじみとつぶやく。

「すでに七十一人でしょ？　大所帯だよね、ほかの部活に比べて」

「量より質が大事って思うけど、アタシとしては。楽器の数も考えなあかんし」

「あー、新入部員増えすぎたら足りんかもしれんなぁ。やっぱマイ楽器優先で人数振らんときついやろな」

「一年生だけ少なくなっちゃう可能性もあるんじゃない？　十人くらいしか新入部員が来ない、みたいな」

「またそういうネガティブなこと言う」

麗奈が呆《あき》れたように言った。「可能性の話だよ」と久美子は慌ててつけ足す。

「それより二人とも、そろそろ時間やばいんちゃう？」

時計を見ると、始業まで残り五分を切っていた。音楽室に残っていた部員を追い出し、久美子は扉を施錠する。

「秀一も麗奈も先に教室行ってて。私、職員室に鍵返しに行くから」

了解、と応じた秀一はすでに駆け出していた。薄情なやつだ。その背中を追いかけ、久美子と麗奈は小走りに廊下を歩く。

「麗奈は今年も七組？」

「進学クラスは三年間同じメンバーやしね。ドキドキ感ないのが残念。久美子は今年、何組なん？」

「さあ？　まだ見てないからわかんない」

「今年も緑《みどり》ちゃんたちと一緒になるとええね」

「まあね。友達がいると心強いし」

「それに、同じクラスやったら修学旅行も一緒に回れるし」

「あー、それは確かに。っていうか、修学旅行ってどこだっけ？」

「東京」

「えー、友達の学校は海外なのに。せめて国内でも沖縄とか行きたかったなぁ」

「国会議事堂見るらしいけど。噂《うわさ》によると」

「つまんなそー」

思わず顔をしかめた久美子に、麗奈はぱちりとひとつ瞬《まばた》きを落とす。

「そう？　アタシは楽しみやけど」

澄ました態度で告げる彼女の横顔は、いつものごとく美しかった。

階段に差しかかり、麗奈とはそこで別れた。職員室は一階で、三年生の教室は三階だ。雑談する生徒たちの傍らをすり抜け、久美子は職員室の扉をノックした。

「失礼します」

扉を開けた途端、乾燥した空気が室内から染み出してきた。漂うコーヒーの香りに、印刷したてのインクの匂い。多くの気配が雑多に入り混じった空間は、久美子を少しだけ緊張させる。

「あの、滝先生、鍵を返しに来ました」

声をかけると、パーテーションの奥から滝がひょっこりと顔をのぞかせた。

さらさらの黒髪に、爽やかな微笑を浮かべる口元。女子生徒からの「イケメン」という評判どおり、滝昇はずいぶんと整った見た目をしている。だが、吹奏楽部員のあいだでは「イケメン」の後ろに「鬼畜」やら「悪魔」やらといった不穏な文字がつけ足されるのが常だ。弱小であった吹奏楽部を全国へ導いただけあり、滝の指導はなかなかにスパルタだった。

「おや、黄前さん。ずいぶんとギリギリですね。ミーティングが長引きましたか？」

「全然そうじゃないんですけど、少し話し込んでしまって」

差し出された滝の手の上に、音楽室の鍵をそっと置く。彼の指は白くほっそりとしているが、関節の辺りは少し角ばっている。

「黄前、まだここにいたのか」

投げかけられた声の方向に顔を向けると、松本美知恵《まつもとみちえ》が仁王立ちでこちらを見ていた。滝と同じく音楽教師である彼女は、吹奏楽部の副顧問でもある。一年生、二年生のときの久美子の担任で、その厳しい言動から「軍曹先生」というあだ名までつけられていた。

「あ、おはようございます」

「早く教室に行け。クラスはもう確認したのか」

「それがまだなんです」

「じゃあ、三年三組だ。三組の教室に行け」

「それってもしかして、」

今年も彼女が担任だということだろうか。声に出すのはこらえたはずなのに、美知恵は鷹揚《おうよう》に首を縦に振った。

「そうだ。今年もよろしく頼む」

「こ、こちらこそよろしくお願いします」

その場で頭を下げた久美子に、美知恵は満足そうに目を細めた。白髪の入り交じる黒髪が蛍光灯の光を浴びてきらめいている。その奥で、セーラー服のスカートの裾が微かに揺れたのが視界に映った。

こんな時刻だというのに、まだ職員室に残っている生徒がいるらしい。自分の存在を棚に上げ、久美子は好奇心のままにパーテーションの奥をのぞき込もうとした――が、「遅刻するぞ」という美知恵の忠告が一連の動作を遮った。

刷り込まれた習慣のせいか、久美子は反射的に姿勢を正した。流れを見ていた滝が、おかしそうに口元を緩める。

「松本先生の言うとおり、そろそろ行かないと本当に遅刻してしまいますよ」

「うわっ、本当ですね。それじゃあ失礼します」

時計を見上げると、残された時間は二分しかない。三階まで駆け上がらねばならないことを考えるとうんざりするが、重い楽器を持つ必要がないだけましだろう。久美子は職員室の扉を閉めると、注意を受けない程度の早足で自身の教室へと向かった。

三年三組。そこは、これまでも低音パートの練習場所として使用してきた教室だった。


「ぎりぎりセーフ！」

扉を開けた途端、教室の奥からこちらをからかう声が響いた。窓側の席から手を振っているのは、ずいぶんと馴染みのあるメンバーだ。

「よかったー。今年も葉月《はづき》たちと一緒か」

「三年連続で一緒って、すごない？　運命やで運命」

そう言って自分の台詞《せりふ》のキザさに笑っているのは、加藤《かとう》葉月だ。日に焼けた健康的な肌に、溌溂《はつらつ》とした言動。中学時代はテニス部に所属していた彼女は、高校に進学したのを機に吹奏楽部に入部した。

「確かに、これはもう運命かもしれへんね」

と、葉月の言葉に本気で同意を示しているのは、川島《かわしま》緑輝だった。ちなみに、名前は緑に輝くと書いて「サファイア」と読む。小動物のような雰囲気の彼女がそう名乗ることに違和感はあまりないのだが、本人は自分の名前が嫌いらしく、周囲に「緑」

と呼ぶように訴えている。吹奏楽の超強豪、聖女《せいじょ》中等学園出身だ。

「葉月も緑も同じクラス？　できすぎじゃない？」

鞄《かばん》を机の上に置くと、どさりと鈍い音がした。教科書の重みのせいだ。葉月は机から身を乗り出すと、上半身をひねるようにして後ろを指差した。

「緑だけじゃなくて、つばめも」

「あ、ドーモ」

ぺこりと軽く会釈したのは、釜屋《かまや》つばめだった。大ぶりの丸眼鏡と気弱そうに垂れ下がる眉が特徴だ。ドラムがやりたくて吹奏楽部に入部したが、手と足が一緒に動いてしまうというのを理由に断念。現在は木琴、鉄琴といった鍵盤打楽器のスペシャリストとしてその腕前を認められている。

「っていうか、このクラス、吹奏楽部員多くない？」

席に座って周囲を見渡すと、ほかにも四人ほど部員がいた。「そうかなぁ」と、つばめが軽く首を傾げる。その後ろの後ろ、緑輝の次の席はいまだに空白だった。

「あれ、緑の後ろの子ってまだ来てないの？」

「そうやねん。名前も知らん子やったから、誰やろなぁってさっきみんなでしゃべっててん」

葉月の言葉に、緑輝とつばめがうなずいた。北宇治の一学年の生徒数は二百人を超えるため、名前を知らない人間がいてもおかしくはない。

「どんな子なんやろね」

「遅刻すれすれってことは、おっちょこちょいやな」

そう葉月が笑ったのと同じタイミングで、スピーカーから始業を告げるベルの音が響いた。すりガラスに映る人影に、学生たちは一斉に背筋を正す。三年目ともなるとどの生徒も美知恵の厳しさを理解していた。

ガラガラと大きな音を立てて扉が開く。出席表を小脇に抱え、美知恵は軽快な足取りで教卓へと近づいた。うへぇ、と後ろから男子生徒の情けない声が聞こえる。おそらく緊張感に耐えられなくなったのだろう。

教卓に手をつき、美知恵がゆっくりと口を開いた。

「おはよう」

「おはようございます」

その場にいた吹奏楽部員が反射的に挨拶を返す。それに釣られるように、ほかの生徒たちの口からも挨拶の声が次々に漏れた。

「三年三組の担任となった、松本美知恵だ。音楽を担当している。この学年は一年生のころから受け持っていたから、連続で担任になった生徒もいるだろう」

ちら、と美知恵の視線がこちらに向けられた気がした。丸まりかけた背中を慌てて反《そ》らす。

「高校生活、最後の一年だ。これからお前たちは大きな選択を迫られるだろう。自分が何者か。そして、何者でありたいのか。他者の声も大事だが、まずは自分の本音にきちんと向き合え。時間は誰にとっても平等で、だからこそ恐ろしい。現実から逃げようが、現実に向き合おうが、どのように生きても一年という時間は過ぎる。私たち教師はお前たちのサポートを全力で行うつもりだが、どう生きるかを決めるのはお前たち自身だ。悔いのない一年を過ごせ。いいな」

「はい！」

最後の一年。その言葉は質量を持って久美子の胃の底に落ちてきた。わかってはいたものの、教師の口から告げられると重みがある。

神妙な面持ちとなった生徒たちを見回し、美知恵は軽く顎を引いた。

「では次に、転入生を紹介する」

真面目な空気から一変、室内の空気に興奮が混じった。

おそらく、先ほど話していた緑輝の後ろの席の生徒だろう。小学生のころは周りで転校・転入する子もときおり存在したし、かく言う久美子も小学三年生のときに東京から京都へやってきた口だ。しかし高校生で、しかも三年生のこの時期に転入とは珍しい。

「どんな子やろな」

後ろの席に座る葉月が、身を乗り出して言った。

美知恵が廊下に向かって呼びかける。

「黒江《くろえ》、入れ」

はい、と聞こえた声は柔らかな響きをまとっていた。扉から現れる、真っさらな上履き。黒のハイソックスに包まれた脚は、ほのかに曲線を描いていた。柔らかそうな皮膚に沿って視線を上げていく。膝丈のスカート、紺色のセーラー服。伸びる髪は胸元にかかり、緩く波打っている。柔らかそうな唇を微かに緩め、少女は言った。

「黒江真由《まゆ》です」

緊張しているのか、その頬はうっすらと赤く色づいている。大きめの双眸《そうぼう》はやや垂れ気味で、唇は少し厚みがある。麗奈のような派手さはないが、相手に緊張感を持たせない絶妙な顔立ちの美少女だ。地味さと可愛らしさがいい塩梅《あんばい》で溶け合っている。

「えっと、前までは福岡に住んでいたんですが、親の都合でこっちへ引っ越してきました。三年生になって転校ってことで友達とかも全然いなくて心配してたんですが、仲良くしてもらえるとうれしいです。よろしくお願いします」

お辞儀をした真由に、皆で拍手を送る。美知恵に促されて、真由は緑輝の後ろの席へと移動した。

「それでは、次に出席を確認する。名を呼ばれたら返事をしろ。——井上春樹《いのうえはるき》」

名前を一人ずつ読み上げられ、生徒はそれに応じる。毎年恒例の行事だ。

机の上で丸めた手を、久美子は強く握り締めた。

「黄前久美子」

「はい！」

こうして、久美子の一年は始まった。北宇治高校での、最後の一年が。


休み時間になり、転入生である真由のもとへ真っ先に近づいていったのは葉月だった。

「うちさ、加藤葉月って言うの。こっちにいるのは釜屋つばめ。気軽につばめって呼んでくれていいから」

なぜそれを葉月が言うのだろう。紹介のたびに抱く疑問だが、この明るさに救われている人間は多い。現に、つばめはほっとした顔でペコペコと会釈を繰り返している。

「葉月ちゃんにつばめちゃんね。うん、覚えた」

「はいはいはい！　緑のことも覚えてほしいなぁ」

「あぁ、さっき緑輝《さふぁいあ》って呼ばれてた……」

「その呼び方は禁止ね！　緑のことは緑って呼んで」

にっこりと笑う緑輝に、真由は少し気圧《けお》されている。取り囲まれて迷惑だろうかと久美子が尻込みしていると、強引に葉月に腕をつかまれた。

「で、ここで恥ずかしがってるのが黄前久美子。こう見えて、吹奏楽部の部長やねんで」

「こう見えてってことはないでしょ」

「だって、端のほうでもじもじしてるんやもん。部長としては文句なしやけどね」

いきなり褒められ、久美子は照れ隠しに頬をかいた。真由が微かに首を傾げる。

「久美子ちゃん、吹奏楽部の部長さんなの？」

「あぁ、うん。ここにいるメンバーはみんな吹部だよ」

「そうなんだ。私も福岡にいるとき、吹奏楽部だったんだよね。知ってるかな、清良《せいら》女子高校って学校だったんだけど」

「清良女子！」

名前が出た瞬間、真っ先に緑輝が食いついた。真由の机に両手をつき、勢いのあまり前のめりになる。

「清良女子高校といえば、福岡の超強豪校！　華やかな音が魅力で、ＣＤを出すくらい大人気の学校やねんで。去年も全国大会で金賞取ってたし」

「そういえば、清良女子ってうちらが一年のときに駅ビルコンサート来てたやんな？

ほら、京都駅で立華《りっか》とかとやったやつ」

葉月の問いに、つばめは「そうやっけ？」とのんびりとつぶやいた。

「緑はちゃんと覚えてるで。清良女子が『マードックからの最後の手紙』を演奏して、葉月ちゃんが感動して泣いちゃったときの話やろ？」

「いやいや、うちが泣いた情報はいらんやろ」

顔を赤らめた葉月があたふたと腕を振る。周囲が笑ったのに釣られるように、真由は静かに肩を揺らした。

「よかった。昨日まで友達ができるか不安だったんだけど、こうやって同じクラスに話せる子ができて」

「真由ちゃんは北宇治でも吹奏楽部に入るつもりなの？」

久美子がそう尋ねたのは単純な好奇心からではなく、三年生部員が入部してくる場合の手続きを調べておこうと思ったからだ。途中入部という形だろうと、部員が増えるというのは喜ばしい。

「うーん、少し悩んでるんだ。三年生から部活に入って、ほかの子の迷惑になったりしないかなって」

「しいひんよ！　緑、新しい友達が増えたらうれしいもん」

はっきりと言いきる緑輝のまっすぐさが好ましい。「そりゃそうやな」と葉月が同意を示す。

「無理強いはせんけど、もし入りたいなら全然遠慮せんでええと思うで。うちらもおるわけやし」

「わ、私も、真由ちゃんと仲良くなれたらうれしい」

珍しくつばめが語気を強めた。真由が久美子の顔を見上げる。

「みんながそこまで言ってくれるんだったら、前向きに考えてみるね。実際に入部しようって思ったら、どうしたらいいの？　時期とか見たほうがいい？」

「んー、詳しくはあとで確認しておくけど、途中入部だったらとくに時期の決まりはないよ。一年生の入部のタイミングに合わせたほうが気は楽かもしれないね。このクラスの担任の美知恵先生は吹奏楽部の副顧問だから、先生に入部届をもらって再来週の入部日のタイミングで音楽室に来るって形でも大丈夫だと思うよ。楽器の割り振りとか、その日に決める予定だから」

「楽器の割り振り……そっか、希望どおりの楽器になれるって決まってるわけじゃないんだね」

「いちおう経験者は優先的に割り振るようにはしてるけどね。あとはマイ楽器の子も」

「そこらへんは前の学校と同じだから大丈夫。いろいろとありがとう。助かるよ」

真由の声は穏やかで、聞いていて心地よい。三年生で転入となると大変なことも多いだろうに、彼女はひどく落ち着いていた。こうした状況にずいぶんと慣れているように見える。

「真由ちゃん、福岡から来たのにあんまり方言ないんやね」

同じことを察したのか、緑輝が指摘する。真由は机の上に両手をそろえたまま、控えめな口調で応じた。

「福岡で生まれ育ったってわけじゃなくて、親が転勤の多い仕事だからそれに合わせて引っ越しを繰り返してただけなの。高校二年間は福岡にいたけど、その前は北海道だったし。あとは秋田、群馬、東京、静岡、和歌山、山口……辺りは住んだことがあるかな。両親が標準語で話すから、私もあんまり方言は身につかなくて」

「えー、でも二年もおったんやったら、真由もちょっとは博多弁とかしゃべれるんとちゃうん？　聞きたい聞きたい」

「葉月ちゃん、めっちゃ図々《ずうずう》しいお願いやね」

「緑は聞きたくないん？」

「もちろん聞きたい！」

聞きたいのかよ、と久美子は心のなかだけで突っ込みを入れる。葉月と緑輝の奔放な会話にも、三年目ともなるとすっかり慣れた。

「うーん、方言……」

二人の無茶ぶりに、真由はふつりと黙り込んだ。

「嫌なら断っていいんだよ」と久美子がフォローしようとした矢先、真由はちらりと上目遣いにこちらを見た。はにかみながら、彼女は言う。

「あんたんこと、好いとーよ？」

どきゅーん、と効果音を自分で叫びながら、葉月は胸を押さえてうずくまった。緑輝も興奮したようにその場で飛び跳ねている。

「可愛い！　もしかして真由ちゃん、そうやって男の子に告白したことあるん？」

「あるわけないよ。これは前の高校の友達に教えてもらっただけ」

ふふ、と笑みをこぼす真由に、久美子も少しときめいた。緑輝や二年生の奏《かなで》とは違ったベクトルの可愛さだ。もしも熱狂的な後輩ができたら、「真由先輩マジ天使《エンジェル》！」なんて叫ぶようになるかもしれない。

「真由ちゃんって、前の学校でも友達多かったでしょう？」

久美子の問いに、「そんなことないよ」と真由は謙遜した。

「私、あんまり前に前にって性格じゃないから、誰かに話しかけてもらえないと上手《うま》くしゃべれないんだ」

「あ、じゃあ、もしよかったら私、学校のなかとか案内しようか？」

そう言って控えめに手を上げたのは、つばめだった。真ん丸の眼鏡レンズの奥で、その瞳がぱちぱちと瞬いている。「いいの？」と真由がうれしそうに声を弾ませた。

この二人、並んでいるところを見るとなんとなく醸し出す雰囲気が似通っている気がする。穏やかな性格のせいだろうか。

「なんや知らんけど、二人が仲良くなれそうでよかった」

葉月がほっとしたように言う。「ほんまによかったね」と緑輝も屈託のない笑顔を見せた。

吹奏楽部の放課後練習は、それぞれパートごとに指定された場所で行われる。久美子の担当するユーフォニアム、葉月の担当するチューバ、緑輝の担当するコントラバスは、ひとまとめにされて低音パートと呼ばれている。この低音パートの練習場所は三年三組。音楽室にもっとも近い場所にある教室だ。

「授業が終わっても慌てて移動せんでええし、三組でよかったわぁ」

スクールバッグを机にのせ、葉月はホクホクとご満悦そうである。久美子は立ち上がり、閉まっていたカーテンを少しだけ引き開けた。日が差し、教室の四分の一が白い光に覆われる。

「こんにちはー」

ガラガラと音を立てながら扉を開けたのは、二年生の鈴木《すずき》さつきだった。高い位置でふたつに束ねた髪型は、高校生にしてはやや子供っぽいが、童顔のさつきによく似合っている。小さな背丈に見合わず、彼女は中学時代からチューバひと筋だ。

「先輩たち、早いんですね」

さつきの後ろから姿を現したのは、同じく二年生の鈴木美玲《みれい》だ。さつきとは対照的に、大人びた雰囲気をしている。二人は同じ名字であることから『W鈴木』と呼ばれていた。

「うちら、三組やったから移動せんでよくてさ。さっちゃんみっちゃんはクラスどうやったん？」

葉月が口にした呼称は二人のあだ名で、低音パート内ではすっかり定着している。さつきが『さっちゃん』で、美玲が『みっちゃん』だ。

「それが、別々やったんですぅ。私、みっちゃんと同じクラスがよかったのに！」

ひしとさつきが美玲に抱き着くが、当の本人は表情ひとつ変えない。

「さつきは二組で私は五組でした。私は求《もとむ》と同じクラスです」

「求くんと？」

緑輝が聞き返したのと、再び扉が開く音がしたのはまったく同じタイミングだった。布製のコントラバスカバーを抱えた美少年は、一年生の月永《つきなが》求。愛想はよくないが、緑輝の前になると途端に従順になる。緑輝と求の関係性を言い表すならば、師匠と弟子だ。求は緑輝の通っていた聖女学園の系列校である龍聖《りゅうせい》学園の中等部に通っていた。本人は頑《かたく》なに秘密にしているが、龍聖学園高等部の吹奏楽部特別顧問、月永源一郎《げんいちろう》の孫でもある。

「なんの話です?」

日の当たらない場所にコントラバスを置き、求が微かに首を傾げる。美玲が答えた。

「アンタと私が同じクラスになったたって話」

「あぁ、新学期だからか。……緑先輩はどうでした? クラス替えは」

「緑はね、葉月ちゃんと久美子ちゃんとおんなじクラスになれてめっちゃラッキーって思った。三組やったから、練習場所に行くために移動せんでいいし」

「ちなみに緑先輩の席はどこなんです?」

「名簿順やから窓側の席!」

「そうなんですか。日差しが当たっていい席ですね」

緑輝と向き合う求の表情はにこやかだ。その愛想のよさを緑輝以外の前でも発揮してくれればいいのに、と久美子は密《ひそ》かに思っている。

「もう皆さんおそろいなんですね。ずいぶんとお早い」

最後にやってきたのは、久石《ひさいし》奏だった。ユーフォニアム担当の二年生で、艶のある黒髪のボブヘアに赤いリボンのヘアクリップがトレードマークだ。小悪魔と自他ともに認める彼女の言動には久美子も振り回されることが多い。まあ、そんなところも先輩の欲目で、可愛らしく思えてしまうのだが。

「奏ちゃんは何組だった？」

久美子が尋ねると、奏はわざとらしく目を丸くした。

「先輩ったら、私の個人情報がそんなにも気になります？」

「いやべつに、気になるってほどでもないけど」

「先輩がそこまで言うなら教えてあげますね。私は二年一組だったんですよ。梨々花《りりか》と同じクラスで」

梨々花、というのは二年生の剣崎《けんざき》梨々花のことだ。ダブルリードパートのオーボエを担当している。見た目と振る舞いこそフワフワしているが、非常に聡《さと》く、察しがいい。奏とともに二年生の中心的存在だ。

「梨々花ちゃんって言えば、これから一緒に一年生指導係やねんなぁ。うち、上手くやれるやろか」

スクールバッグの上に顎をのせ、葉月が珍しく弱気なことを言う。折り畳み式の譜面台を組み立てながら、美玲は視線だけを葉月に向けた。

「一年生指導係って、去年は加部《かべ》先輩と黄前先輩がやってたんでしたっけ」

「そうそう。三年生と二年生でコンビ組んでやるねん。今年はうちと梨々花ちゃんの二人。あー、どうしよ。めちゃくちゃ上手い一年が入部してきて、果たし状とか渡されたら」

「どんな心配ですかそれ」

「まあ、果たし状は冗談やけど、上手い子相手にやってけるか不安なんはほんまやで？　麗奈みたいな子が来たら教えられる自信ないわ」

自分で言っていて嫌になったのか、葉月が降参するようにひらひらと手を振った。横で会話を聞いていた奏が、口元に手を添えてくすくすと笑う。

「低音パートにもどんな子が入ってくるかわかりませんしね」

「いい子だとありがたいけどね。揉《も》め事が増えるのはちょっと……」

「確かに、久美子先輩の胃をこれ以上いじめるのはかわいそうですからね」

「いじめてるのは誰なんだか」

「なんのことでしょう」と奏は白々しくとぼけている。

さつきが両腕を組んだ。

「んー、でも、私も葉月先輩が心配する気持ちわかります。上手な子が入ってくるってことは、オーディションのライバルが増えるってことですもんね。みっちゃんとか奏ちゃんは大丈夫やろうけど」

「何が起こるかわかんないのがオーディションでしょ」

譜面台にファイルをのせ、美玲は置いてあったマウスピースに息を吹き込んだ。ぶー、と金属が振動する音が響く。

「久美子先輩も、オーディションって不安です？」

後ろ手を組んだまま、奏は微かに上体を傾ける。わざわざ上目遣いにする辺りがあざとい。

「私的には、まず低音に一年生が入ってくるかが不安だけどね」

「そんなこと心配してるんですか？」

「そんなことじゃないよ。本当にびっくりするくらい低音希望の子って少ないんだから」

「大丈夫ですよ！　うち、チューバ以外考えてなかったですもん」

「さすがさっちゃん、よう言うた！」

なぜか勢いよく挙手したさつきを、葉月が後ろからはやし立てている。

「私は別の楽器でもよかったけどね」と、美玲は澄ました顔で言った。それを聞いたさつきが口をすぼめる。

「でも、みっちゃんも結局チューバ選んだわけやん？」

「まあ、そうとも言えるかもしれんけど」

「じゃあやっぱりみっちゃんもチューバ大好きなんやん！」

クールぶっている美玲も、さつきの前では形無しだ。たじろぐ美玲を葉月がニヤニヤと眺めている。盛り上がるチューバ組をよそに、コントラバスの二人はマイペースに話を進めていた。

「コントラバスは、今年は新しい部員を入れないんですよね？」

「ほんまは三人にしたいんやけど、学校に楽器が二台しかないから増やせへんねん。マイ楽器を持ってる子がいてくれたらラッキーやねんけどなぁ」

「コントラバスでマイ楽器って、ほとんどいないですもんね」

「うん。やから緑が卒業するまでは、コントラバス隊は二人だけやね。求くんには申し訳ないけど」

「いえいえ、全然申し訳なくないです」

というよりむしろ求は二人のままのほうがうれしいんじゃないか、と会話を聞いている全員が思っている。気づいていないのは本人たちぐらいだ。

「私も、ユーフォパートが久美子先輩と二人だけでも平気ですよ」

久美子の腕に抱き着くように身体を密着させ、奏が見え透いたお世辞を言った。

「はいはい、うれしいよ」

「まあ、先輩ってば可愛い後輩の言葉を信じてませんね？」

「自分で可愛いって言うんだ?」

「事実ですから」

ふふん、と得意げに胸を張る後輩は確かに可愛い。つい笑ってしまった久美子に、奏が怪訝《けげん》な顔をした。

「どうして笑うんです?」

「いや、奏ちゃんの言うとおりだなって思って」

「そうでしょう。わかればいいんです、わかれば」

久美子からするりと腕を放し、奏が教室の外へと歩き出す。その顔が見えずとも、久美子には彼女が照れているであろうことは容易に察せられた。曲者《くせもの》のように自分を演出しているが、芯の部分は子供っぽい。久石奏とは、そういう人間だった。

放課後練習を終えたあとは、パート練習に使用したすべての教室がきちんと施錠されているかを確認する。それらが終わったあとに、久美子は音楽室の鍵を閉める。副部長である秀一とドラムメジャーである麗奈は、毎日この作業に付き合ってくれていた。

「そういやさぁ、新入生歓迎ポスターって、どのタイミングで職員室前の掲示板に貼るべきや思う?」

職員室に向かう道中で、秀一が振り返るようにして久美子と麗奈の顔を見た。その手のなかにはロール状のB2サイズの画用紙が収まっている。

「ポスター完成したん？」

「そうそう、結構ぎりぎりになったけどようやく完成した。美術部のやつらが手伝ってくれてさ。プリントのほうは？」

「プリントはもう先生に渡してあるから、明日には一年生の教室で配布されると思うよ」

「それに合わせるんやったら、やっぱ今日のうちから掲示板にポスター貼るか。部長らが滝サンに鍵返してるあいだに貼っとくわ」

学校内にある掲示板には、さまざまな部活の勧誘ポスターが貼られている。新入部員の勧誘ポスターの大きさは校内で規約があり、公認印の押されたA4の紙以外は生徒会によって剥がされる。しかし、その規約の抜け穴とされているのが、吹奏楽部の新入生歓迎コンサートのポスターだ。演奏会の広告はつねに許可されているので、毎年この時期になると吹奏楽部の大きなポスターが目につくところに貼り出される。

「MCって、今年は誰がやるの？」

「そりゃ部長でしょ」

久美子の問いに、麗奈が澄ました顔で答える。手すりに這《は》わせていた指を浮かし、久美子は自身の鼻を指差した。

「私がやるってこと?」

「違うん? 去年は優子先輩がやってはったけど」

「いやまあ、確かに去年は部長がやってたけど、その前の年はあすか先輩だったじゃん。ってことは、副部長でもいいんじゃない?」

「俺かよ」

「意外と悪くないんちゃう?」

「高坂までグルか。お前、部長に過保護なんちゃうか?」

「塚本にだけは言われたくないんやけど」

麗奈の口端が意地悪く持ち上がった。ぐぬぬ、と秀一がわかりやすく口をへの字に曲げる。舌戦で秀一が麗奈に勝てるはずがない。

「私、二人が過保護だと思ったことないけどなぁ」

「そりゃ本人はね。まあくだらない議論はともかく、アタシは塚本がMC担当ってのには賛成」

「高坂がやればいいやろ」

「本当にアタシがやってもいいならそうするけど?」

想像するだけで、無表情のまま舞台に立つ麗奈の姿がありありと目に浮かぶ。同じことを考えたのか、「やめとこ」と秀一は首を横に振った。

「自分がＭＣしたくないっていうのは別にしても、私も秀一は適役だと思う。いまの吹部って女子の割合が高いから、男子の勧誘にも力を入れたいなって思ってて」

「俺がＭＣやったら男子部員が増えるって？」

「男子でも吹部の子がいるんだってアピールになるとは思う。そしたら男子部員も入ってきやすくなるんじゃないかな」

「部長にそこまで言われたら、まあ、引き受けてもいいけど」

職員室の前までやってきたところで、秀一は足を止めた。掲示板の前に陣取り、鞄から画鋲《がびょう》ケースを取り出している。「はよ行けよ」と追い払うような手ぶりをする秀一を横目に、麗奈は職員室の扉を開けた。久美子も慌ててそのあとを追う。

「失礼します」

いつものように職員室に入り、滝を呼び出す。隣を通り過ぎる教頭は腕時計と久美子たちの顔を交互に見比べながら、「あと十分で下校完了ですよ」とお決まりとなりつつある台詞を投げかけてきた。

「今日もお疲れ様でした」

白いパーテーションの奥から滝が顔を出す。彼の片方の手はマグカップのせいで塞がっていた。独特な匂いが久美子の鼻をかすめる。コーヒーだ。

「滝先生も、お疲れ様です」

麗奈の声は普段よりも少し高い。完全無欠の美少女である麗奈は、滝のことを恋愛的な意味で好いている。滝と会うときはつねにその全身から恋する乙女オーラを醸し出しているのだが、当の本人に届く気配はまったくない。

カップを手にしたまま、滝が穏やかに話し始める。

「そういえば、新入生歓迎コンサートのポスターがそろそろ完成すると聞きましたが」

「あ、それはもうできてます。秀一——えっと、副部長の塚本君が、掲示板に貼ってくれているところで」

「そうでしたか。今年も大勢の部員が入ってくれるといいですね」

「滝先生的に、どのパートに多めに入れたいとかありますか?」

久美子の問いに、滝は微かに目を細めた。

「今年はどの楽器にも二年生か三年生の生徒がいますから、問題のあるパートはないだろうと考えています。ただ、強いて言うなら、チューバを多めにしたいですかね。後藤《ごとう》君たちがいなくなって、音の厚みが少し足りなくなってしまったので」

滝が口にした名は、去年の低音パートのパートリーダーのものだった。後藤卓也《たくや》と長瀬梨子《ながせりこ》。今年の春に卒業した二人は、お似合いカップルとして部内でも有名だった。

「確かに、後藤先輩は肺活量がすごかったですもんね」

「コンクールであれば五十五人と上限が決まっているのでバランスも調整できるのですが、全員で参加する演奏となると高音ばかり増えても厚みが足りませんから。最低でもチューバは、二人以上は欲しいですねぇ」

「わかりました。チューバは残り四台あるので、多分大丈夫です。問題なのはほかの楽器ですね。今年は一年生が入っていないいまの時点で七十一人もいますし、楽器が足りるかが怪しいというか」

「やはり備品の楽器の数だけでは限界がありますから、極力マイ楽器を持っている子を優先してパートを割り振るようにしてください。こちらもなんとか新しい楽器を購入したいと思っているんですが、予算の都合上厳しいところもあって、なかなか」

滝の黒目がちらりと動き、近くでプリントを数えていた教頭の姿を捉えた。視線に気づいた教頭が、ゴホンとわざとらしく咳払《せきばら》いする。

「残り五分で下校完了時間ですよ、滝先生」

「おや、もうそんな時間ですか。二人とも、そろそろ出たほうがよさそうですね」

笑顔で退出を促され、麗奈は名残惜しさを見せつつも頭を下げた。扉に手をかけたまま、久美子も礼をする。

「失礼しました」

廊下に出ると、辺りは薄暗かった。ポスターを貼り終えたらしい秀一が、二人の前を颯爽《さっそう》と通り抜ける。

「じゃ、また明日なー」

ひらりと手を振る秀一の背に、「また明日」と二人は挨拶を返した。

副部長になってから、秀一はいつも久美子たちが作業を終えるのを待ってくれていた。そのくせ、久美子が麗奈といるときは一緒に帰ろうとはしない。それが彼なりの気遣いであることはわかっているのだが、なんとなく他人行儀な気がしてモヤモヤする。

上履きの底を廊下にこすりつけると、きゅっと耳障りな音が響いた。傍らに立つ麗奈が、意味深長な笑みを唇にのせた。

「どうなの、塚本とは」

「どうって？」

「関係、上手くいってる？」

「部長と副部長としては、多分、上手くいってる」

「ふうん」

昇降口に並ぶ靴箱から、久美子は買い替えたばかりの黒のローファーを取り出す。葉月と緑輝、近くに並ぶ靴箱のさらに隣には、つばめと真由の靴も入っている。

ポトリ、と下に靴を落とす。重力に従って落下する靴が、バラバラの向きで散らばった。横たわる靴の隙間に無理やり爪先を通し、スリッパを履くようにしてローファーへ履き替える。新品の靴はピカピカと輝いていて、自分の足には不似合いだ。

「残り二分で下校完了ですよ」

先ほどの教頭の台詞を真似《まね》してみれば、「じゃあ走らないと」と麗奈が笑いながら振り返った。長い黒髪が翻る。

「なんかさ、二人で帰るのに慣れてきちゃったね」

「葉月と緑ちゃんに先に帰ってって言ったの、久美子からやのに?」

「だって、やっぱり申し訳ないなって思っちゃったんだもん。休日練習はともかく、平日練習で毎日待ってもらうのって」

「本人らは大丈夫って言い張ってたけどね」

「緑も葉月も優しいからね。でも、私的には二人を待たせてると思うといろいろ焦っちゃうから」

正門を通り抜けたのは、下校完了時間ぴったりだった。教頭の口癖は面倒に感じるが、彼がいるおかげで規則を守ることができているのも事実だ。煩わしいと必要不可欠は、紙一重なのだろう。

「新入部員、ちゃんと来ると思う?」

「またその話。久美子は心配性すぎひん?」

「えー、心配にもなるよ」

「でも多くても心配なんでしょ？」

「それは楽器の問題があるから」

「アタシは絶対来ると思ってるけどね」

「なんで？」

「顧問が滝先生やから」

平然と告げられた答えに、久美子はため息とも笑いとも取れない吐息をこぼした。乾いたアスファルトの道路に、薄い群青が溶け込んでいる。まっすぐに引かれた白線は、剥げてしまったのか、ところどころが途切れていた。

「麗奈は相変わらず滝先生のことが好きだね」

「言っておくけど、ライクじゃなくてラブやから」

「はいはい、知ってます知ってます」

「久美子だって滝先生のこと好きでしょ？」

「そりゃあね。あれだけ頑張ってくれてたら、嫌いになれる人なんていないって」

滝がこの学校に来て、三年目になる。北宇治高校吹奏楽部が強豪校としての地位を確立したのは、ひとえに彼の指導の賜物《たまもの》だろう。

「今年の三年生は一年のころから滝先生に指導を受けてるから、完全に滝先生世代なワケやん。しかも、二年生、三年生だけでコンクールの定員を超えてる。ここまで条件そろってるんやから、アタシは今年こそ全国で金賞取りたい」

　滝が赴任した一年目、北宇治は全国大会で銅賞だった。その翌年は関西大会で金賞止まり、全国出場は果たせなかった。全国のなかでもとくに関西は強豪校がひしめき合っている。生半可な実力では次の大会へ勝ち進めない。

「人数が多いってことは、それだけオーディションの倍率が上がるってことだけどね。二年、三年でBメンバーになる子が確実に出るってことだし」

「層が厚いってそういうことでしょ。いまの北宇治にそれに対して文句を言う人間はいいひんと思うけど。みんな、覚悟の上で吹奏楽部を続けてるわけやし」

「それはまあ、そうなんだけど」

「Aに入りたいなら、上手くなるしかない。あの子に負けたくない、あの枠を勝ち取りたい。そういう競争意識があったら、北宇治はより高みを目指せる」

　高み、と久美子は間の抜けた声で麗奈の言葉を繰り返した。白線の先で、グレーの軽自動車がウインカーを点滅させている。右か、左か。行き先の分かれる交差点で、車は滑らかに合流した。迷いのない動きだった。

「久美子もそう思うやろ？」

　麗奈が尋ねる。肯定以外の返事を、予想すらしていない声で。

「うん、もちろん」

うなずくと、麗奈は満足そうに口角を上げた。彼女のこうした勝気な性格を久美子は好ましく思っていた。優柔不断な自分には、決して真似できないものだから。

翌日から体験入部期間が始まり、各教室への一年生の出入りが活発になった。先輩部員たちは歓迎態勢となり、部活選びに悩む新入生にとびきりの営業スマイルを浮かべながら対応している。絶対に逃すまいと意気込む部員たちの目のギラつきはすさまじかったが、幸運なことに一年生たちに気づかれてはいないようだった。

「南中《みなみ》でめっちゃ上手やった子が入部しますから、今年のクラリネットは安泰ですよ。私、去年から声かけてたんですよね」

「うわ、やり手やなぁ」

「噂やと聖女出身の子もパーカスに見学来てたらしいやん。卓球部か吹部かで悩んでるらしいけど」

「絶対引き抜いて！　我が部に必要でしょ、どう考えても！」

「いやいや、こういうのって強引に行くと逆効果だったりせん？」

「でもさ——」

廊下を歩いているだけで、会話が勝手に耳へと飛び込んでくる。体験入部の期間中はすべてのパート練習室を開放し、一年生が見学しやすい環境にしていた。毎年の恒例行事であるが、低音パートに見学に来る一年生はほとんどいない。いたとしても、たいていが冷やかしだったりする。

「く、くくくみこちゃん！」

背後から聞こえた声に、久美子はとっさに顔を上げた。放課後のパート練習時間。三年三組の教室にいままさに入らんとする久美子を引き止めたのは、パーカッションパートのつばめだった。物静かな性格のつばめがここまで大声を出すのは珍しい。

久美子は抱えていたユーフォニアムを廊下に置いた。

「どうしたの？　そんなに急いで」

「いや、急いでるわけじゃないんやけど、あの、低音パートを見学したいって言うてる子がおってね。久美子ちゃんを探してたの」

「それ本当？」

うれしさのあまり、久美子は思わずつばめの肩をつかんだ。コクコクとつばめが首を縦に振る。

「いま音楽室にいるんやけど、呼んできてもいい？」

「もちろん、大歓迎だよ」

「じゃ、じゃあ、ここで待っといてな」

つばめは踵《きびす》を返すと、音楽室へと駆けていった。そして、数分もしないうちに後輩を伴って戻ってきた。

「よろしくお願いしまーす！」

元気よく挨拶してきたのは、一年生四人組だった。そのなかでも一人、ひと際目立っている女子がいる。目鼻立ちがはっきりした顔には、大ぶりな丸眼鏡がかかっていた。眉毛の上にある前髪に、ツインテールをお団子にした角へア。ニカッと八重歯を見せて笑う彼女は、どことなく親近感を覚える顔つきをしていた。

「釜屋すずめです。いつもお姉ちゃんがお世話になってます！」

「お姉ちゃん？」

久美子の問いに、つばめは照れたように頬をかいた。

「妹やねん、私の。すずめとすずめのお友達、みんな低音の楽器に興味あるみたいやから。いろいろ教えてあげて」

「わかった。練習中にありがとね」

「全然大丈夫。それじゃ、私も戻るから」

頑張りなよ、とすずめの肩を叩《たた》き、つばめは再び音楽室へ戻っていった。残された四人は生まれたての雛《ひな》みたいに久美子の顔を目で追いかけてくる。すずめ以外の三人が緊張で固まっているのがなんだかおかしい。

「じゃあ、四人とも教室入ろうか」

「は、はい」

「緊張しなくても大丈夫だよ。低音パートは優しい人が多いから」

教室の扉を開けると、雑多に響いていた音が一斉に鳴りやんだ。葉月がパッと表情を明るくする。

「久美子、その子らもしかして入部希望者？」

「見学に来たんだって。あ、みんなはそこに座ってね」

久美子が指示を出す前に、さつきが四人分の椅子を並べてくれた。さつきは細かいところでよく気が利く。

一年生たちは顔を見合わせながら、おそるおそるという動きで椅子へ座った。先輩部員たちがその周囲を取り囲む。

「四人とも吹部に入るつもりなん？」

「いちおう、そのつもりでいるんですけど」

「そうなんやね。中学のころは何部やったん？　吹奏楽部？」

「いえ、全員バラバラで。出身中学は同じなんですけど」

緑輝の問いかけに答えたのは、いちばん端の席に座っていた女子生徒だった。腰まである長い黒髪を低い位置で緩く結んでいる。清潔感のある子だ、というのが久美子の第一印象だった。

「私、義井沙里《よしいさり》と言います。南中出身なので、つばめ先輩とも活動していました。鈴木先輩とも同じ部だったんですが……覚えています？」

さつきは葉月と同じ東《ひがし》中出身だから、ここでいう鈴木は美玲のことだろう。久美子の予想どおり、美玲は構えていたチューバを下ろすと、微かに目元を和らげた。

「覚えてるよ。義井さん、上手やったから」

「鈴木先輩に褒められるなんてありがたいです。えっと、吹奏楽部だったのは私だけなんですが、ほかの三人も高校からは吹部に入りたいと思ってるみたいで」

「そうです！　うち、釜屋すずめです。中学時代はバスケ部でした。好きな言葉はニラレバ炒《いた》め、嫌いな言葉は新興住宅です！　よろしくお願いします」

ビシッと勢いよく手を上げたすずめに、緑輝が理由もなく拍手を送っている。葉月が首を傾げた。

「釜屋ってことは、つばめの妹？」

「はい、妹やらせてもらってます」

「ニラレバが好物なん？」

「いえ、好きな食べ物はこんにゃくステーキです。ニラレバ炒めは言葉の響きが好きなだけで、レバーは嫌いです」

「なんかようわからんけど、ややこしい性格してるな」

「褒めてくれてありがとうございます！」

「うーん、ええ性格しとるんは間違いない」

テンポよく会話する二人をよそに、すずめの隣に座る女子生徒が控えめに手を上げた。焦げ茶色の短い髪があちこちに飛び跳ねている、いわゆるマニッシュボブという髪型だ。肌の色がやたらと白く、頬の辺りにそばかすがある。

「えっと、自己紹介の流れみたいなので、私も。南中出身の針谷佳穂《はりやかほ》です。もともとは漫画部に入っていて、絵とか描くのが好きです。楽譜はあんまり読めなくて、やったことのある楽器は鍵盤ハーモニカとリコーダーです」

ひと重の目は細く、目尻になるほど垂れ下がっていた。笑っているのかそうでないのか判断しにくい顔だ。「招き猫みたいで可愛いー」と緑輝が笑いながら言った。

「どうしたんです？　今日は一段と人が多いですね」

そのひと言とともに扉から入ってきたのは、スクールバッグを肩にかけた奏だった。彼女は横に並んだ一年生四人を一瞥《いちべつ》するなり、「なるほど」と愉快げに両目を細めた。

「一年生の見学者ですか」

「うん、そうなの。いま自己紹介してもらっていたところ。奏ちゃんが来たから低音メンバーは全員そろったね」

「これはこれは、ちょうどいいタイミングでしたね。どうぞ、自己紹介を続けてください」

「じゃ、ようやくうちの出番ですね。ちょっとみんな待たせすぎやと思うんですけど」

そう言って、いちばん端に座っていた少女が拗《す》ねたように唇をとがらせた。きゅっとヘアバンドのように結ばれた黄色のバンダナが真っ先に目に入る。くしゃくしゃに丸まったお団子スタイルの髪型は、きっとおそろしいほどに手間がかかっているのだろう。くっきりとしたふた重瞼《まぶた》は威圧感を与えるが、丸みを帯びた頬がその近づき難さを上手い具合に帳消しにしている。

「お気に入りのバンダナを巻いてたら、先日母親に『アンタ海賊目指すん?』と鼻で笑われました。海賊ちゃうわ、オシャレや! 一年四組、上石弥生《かみいしやよい》です」

「何やその漫談みたいな自己紹介」と葉月が口を挟む。

「別のバージョンもありますよ。日本史は弥生時代だけ完璧です、とか」

「範囲狭っ」

「どうにも勉強は苦手で。だから、北宇治受かってよかったです。どうしても四人で同じ高校に行きたかったんで、サリーにいっぱい勉強教えてもらったんですけど」

あはは、と弥生が照れたように笑った。日に焼けた肌とバンダナの組み合わせは、確かに海賊に見えなくもなかった。

「弥生ちゃんは何部だったの？」

「テニス部でした。べつにそこまで上手くなかったんですけどね。根性だけはあるって褒められるタイプです。性格もめっちゃいいって、よく言われます」

「それ、自分で言うことちゃうやん」

突っ込みを入れるすずめに、「だってセールスポイントやし」と弥生が平然と答えている。それに手を打って笑っているのが佳穂で、呆れたように額を押さえているのが沙里だ。なんとなく、四人の関係性がつかめてきた。

「これだけ部活がバラバラってことは、沙里ちゃん以外は吹奏楽部についてあんまり知らへんねんな？　これは緑の出番やね！」

それまで嬉々《きき》として自己紹介を聞いていた緑輝が、おもむろに席から立ち上がった。その手にあるのは見慣れた赤縁眼鏡だ。

頭の後ろで手を組み、葉月が呆れたように言う。

「また解説？」

「もちろん！　ということで、皆さん資料をご覧ください」

「どこにその資料があんの？」

「いまから貼ります！　W鈴木、カモーン」

緑輝の指示に、さつきと美玲が黒板に模造紙を貼りつけた。大きな紙には、カラフルな油性ペンで図やら文字やらが書き込まれている。

「緑が一人で準備したの？　時間かかったでしょ」

「求くんと二人で作ったから意外と早かったよ。右半分が緑で、左半分が求くん担当やねん」

「これ求君の字なんだ。綺麗《きれい》だね」

「いや……べつに、緑先輩に頼まれたから書いただけなんで」

求が露骨に顔を逸《そ》らす。その間に緑輝は指示棒を伸ばすと、コツコツと黒板を強く叩いた。

「では、緑の吹奏楽部教室を始めます。よろしくお願いしまーす！」

「よろしくお願いします」

突然始まった緑輝の寸劇にも、一年生たちは素直に付き合ってくれている。自分の置かれた状況がツボに入ったのか、佳穂だけが肩を震わせていた。

「まず改めまして自己紹介から。低音パートリーダーの川島緑輝です。名前で呼ばれるのはあんまり好きじゃないから、緑先輩って呼んでください。ちなみに、副パートリーダーはそっちにいる葉月ちゃんです」

緑輝が指示棒の先端を葉月に向ける。机に浅く腰かけていた彼女は「ドーモ」と頭だけを小さく下げた。

「さて、皆さんが今回見学に来たのは、低音のパート練習で使われている教室です。北宇治は二年連続で関西大会出場を果たした強豪校。去年は関西大会で金賞を取りました」

「おおー」

　思わずといった具合に、弥生が感嘆の声を漏らした。予想どおりの反応だったのか、緑輝が満足そうに笑みを深めた。

「ハイ、弥生ちゃん。金賞って聞いて、すごいって思った？」

「え、すごいんじゃないんですか？　だって金賞っていちばん上じゃないですか」

「もちろん関西大会で金賞ってめっちゃすごいことやねんけど、いちばんって意味ではないいんよね。これが吹奏楽コンクールのちょっとややこしいところでもあるんやけど」

　そう言って、緑輝は模造紙に書かれたピラミッド状の図を指した。下から順に、地区大会、都道府県大会、支部大会、全国大会と書き込まれている。

「全日本吹奏楽コンクールは国内最大規模の音楽コンクールで、中学、高校、大学、職場・一般の四部門で実施されます。なんと、参加団体は全部で一万を超えます。基本的に地区大会を勝ち抜いたら都道府県大会、その次は支部大会、全国大会といった順に進んでいきます。京都府の場合は地区大会がないので、府大会からスタートです」

コンコン、と緑輝がピラミッドの下段を棒で叩く。

「吹奏楽コンクールでは、各学校の演奏に対して金賞、銀賞、銅賞の三つの賞が与えられます。コンクールには九人の審査員がいはるんやけど、その人らが各学校にA、B、Cの三段階の評価をつけます。五人以上の審査員がAやったら金賞、逆にCやったら銅賞、それ以外は銀賞です。つまり、上位三校が金、銀、銅なわけやなくて、参加した団体全部に金、銀、銅のいずれかの賞が与えられるというわけです」

「金賞取ってもいちばんとは限らないんやったら、どうやったら次の大会に進めるんですか？」

片手を上げて質問したのはすずめだった。「いい質問やね」と緑輝が目を輝かせる。

「各大会で金、銀、銅の発表があったあとに、代表団体の発表があります。京都府大会、関西大会の場合、金賞を取ったなかから上位三校が代表校に選ばれます。去年の北宇治は関西大会で金賞はもらえたんやけど、この三枠の代表入りを逃したというわけです。ちなみに、次の大会に進めない金賞のことを〝ダメ金〟って呼んだりします」

「金賞やのにネガティブ！」

すずめが芝居じみた動きで身を仰《の》け反《ぞ》らせた。「確かに確かに」と佳穂が小さな声で相槌《あいづち》を打つ。弥生も同意した。

「せっかくやからもっとええ感じの呼び方したらええのにね。むしろ関西行った学校のほうをスーパーゴールドって呼ぶとか」

「イメージ的には、『俺らよりさらに強いやつがいたぜ』みたいな感じの名前のほうがいいと思うねんけど」

「じゃあ逆に、次の大会で先に進めなかったら金一封とか！」

「……うちの子たちがアホですみません」

唯一の経験者である沙里がすずめと弥生の頭を押さえつけ、佳穂はそんな三人のやり取りに噴き出している。今年の一年生は賑《にぎ》やかだ。

「謝らんでええよ。むしろそういう吹奏楽部の外から感じる視点っていうのも緑は大事やって思う。コンクールって、これまでの練習の成果を見せる場所なわけやから、その思い出が悲しくなるのって嫌やもんね」

「さすが緑先輩、お優しいです」

新学年になっても、求は平常運転だ。一年生のころに比べて身長はやや伸びたが、その目線は久美子よりまだ低い位置にある。中性的な顔立ちはまさに美少年といった形容がふさわしい。

緑輝は指示棒をさらに伸ばすと、今度は右側の図を指し示した。

「吹奏楽コンクールはA部門とB部門に分かれてて、A部門の出場メンバーは指揮者を除いて五十五人。北宇治は部員数がすでにこの定員をオーバーしてるんで、当然メンバーはオーディションで決めます。A部門は課題曲、自由曲を合わせて十二分で、B部門は自由曲のみを演奏します」

「ということは、A部門かB部門に分かれるってだけで、コンクールには全員参加できるんですよね。初心者の私たちも、入部したらコンクールに出られるんですか？」

それまで丁寧な相槌を打っていた佳穂が、笑顔のまま緑輝に問いかけた。

「うん。全員本番の舞台に立つよ」

「それってめっちゃ素敵ですね。みんなが主役みたいで」

無邪気な感想に久美子の心臓はざわついた。なぜ動揺したのか、自分でもわからない。

「佳穂ちゃん、いいこと言うね。緑も、吹奏楽部のそこが好き。コンクールでは評価とか次の大会とかいろいろ気になっちゃうけど、でも、吹部ってそれだけじゃなくて、いろんな地域の演奏会とかにも参加するし、学校で演奏会をやったりもします。入学式で緑たちが演奏してたの、四人ともちゃんと聞いててくれた？」

「もちろんです」

「もしみんなが入ってくれたら、ああやって一緒に演奏することになるからね。コンクールは制服で出るけど、可愛い衣装を着るときもあるし。楽しい思い出をみんなで作れたらなって思います。それでは、以上で緑の吹奏楽部教室を終わります。ありがとうございました」

「ありがとうございましたー!」

ぺこりと頭を下げた緑輝に、一年生たちが拍手を送っている。さつきと美玲はそそくさと黒板から模造紙を剥がしていた。それに礼を言いながら、緑輝は満足そうな表情で眼鏡を外す。

わいわいと盛り上がる一年生四人の正面に回り込み、久美子は並んだ顔をのぞき込んだ。

「コンクールがどうのこうのはともかく、四人は低音希望って形でいいのかな? それとも、別の楽器にも興味があったりする?」

問いかけに、すずめは友人たちの顔を順に視線で追いかけた。

「低音が希望というか、四人で一緒のパートに入りたいんです。その話をしたらサリーが、低音は狙い目やでって」

「あー、希望者が少ないからね」

トランペットやフルートといった花形の楽器と比べ、ユーフォやチューバは人気が低い。競争倍率が低いということはすなわち、第一希望が通りやすいということだ。

「ちょっとすずめ、なんで先輩の前でそんなこと言うんよ」

「あれ、あかんかった？」

「あかんというか、失礼でしょうが。低音の楽器だって好きな人は好きやねんから」

沙里がフォローしようとしているが、どうにも墓穴を掘っている。慌てふためく後輩を、久美子はやんわりとなだめた。

「まあまあ、失礼とは思わないから大丈夫だよ。マイナーな楽器だから入りやすいのは確かだし。どんな理由でも一生懸命やってくれる子が入ってくれたらうれしいなって思うよ、私は」

「やっぱりお姉ちゃんが言ってたとおりで、久美子先輩って優しいんですね」

両手を組み、すずめがキラキラと目を輝かせる。「優しいですって」と奏がニヤニヤしながら冷やかした。

「つばめちゃん、そんなこと言ってたの？　自分では特別優しいとは思わないけど」

「部長も優しいから、吹奏楽部がオススメだよって言ってたんです。お姉ちゃんの言うとおりでした」

「相変わらず、すずめはお姉ちゃんのこと好きやなぁ」

バンダナの結び目をくりながら、弥生はニタリと口角を上げた。否定するかと思いきや、「そりゃ好きやで、姉妹やもん」とすずめはあっけらかんと言い返した。

そのまますずめの話題に移りそうだった会話を止めたのは、「すみません」という控えめな沙里の声だった。

「あの、いちおう言っておくと、私は低音パートを希望してるわけじゃないんです」

「ええっ」

三人分の驚きの声が見事に重なった。すずめに至っては芸人のようにその場で大きくズッコけている。

「嘘《うそ》やん。サリーも一緒ちゃうの？」

「私は中学からずっとクラリネットやし、マイ楽器も持ってるから。今日は三人にオススメするために低音パートに来てん。三人に合ってそうな雰囲気やろ？」

「それは反論できない」と弥生が眉をしかめ、

「うちはもう、完全に低音に入る気持ちになってたよ」とすずめが元気よく答え、

「二人が入るなら、私もこのパートがいい」と佳穂がすずめの腕をつかんだ。

経緯はどうあれ、体験期間一日目にして入部希望者が三人も来てくれたことはめでたい。葉月はすっかり上機嫌で、鼻歌混じりにチューバを差し出している。

「じゃあじゃあ、せっかくやし楽器触ってみよ！」

「大きいですね、この楽器」

「せやろ？　チューバっていう、金管でいちばんでっかい楽器やから」

初心者三人が葉月の周りを取り囲む。その様子を、ほかの部員たちは微笑《ほほえ》ましそうに眺めていた。

手持ち無沙汰になった沙里がこちらへコソコソと近寄ってくる。

「先輩、先ほどはすみません。失礼な言い方になってしまって」

「そんなに気にしなくていいよ。沙里ちゃんはクラリネット希望なんでしょう? わざわざ付き合ってあげるなんて偉いね」

「あの三人、抜けてるところがあるんで放っておくと少し心配なんです」

「そうなんだ?」

「最初、吹奏楽部が何してるかも知らなくて。弥生なんて、バイオリンなんて弾けないって大騒ぎしたんですよ。オーケストラとの違いを説明するのに時間かかって」

口調は呆れているかのようだが、その眼差《まなざ》しはひどく優しい。あ、とそこで沙里はいきなり顔を上げた。

「先輩、さっき言いそびれましたが、私の呼び方はサリーか義井で大丈夫です。下の名前で呼ばれるの苦手で」

「みんなからもサリーって呼ばれてたもんね」

「自分の名前、ちょっと可愛すぎるような気がしちゃうんですよ。私、可愛いものは好きなんですけど、自分と可愛いものが一緒にあるのは苦手で」

「サリーちゃん、可愛いのに？」

「いや、全然。っていうか、先輩いつもそんなふうに女の子を褒めるんですか？」

「え？　変かな。思ったことを口に出しただけなんだけど」

「いや、変ってわけじゃ……その、ありがとうございます。なんか、北宇治って強いから先輩たちもすっごく怖いのかなって心配してたんですけど、久美子先輩みたいな優しい部長さんで安心しました」

礼儀正しく頭を下げる後輩の姿が、一年生だったころの自分と重なる。彼女にとって、自分は最高学年の先輩なのだ。

久美子は軽く胸を張ると、沙里へと微笑みかけた。

「大丈夫だよ。絶対に楽しい高校生活になるから」

告げた台詞は、あのころの自分がかけてほしかった言葉だった。

「低音、体験で何人か来たんでしょ？　入ってくれそうなん？」

麗奈がそう尋ねてきたのは、体験入部期間の最終日だった。新入生歓迎コンサートは盛況に終わり、MCを立派に務めあげた秀一は一年生に少しだけ知名度を得た。そのおかげか、今年は体験入部にやってくる男子生徒も例年に比べて多いらしい。

画鋲で貼りつけたポスターを剥がし、ゴミ袋のなかへと放り込む。各クラスの壁に貼ったポスターを回収することが、今日の久美子と麗奈の仕事だった。

「三人は入ってくれそうだった。南中の子が四人来てね。一人はクラリネット希望で、それ以外は低音希望だって」

「三人やったらまあまあ及第点か。本当はもう一人くらいチューバに欲しいけど」

「トランペットはどうなの？」

「三十人ぐらい来たけど、ほかのパートも見てますって子とか、ほかの部に入るかもって子も多かったかな。楽器の数もあるし、希望者全員は取れないと思う」

「相変わらず人気だね、ペットは」

金色だったはずの画鋲は錆《さ》びついていて、すっかり鈍色《にびいろ》に変色している。プラスチック製のケースを微かに振ると、ケースのなかで先端のなまった針先がごとごと音を立てた。

「ウチの部が強豪って知って、入るのはやめときますって言った子もいたけどね。そこまで本気でやるつもりはないし、足手まといになりそうって」

「部活って、強要するようなもんじゃないだろうし。そうやって入らないって決断する子がいるのも仕方ないね」

強豪だから入部したい子と、強豪だから入部したくないと思う子。そのどちらとも、部活としての正しいあり方だと久美子は思う。

「やからこそ、アタシは今年の新入部員には期待してる。練習が厳しいってわかってても入部を希望してくれたってことやろ？」

「まあ、そうしてくれる子がどのくらいいるかはまだわかんないけどね」

画鋲を外すと、白い壁に空いた小さな穴が姿を現す。壁に新しい穴を開けるのは憚《はばか》られて、なんとなく前からある穴に画鋲を刺してしまう。最初のころは針先ほどしかなかった穴も、何度も画鋲を刺しているうちに少しずつ大きくなっていた。

「来るよ、絶対」

最後のポスターを剥がし終え、麗奈がゴミ袋のなかへと放り込んだ。膨らんだ袋の口を結び、足元に置いていた袋と一緒に持ち上げる。半透明のポリ袋三つ分を、これからゴミ捨て場へ持っていかなければならない。

「私が持っていくから、麗奈は先にパート練習に戻ってて」

「いいの？　両手塞がってるけど」

「軽いから大丈夫」

「わかった。じゃあ、お願いね」

教室を出て、麗奈とは階段で別れた。麗奈は上へ、久美子は下のフロアへと向かう。ゴミ袋を持っているせいで、足元がよく見えない。踏み外さないように段差を注視していると、能天気な声をかけられた。

「部長やん」

視界に映ったのは、副部長の秀一だった。一階にいた彼は、久美子が下りてくるまでわざわざその場で待機していた。

「ポスター回収、終わったみたいやな」

「まあね。いまからゴミ出しに行くとこ」

「結構な量になったなぁ」

秀一は明るく笑いながら、久美子の手からゴミ袋をふたつ取り上げた。その動きはあまりに自然で、遠慮する隙すらなかった。

「ゴミ捨て場やろ？　持っていこうや」

「う、うん」

秀一は優しい。それは、久美子が幼いころからずっと変わらない。母親同士が友人関係だった久美子と秀一は、いわゆる幼馴染みというやつだった。同じマンションに住んで、同じ学校に通っている。秀一と恋人になったのは一年生の冬のころだったが、その翌年には二人は別れた。別れを切り出したのは久美子のほうだった。吹奏楽部の部長という仕事に専念したい、というのがその理由だった。

秀一は自分のことをどう思っているのだろう。思考の奥からときおり顔を出す不安混じりの好奇心を、久美子は唾と一緒に飲み込む。二人は部長と副部長、ただそれだけの関係だ。

「トロンボーンはどうなの？」

「どうって何が」

「体験期間、入ってくれそうな子は来た？」

「うーん、冷やかし半分、本気半分ってとこやな」

「いい子そう？」

「それは実際に一緒にやってみんとわからん」

　裏口から一歩足を踏み出すと、吹き抜ける風が散った桜の花びらを舞い上げていた。上履きのまま、二人は裏庭にあるゴミ処理場を目指す。遠くからはサッカー部のかけ声が聞こえていた。

「ま、ヤバいやつが入ってこんことを祈るわ」

「ヤバいやつって？」

「揉め事を起こすやつ」

　久美子の脳裏に、かつての麗奈の姿がよぎる。一年生のころから彼女は優秀なトランペット奏者だった。そのために当時三年生部員だった中世古香織《なかせこかおり》とソロの枠を巡って争い、部内が二分するほどの大騒動となった。結果的に再オーディションで麗奈がソロを務めることに決まって問題は丸く収まったのだが、もしも今年同じ問題が北宇治で起こったら久美子はそれを上手く解決できる自信がない。

「もし揉め事が起きちゃったら、秀一がなんとかしてよ」

「なんで俺やねん。部長が頑張れよ」

「私だけじゃ無理だって」

「じゃあこうしよう。男は俺が担当するから、女は部長がなんとかするってことで」

「比率的にズルくない？　男子のほうが少ないじゃん」

「バレたか」

ゴミ袋を手に提げたまま、秀一が肩を揺らして笑った。詰襟の学生服が、日光を浴びてしっとりと光っていた。


「今日、皆さんは吹奏楽部に入部を希望しているということでこの教室に来てくれたんだと思います。こうして新しい仲間が部に加わるというのはとてもうれしいです。自己紹介が遅れましたが、私は部長の黄前久美子です。これから一年、よろしくお願いします」

頭を下げる久美子に、一年生たちから拍手が送られる。四月の第二週の金曜日。部活への正式な入部日となるこの日、音楽室には入部希望者の一年生たちが集まっていた。去年の一年生部員に比べると、その数はやや少ない。三十人を超えた程度だ。

「吹部の顧問は滝先生です。カッコいいと一年生のあいだでも噂みたいですが、指導になるととても厳しいところがあるので心してください」

「はい！」

「顧問の挨拶は楽器決めのあとに行います。今日この場にいる皆さんのなかには吹奏楽の知識がない子も多いと思うので、まずは各楽器の説明から始めます」

久美子は教室の端にいる三年生部員を呼び寄せる。彼女が持っているのは、銀色のフルートだ。

「吹奏楽で使われる楽器を大まかに分けると、金管、木管、打楽器、弦楽器の四種類になります。では皆さんに質問です。吹奏楽経験者の子はわかると思いますが、こちらのフルート、金管楽器か木管楽器かどちらだと思います？　金管楽器だと思う人」

問いかけに、パラパラと数人の手が上がる。そのなかには先日の体験入部にやってきたすずめと弥生の顔もあった。

「はい、じゃあ釜屋すずめさん。どうして金管楽器だと思いました？」

「思いっきり金属でできてるんで、むしろこれが金管でないならなんなんやろって」

「そうやって勘違いしてる子はとても多いです。私も楽器を始めるまでは金管楽器というのは金属でできている楽器だって思っていました。でも、じつは違うんです」

今度は麗奈を手招きして呼び寄せる。彼女は持っていたトランペットから、銀色のマウスピースを引き抜いた。

「金管楽器は唇の振動によって音を鳴らす楽器です。このマウスピースというパーツを唇に当ててぶるぶると振動させることで、朝顔のような先端部分――ベルから音が鳴ります。逆に、木管楽器はそれ以外の振動で音を出します。パターンはふたつあって、ひとつは穴から息を吹き込んで音を鳴らすものです。フルートなんかはこれに当てはまります。そのほかに、リードと呼ばれる薄片をくわえて鳴らすものもあります。クラリネットやサックスなどの楽器がそうですね」

リードのある楽器はさらに、リードが一枚しかないものと、二枚のものとに分けられる。オーボエやファゴットは後者の代表格で、北宇治ではダブルリードパートとしてひとつのパートにまとめられていた。

「吹奏楽部にはたくさんの種類の楽器があります。今日ここに来てくれた人のなかには、すでにどの楽器をやりたいのか決めている子も、まったく何も決めていない子もいると思います。とくに初心者の子はわからない楽器も多いと思うので、これから代表者に各楽器の説明をお願いしたいと思っています。一年生の皆さんは説明を聞いて、そのあとで希望の楽器を決めてください」

「はい！」

「北宇治は人数が多いので、みんながみんな希望どおりの楽器になれるってわけではないです。でも、希望以外の楽器になっちゃっても音楽を作る一員になることには変わりないので、頑張ってほしいと思っています。それでは、まずはトランペットの紹介からです。麗奈、どうぞ」

久美子の指示に、麗奈が一歩足を踏み出す。肩にかかる長い黒髪を耳にかけ、麗奈は澄ました顔のまま軽く頭を下げた。「美人……」と一年生部員からつぶやきが漏れる。

「ドラムメジャーを担当しています、トランペットパートの高坂麗奈です。ドラムメジャーというのは本来、歩きながら演奏するマーチングバンドの指揮者を指します。北宇治での役割は、演奏会のときに指揮を担当したり、あとは全体合奏の基礎練習の指導を行ったりしています」

麗奈がトランペットを構える。楽器は地面と水平となり、金色のボディを輝かせた。けたたましく鳴り響いたのは、メンデルスゾーンの『結婚行進曲』だ。パパパパー　ン！　というお馴染みのフレーズが、しびれるような甘さを伴って眼前で弾けた。技巧を凝らした曲を吹き上げるテクニックもさることながら、麗奈の本当のすごみは曲に合わせて音色を変化させる表現力だったりする。彼女が吹くと、童謡のようなシンプルな曲も、うっとりと聞き惚《ほ》れてしまう魅力をまとい始める。

「トランペットは金管楽器のなかで最高音域を持っている楽器です。ラッパ、という言葉を聞くとこの楽器のことを思い浮かべる人も多いと思います。先ほどの演奏のように、華やかな音色が特徴です。高音域なので、よくも悪くも目立ちます。自分の演奏をみんなに聞かせたいという、前に出る気持ちが強い人にぴったりな楽器だと思います。もちろん、アタシは他人に比べて気が強いほうです」

最後のひと言に、三年生部員たちから笑いが起きる。麗奈の口元が微かに緩んだ。

「アタシは自分が優しい先輩だとは言えません。厳しいことも言うと思います。ただ、絶対にみんなを上へ連れていくという自信があります。一緒に頑張ってみたいと思う人は、ぜひトランペットを希望してください。以上です」

頭を下げた麗奈に、後輩たちが手を叩く。麗奈の言葉はまっすぐに芯が通っている。その力強さに心を動かされた一年生部員も少なからずいるようだった。

楽器の説明は次々に進み、ホルン、トロンボーンの番が終わった。秀一が説明を終えたあと、次に前に出たのはユーフォニアム担当の奏だった。

「低音パートの久石奏です。私がいま手にしている楽器、これがユーフォニアムです。ちなみに、先ほど挨拶してくださった部長もこの楽器を担当しています。初心者の方は名前どころか姿すら見たことがないと思いますので、まずはどういった音なのか吹いてみましょう」

奏が演奏したのは、ミュージカル『サウンド・オブ・ミュージック』に登場する

「エーデルワイス」の短いフレーズだった。先ほどの麗奈の華々しい音色とは対照的に、ゆったりとした穏やかなメロディーだ。ユーフォニアムの魅力は、この柔らかな中低音にある。

「このユーフォニアムはほかの金管楽器に比べると、まだまだ歴史の浅い楽器です。十九世紀に誕生したと言われていて、名前は〝良い響き〟という意味のギリシア語『euphonos』に由来しています。丸みを帯びた落ち着いた音色のように、ユーフォニアムを担当する人は性格がいい人が多いです。私や久美子部長みたいに」

「性格いいかなぁ」

思わず口を挟んだ久美子の台詞に、部員たちが一斉に笑った。緊張を隠せないでいた一年生たちも、少しずつ場の空気に慣れつつあるようだ。

「北宇治ではこのユーフォニアムと、次に紹介するチューバ、コントラバスの三つの楽器を低音パートとしてひとつのパートにまとめて扱っています。ユーフォニアムだけでなく、チューバのほうも希望者大歓迎ですので、ぜひ低音パートに入って私たちと一緒に練習しましょう」

ユーフォニアムを抱えたまま、奏が優雅にその場で一礼する。その横から勢いよく飛び出したのは、チューバを持った葉月だった。

「では次、チューバの紹介やります。三年の加藤葉月です。一年生指導係も担当しているんで、一年のみんなとはこれから顔を合わせる機会もいっぱいあると思います。チューバはなんてったって、このデカさがいちばんの魅力やと思ってます。カッコよくない？」

なあ、と葉月が前列の一年生に同意を求めている。一年生たちは恥ずかしそうに互いに顔を見合わせながら、コクコクと首を縦に振った。

「このチューバ、重さはだいたい十キロくらいあります。腹式呼吸とか体格が必要やって言われることもあるけど、でもうちの部やと小柄な子も吹いてたりします。ガッツがあればなんとかなるってことです。チューバは金管のなかでいちばんの低音域の楽器やし、とにかく音が低い！　でも、そこが渋くて好きって人も多いです。メロディーとかは少ないし目立つこともほとんどないけど、音楽の厚みを支える大事な役割を担ってます。まさに縁の下の力持ちってやつです。チューバに入りたいけど不安やなって思ってる子がおったら、どしどし来てください」

葉月が挨拶している横から、コントラバスを両腕に抱えた求がゆっくりと教室正面に歩いてくる。彼は矢面に立つのが嫌だとさんざん文句を言っていたが、緑輝に頼まれた途端に今回の楽器紹介の仕事をあっさり引き受けた。

「コントラバス担当の、月永求です」

そう求が挨拶した途端、女子たちから黄色い歓声が上がった。求は露骨に顔をしかめる。

「なんなんです……」

「まあまあ、そのまま進めて」

あからさまに機嫌の悪くなった求に、久美子は無理やり続きを促す。眉間に皺《しわ》を寄せるそのさまにすら、「可愛い」だの「イケメン」だのという声が飛び交っていた。これには久美子も少しばかり求に同情してしまう。

「コントラバスは金管、木管とは違う、弦楽器です。いまは僕と緑先輩の二人で担当していて、楽器も二台しかないので新しい部員は募集していません。音楽上での大きな役割としては、弦特有の響きを加えるというのがあります。あとは、奏法によって音の形が変わるので、その辺りも管楽器とは違うところです」

そう言って、求はピンと短く弦を弾いた。

「部活に入ってみると、意外と自分の楽器以外のことは知らないままでいることも多いです。なので、新入部員を入れるつもりはなくても、こうしてコントラバスの役割を伝えたほうがいいと先輩に言われました。僕もそう思います。これから三年間、皆さんは吹奏楽部に所属すると思いますが、自分以外の楽器にも目を配ってみてください。以上で、コントラバスの紹介は終わります」

始まる前まではどうなることかと心配していたが、求はよどみなく楽器の紹介を終求はえた。先ほどまでの紹介と比べて、明らかに女子部員たちのテンションが高い。求はコントラバスを抱え上げると、そそくさと逃げるように音楽室をあとにした。「では次に、」と久美子はピアノの後ろに立つ部員のほうへ顔を向けた。

「パーカッションの人、お願いします」

「はーい」

楽器室からずるずると引きずられてきたのは、総重量百キロを超えるマリンバだ。シックな色合いの木製の音板の下に、金色の共鳴パイプがずらりと並ぶ。マリンバの前にいるのがパートリーダーである井上順菜《いのうえじゅんな》。先端を毛糸でぐるぐる巻きにしたマレットを構えているのが、釜屋つばめだ。

順菜は息を吸うと、ハキハキとした声音で話し始めた。

「私たちはパーカッションパートです。打楽器を担当するセクションと説明されることが多いですが、スティックを使うもの以外の楽器、トライアングルとかタンバリンとかシンバルとかそういうのもひっくるめて扱うなんでも屋みたいなパートです。楽譜を見て、なんだこの楽器！　って存在を初めて知る楽器を演奏することもありますが、そこがおもしろかったりもします。今日皆さんに聞いてもらうのは、マリンバの演奏です。北宇治に来たからにはこのくらいのレベルになってもらうぞ、と発破をかける意味もあります」

「順菜ちゃん、その言い方は私にプレッシャーが……」

「つばめはすごいから大丈夫。ほんまは短い曲のほうが楽器紹介には向いてると思ったんやけど、ドラムメジャーにお願いして一曲ちゃんと弾いてもらうことにしました。安倍圭子《あべけいこ》さん作曲の、『雨蛙《あまがえる》』です」

「お願いします」

つばめがその場で頭を下げる。右手と左手にそれぞれ二本のマレットを持ち、彼女はその場で軽く肩を動かした。丸い眼鏡レンズが灯の光を反射する。彼女はじっと鍵盤を見つめ、最初のフレーズを打ち鳴らした。

オクターブを軽々と行き来する、軽やかなメロディー。マレットが蛙のように飛び跳ね、あちこちで可憐《かれん》な音が鳴り響く。陽気さと不穏さ、静けさと激しさ。それらが交互に繰り返され、ひとつの空間を作り上げていく。

つばめの強みは集中力と正確性だ。足を使わなければならないマーチングやドラムの場合は途中でグダグダになるものの、鉄琴や木琴といった腕だけを使う演奏の場合はすさまじい集中力を発揮する。

彼女のこうした特性を見出《みいだ》したのはパートリーダーの順菜だった。才能は、それに価値を見出す人間がいなければ開花しないこともある。順菜と同じパートになったことは、つばめにとって幸運だったに違いない。

「お姉ちゃんすごい！」

演奏を終えたつばめに、妹のすずめが惜しみのない拍手を送っている。それに釣られるようにして、周囲の一年生部員も称賛の声を口々に漏らした。

照れ隠しに眼鏡をいじっているつばめに手の先を向け、順菜が口を開いた。

「こんなふうに、北宇治にはすごい子がたくさんいます。そして、一年生のみんなも私たちと練習していたらこんなふうにすごくなれます。私たちと一緒に頑張ってくれる子、募集中です。なんの楽器かで悩んでたら、ぜひパーカッションに来てください。待ってます」

パーカッションの紹介も、一年生たちの反応は上々だった。続く木管パートも、紹介は順調に進められた。

「フルートは明るく澄んだ音色が特徴の楽器です。先ほど部長が説明してくれましたが、息を吹き込むことで音を鳴らします。原理はリコーダーと同じです。一オクターブ高いピッコロも、フルートパートの子で担当していて——」

「クラリネットの音域は全管楽器のなかでもっとも広く、たくさんの役割をこなせます。去年出場したアンサンブルコンテストでは、クラリネットメンバーの四重奏で全国大会に進みました。優しい先輩がたくさんいるパートです」

「サックスはなんといっても、ジャズでもポップスでも活躍できる魅力的な楽器です。

ひと口にサックスといっても種類によって音域が違っていて、北宇治にあるものを低音順に並べるとバリトンサックス、テナーサックス、アルトサックス、ソプラノサックスとなります。低音になるほどサイズが大きくなるので――」

「オーボエとファゴットはダブルリードの楽器です。オーボエはぱっと見ではクラリネットがちょっと大きくなった感じ、ファゴットはとにかくながーい楽器ですねぇ。どちらも学校にある楽器の数が少ないので、人数に限りがあります。少数精鋭のパートなんで、逆に仲良くなる気満々です。ちなみに私も葉月先輩と同じく一年生指導係なので、気軽にりりりん先輩って呼んでくださーい」

オーボエを手にしたまま、梨々花はニコニコと片手を振っている。ダブルリードパート紹介をすませたところで、今回の楽器紹介は終わりとなった。

久美子はバインダーに挟んでいたプリントをめくる。

「じゃあ楽器紹介も終わったところで、さっそく楽器決めに移りたいと思います。まず初めに第一希望の楽器のところへ行って、そこにいる先輩たちに希望している旨を伝えてください。人数が多ければ第二希望、第三希望と、別の楽器に移ってもらうことになります。マイ楽器を持っている子、経験者の子は割り振りに加味しますので、事前にその場にいる先輩へ申告してください」

「はい！」

「どの楽器になるか確定した子は、私のところへ報告に来てください。全員の割り振りが決まり次第ミーティングに移りますので、自分の楽器が決まったからといって先走って音楽室から出ないように気をつけてください。それでは、いまから移動開始です」

久美子の指示に従い、一年生部員たちが一斉に動き出す。音楽室では先輩部員たちがパートごとに分かれて配置され、希望者は自分の担当したい楽器の場所へ足を運ぶことになっている。去年までは久美子も低音パートのエリアにいたが、今年は部長ということもあり、ピアノのある位置で待機していた。

久美子の手元にある紙を、麗奈がのぞき込む。

「今年は何人くらい入ったん?」

「三十一人」

「ってことは、合わせて百二人ってこと? 百人超えたんやな」

「さすがに楽器の割り振りが厳しくなってくるね。この人数だと」

「うれしい悲鳴やけどね」

「まあねぇ」

かつて北宇治は全国大会に何度も出場した強豪校だった。当時の顧問は現在の顧問である滝昇の父、滝透《とおる》だ。彼の活躍のおかげで北宇治は普通の学校に比べて多くの楽器を所有しているが、それでも時間の経過による劣化は免れない。久美子のユーフォニアムも、ラッカーによる塗装があちこちで剥がれている。

「滝先生、予算が多めに取れたら新しいチューバ買いたいって言ってたけど、結局まだ買えてないもんね」

「チューバ一台でほかの楽器が何台か買えるし、まとまったお金がないと厳しいんでしょ。部費の値上げっていうのも難しいし」

「コンクールで次の大会に進むと、バス代もトラック代もかかるしね。外部の先生に指導をお願いするなら、当然謝礼も発生するんだろうしなぁ。マイ楽器率が上がると助かるけど、高価な楽器はさすがにお願いしづらいよね」

「でも、子供がそれを必要とするなら、買うのが親の役目やと思うけど」

「それは麗奈の家だから言える台詞だよ」

「そう？」

「そうそう」

もしも久美子がユーフォニアムを買ってほしいと言っても、親はきっと認めてはくれないだろう。よっぽど家計に余裕がない限り、ふたつ返事で了承するのは難しい。

「部長、楽器決まりましたー」

聞こえた声に、久美子はとっさに顔を上げる。

報告に来た最初の一年生部員は、体験入部期間にやってきた三人組だった。

「すごい……低音が一番乗りだなんて、いままでだと考えられないよ。本当にありがとね」

感激のあまり佳穂の手を取ると、彼女はオロオロと瞳を揺らした。「早く登録してあげて」と麗奈が横から口を挟む。

「わかってるって。はい、じゃあすずめちゃんから。なんの楽器になったの？」

「チューバです！　あと、弥生もチューバになりました。弥生はユーフォ希望だったんですけど、じゃんけんに負けちゃって」

「ってことは、佳穂ちゃんがユーフォニアム？」

「そうです。よろしくお願いします」

「うん、よろしくね。初心者の子は一年生指導係の葉月と梨々花ちゃんにいろいろと教えてもらうことになるだろうから、いまのうちに挨拶しておくといいよ」

「ありがとうございます！」

楽器が決まった直後でテンションが上がっているのか、三人は顔を見合わせてはキャッキャッと華やいだ笑い声を上げていた。未来への期待に心を躍らせている一年生の姿は、三年生という立場から眺めるとずいぶんと微笑ましい。自分が一年生だったころも、先輩たちからこんなふうに思われていたのだろうか。

「低音、幸先いいね」

黒髪の毛先をいじりながら、麗奈がフッと微笑する。その爪先が、こつんと一度床へぶつけられた。

「トランペットも大盛況じゃん。すごい人気」

「上手い子が入ってきてくれると心強いんやけどね」

「上手いって、どのくらいのレベル？　麗奈くらい？」

「アタシまでとは言わんけど、小日向《こひなた》さんぐらいの逸材が一年にも来てくれたら、卒業しても安心やなって思える」

小日向夢《ゆめ》は、トランペットパートの二年生だ。優秀な奏者だが、引っ込み思案な性格のせいで目立つことを嫌っていた。いまでは少しずつ前向きになり、演奏会ではときおりソロも担当するようになった。

「卒業って、まだ一学期始まったばっかりだよ」

「でも、今年決めたことが来年、再来年の子たちにまで影響するから。アタシは滝先生のいる北宇治が、ずっと強豪であってほしいって思ってる」

はー、と久美子は素直に感嘆の声を漏らした。今年の学年のことだけで精一杯の久美子と違い、麗奈は先の先まで見通して行動している。

「間に合った……のかな？」

聞こえた声に、久美子は反射的にそちらに顔を向けた。スライドする扉の隙間から、赤を含んだ西日が差し込んだ。帯状に伸びる光の線が麗奈のふくらはぎを二色に分ける。

逆光に目を細めた久美子に向かって手を振ったのは、楽器ケースを手に提げた真由だった。そのなかに納まった楽器が何か、久美子はひと目見ただけですぐにわかった。

「ごめんね、遅くなって」

「真由ちゃん!」

うれしそうなつばめの声が、久美子の鼓膜にこびりつく。無意識のうちに、自身の喉がごくりと大きく音を立てた。

真由が動くたびに、光をまとう彼女の髪がふわふわと揺れていた。控えめな微笑、可憐な声音。彼女は美術の教科書に載っている春の女神みたいな空気を持っている。

麗奈が首をひねった。

「もしかして例の黒江さん? 清良女子からの転校生っていう」

「うん。親が転勤の多い仕事だから、それで京都に転校してきたの。さっきまで滝先生と入部の手続きをしてたんだけど、楽器の希望があるなら音楽室に行ってくださいって言われて。一年生たちはいま楽器決めの時間なんでしょ?」

「そう。ちょうど登録してたところ。といっても、備品の楽器の数には限りがあるから、希望どおりになれる子となれない子がいるんやけど」

ね、と麗奈が黙り込んでいた久美子の腕を肘で小突いた。その言葉で、ようやく我に返る。

「う、うん。さっきもじゃんけんで自分の吹く楽器を決めた子もいたし」

「楽器については大丈夫。滝先生にも事前に相談してたんだけど、私、昔から転校が多かったでしょう？　学校が変わるたびに楽器が変わるのも困るから、中学生のときにお母さんに買ってもらったんだ」

そう言って、真由は持っていた楽器ケースを床へ置いた。滑らかな黒のハードケースは、七十センチほどの大きさだ。ゴールドのロックをひとつずつ丁寧に解除し、彼女はその蓋を持ち上げる。

なかから姿を現したのは、白銀のユーフォニアムだった。

「三年三組、黒江真由です。希望はユーフォです」

にっこりと笑う真由に、久美子もひきつった笑顔を返すしかない。

低音パートに加わった新しい仲間は、超強豪校からやってきた三年生だった。

「では、各部員の楽器が決まったところでこれからについてお話しします」

楽器決めが終わったあと、全部員が音楽室に集められた。その数、百三人。普通教室よりはかなり大きめに作られている音楽室も、さすがに百人を超えると狭く感じる。ミーティングでこれなのだから、合奏となるとより大変だろう。

低音パートに加わったのは、結局四人だった。ユーフォニアムには転入生の黒江真由と笑い上戸の釦谷佳穂、チューバはつばめの妹である釜屋すずめとバンダナが目印の上石弥生。四人とも女子部員だ。

「北宇治は基本的に、平日はパートごとに分かれて練習を行っています。パート練習室はほぼ固定されていますが、日によっては教室が使用されていて使えない場合もあります。そういうときは振替で別室になるので、きちんとパートリーダーの人に確認を取ってください」

「はい」

「個人練習時間の場合はパート練習室で行わなくても大丈夫ですが、放課後授業やほかの部活の人の迷惑になる場所は避けてください。模試の日は音出し禁止です。騒がしいと教室が使用不可になる可能性もあるので、絶対にルールは守りましょう」

「はい」

「では、次に休日練習についてです。これから四月の予定表を前から順に配りますので、後ろに回してください」

秀一がプリントを配布する。全員に行き届いたのを確認し、久美子は話を進めた。

「休日練習は午前練習、午後練習、一日練習のどれかになることが多いです。本番が近づくと合奏が増えますが、それでもパート練習、個人練習の時間のほうが多いです。合奏で受けた指摘を個人練習で改善し、そしてまた合奏に挑む……というのが基本の流れです。それ以外にもいろいろとありますが、細かい点はパートリーダーに確認してください」

「はい」

「では次に——」

「遅くなってすみません」

久美子の声を遮り、音楽室の扉が開いた。職員会議を終えたらしき滝が室内へ足を踏み入れる。滝が姿を見せた瞬間、教室のあちこちで興奮を抑えたような吐息がこぼれた。「本物やん」という一年生の言葉に、隣にいた麗奈が「当たり前でしょ」とため息混じりにつぶやいた。

滝が久美子の隣に並び、「どこまで進みましたか」と尋ねてくる。

「練習表を配布していたところでした。これから今年一年間の目標とか、そういうのを決めていこうかと思っていたところで」

「そうですか。間に合ってよかったです。私が顧問の滝昇です。担当教科は音楽ですので皆さんの授業を受け持つこともあると思います。これからよろしくお願いしますね」

そう言って微笑する滝の様子は、温厚な人間にしか見えない。声を弾ませて返事をしている一年生部員たちのほとんどが彼を優しい先生だと思っているのだろう。

「では黄前さん、続けてください」

「あ、はい。それでは、今年一年間の部内方針についてです。吹奏楽部の活動のなかでもメインイベントなのが、毎年夏から始まる全日本吹奏楽コンクールです。北宇治はこの大会で、一昨年は全国大会銅賞、去年は関西大会金賞という結果を残しました」

久美子の説明に、部員たちはうなずいた。一年生部員は語られる華やかな実績に目を輝かせ、二、三年生は苦さの伴う過去を思い返している。

「北宇治高校では毎年、活動の目標を自分たちで決めることにしています。コンクールでいい結果を出そうと思うと……うーん、やっぱり、それ相応の練習量が必要ですし、本当に全国行くんだぞっていう覚悟が求められます。逆に、結果を求めずに楽しみたいという考え方も、部活として正しいあり方だと思います」

ただ、とそこで久美子は一度言葉を区切る。

「吹奏楽は一人じゃできません。なんて言ったらいいかわからないけど、その、みんなの目指している方向がバラバラだと、誰かの努力が誰かのせいで台なしになってしまう、なんてことになるときがあります。大事な時間をせっかく部活に充てているのに、そんなふうになるのはとても悲しいことだし、そういうのって嫌だなって私は思います。なので、ここにいる全員の意見を統一させることが活動を進めていくのには大事かなって」

一度息を吸い込み、久美子は部員たちの顔を見回した。真剣な面持ちの二、三年生部員とは対照的に、一年生部員のなかには動揺を露《あら》わにする者もいた。瞳を揺らす後輩に、久美子は二年前の自分を思い出す。

「北宇治は毎年、多数決で目標を決めます。全国大会金賞を目指すか、それとも上を目指さず楽しい部活生活を求めるか、です」

こうした場の多数決は、じつは正しい回答が決まっている。イエスかノーか、その選択を強制するような空気がじわりじわりと足元から忍び寄る。一年生のとき、同調圧力が苦手だった。読まされた空気のなかでは息がしづらいから。だが、部長になったいまだと、物の見方が少し変わる。

どうか全員が賛成と言ってくれ。

でないと、今後の生活にしこりが残る。脳裏をちらりとよぎったのは、二年前に受験勉強を理由に部活を辞めた、斎藤葵《さいとうあおい》の横顔だった。

「全国大会金賞を目標に頑張りたいと思う人」

久美子の問いかけに、部員の手が一斉に上がった。全員の指先が、まっすぐに天を向いている。

その光景に、麗奈は満足そうにうなずき、秀一はうれしそうに目を細めた。久美子は胸に手を当て、そっと安堵《あんど》の息を吐く。

「では、多数決で全国大会金賞を目標にするということに決まりました。結果を求めて動くということは、その分だけ求められることも多いです。大変なこともあると思いますが、みんなで頑張っていくのがいちばんだと思っています」

話していくうちに、久美子は自分が何を言おうとしているのかわからなくなってきた。後輩たちは真面目な顔で相槌を打ってくれているが、話の終着点がどこなのか、自分でもわからない。

一昨年のあすかや去年の優子は、周りを鼓舞する言葉をかけるのが上手かった。が、久美子はそういうタイプではないと自分でも気づいている。

「……だからその、いまこうして決めた目標はブレさせないようにしましょう。みんなで頑張って力を合わせたら上手くやれると思うし、苦しいこともつらいことも乗り越えられると思っています。あ、もちろん苦しいとかつらいことばっかりじゃなくて、楽しいこととかうれしいことのほうがたくさんある部活にできたらいいなとは思ってるけど。ただ、どうしても誰かにとって納得のいかないこととかも起こってくると思うから、そういうのも全部上手くやれたらいいなって。なんていうか、その……はい、そういうことです」

「まとめるの下手くそか！　始業式の校長の話くらい長かったで」

秀一の突っ込みに、どっと後輩たちが笑った。助かった、と久美子はとっさに隣を見る。彼は軽い目配せをこちらに寄越し、麗奈へ話を振った。

「ドラムメジャー的に、なんか言っておきたいことある？　一年生を交えた最初のミーティングやし、もし伝えたいことあったら言っといたほうがええと思うけど」

「確かに、言いたいことはある」

肩にかかった黒髪を指で払い、麗奈は皆と向き合った。彼女が前に出るだけで、空気が引き締まるのを感じる。

「滝先生が来て、今年でちょうど三年目になります。それはつまり、一年生のときから滝先生に指導を受けてきた学年だけでこの部が構成されているということです。率直に言いましょう。北宇治の演奏は上手い。けれど、ただ上手いだけでは全国金賞という目標は達成されない。なぜなら、上を目指す学校はどの学校も上手いから」

ゴクン、といちばん前に立つ一年生が唾を飲んだ。

「北宇治は、一番を目指しましょう。高校生にしては上手だね、ではアタシは満足できません。北宇治がいちばん上手いって言われたい。そのために、みんなには高みを目指してほしい。いまの自分で満足するんじゃなくて、さらに上を行く未来の自分を追いかけてほしい。ドラムメジャーとして、アタシも全力で一年間、北宇治を引っ張っていきたいと思っています。全国大会金賞、取りに行きましょう！」

「はい！」

麗奈の言葉に、士気は一気に高まった。そのカリスマ性は闇を裂く鮮烈な光みたいに、強烈に周囲を惹《ひ》きつける。よくも悪くも。

それまで黙って様子を見守っていた滝が、一歩分だけ前に出た。

「幹部から素晴らしい挨拶をしてもらったので、顧問が言うことがなくなってしまいましたね。何はともあれ、こうして新しい仲間が増えたことは喜ばしいことです」

そう言って、滝は大きく両腕を広げた。

「皆さん、北宇治高校吹奏楽部へようこそ」

その日の帰り道は、葉月と緑輝とも一緒だった。休日練習のときは一緒に帰るが、平日にこうして四人で帰るのは久しぶりだ。

先を歩く葉月と緑輝に、久美子と麗奈は談笑しながらついていく。低音パートに無事後輩が入ってくれたこともあり、久美子の足取りは軽かった。

「それにしても、すずめちゃんたちが低音に入ってくれてよかったねぇ。緑、後輩ができてうれしい！」

「ほんまな。体験入部のときから入るとは言ってくれてたけど、どこまで本気かこっちにはわからんし。全員入ってくれてよかったわ」

「低音は今年、三人入ったんやっけ？」

麗奈の問いに、久美子は頭を斜めに傾けた。

「うーん、厳密に言うと四人かな。一年生は三人で、あとは転入生の真由ちゃんがユーフォに入ってくれたから」

「真由ちゃん、清良女子から来たんやもんなぁ。緑、真由ちゃんの演奏聞くの楽しみ！」

「清良女子ってことはやっぱ、めっちゃ上手かったりするんかな。あの子、清良でAメンバーやったんやろうか」

葉月がちらりとこちらを振り向く。頬に伸びる黒髪を指に巻きつけながら、麗奈が応じた。

「本人がそう言ってた。いちおう、一年生と二年生でAメンバーやったって」

「麗奈、真由ちゃんと話したの？」

「今日が初めてやったけどね。編成的に自分が入っても問題ないかって聞かれた」

「で、麗奈はなんて答えたん？」

「マイ楽器あるならまったく問題ないって言った。上手いならなおさら即戦力やしね」

即戦力。その言葉に、胸がざわつく。優秀な子が入ってきてくれるのは喜ばしい。部長ならそう思うべきだと、頭ではわかっているのだけれど。

「真由ちゃんの持ってる銀ユーフォって、あすか先輩と同じ型番のやつやんな？」

緑輝が前を向いたまま言う。その小さな体躯《たいく》は、先ほどから歩道と車道を行ったり来たりを繰り返している。

「うん。最初に見たとき、ちょっとびっくりしちゃったもん」

「奏ちゃんも興味津々って感じやったもんね」

「アレは興味津々というか……先制パンチしてたというか」

低音パートに新入部員を連れていった際の奏と真由のやり取りを思い出し、久美子はつい苦笑した。

「低音パートに新しい先輩が増えるんですね。なんと喜ばしいことでしょう」

両手を顔の横で重ね合わせ、奏はにっこりと作りものめいた笑みを浮かべる。つい先ほど、新入部員加入後のミーティングを終えたタイミングでの出来事だ。音楽室の隅で真由と久美子が話していると、よそ行きの顔をした奏が会話に加わってきたのだ。

「黒江先輩とお呼びしても？」

「どんな呼び方でも大丈夫だよ。あなたは……えっと、」

「二年生の久石奏です。先輩と同じく、ユーフォニアムを担当しています」

どうぞよろしく、と奏はどこぞの令嬢のようにスカートの裾を恭しく持ち上げてお辞儀した。こちらこそよろしく、と真由が慌てて頭を下げる。

「真由ちゃんは清良女子高校からの転入生なの。奏ちゃんもこれから仲良くしてね」

「もちろんですとも。頼れる先輩が増えて大変心強いです」

にこやかに笑っている奏の、そのどこまでが本心かは久美子にはわからない。目の前の後輩の愛想のよさに、真由はすっかりだまされているようだが。

「清良女子からの転入ということですが、どういう事情なんです？」

「親が転勤の多い仕事だから、それに合わせて京都に引っ越してきたの」

「では、今年また転校する可能性もあるんですか？」

「それはないよ。卒業まで同じ学校にいたいって言ったから。本当は清良で三年間過ごせたらよかったんだけど……うーん、こればっかりは仕方ないね」

笑い混じりの言葉には、ところどころに諦めの感情がにじんでいた。頬をかく真由の表情を、久美子はどこかで見たことがあるような気がする。不意に襲いかかる既視感が、久美子の呼吸を一瞬止めた。

「黒江先輩はどうして北宇治を選んだんです？　京都にはほかにも学校があったと思いますが」

「選択肢の学校のなかで、いちばん吹奏楽部が強かったからかなぁ。吹奏楽を続けるかはともかく、上手な学校のほうがいいなって思ってたの」

「それはコンクールで結果を出したいからですか？」

「というより、合奏するなら上手なほうが楽しいでしょう？　いくら自分が参加してるって言っても、合奏時間に下手な演奏をずっと聞かせられるのって嫌だなぁって思っちゃう」

柔らかな光をまとう真由の瞳が、瞼によって遮られた。軽く持ち上がる口角、うっすらと緩んだ頬。本人にそのつもりがなくとも、彼女の笑顔は何かを証明したがっているように見える。自分はあなたの脅威ではない。自分はか弱い。皮膚の下に隠された、無言のメッセージ。

「私、合奏が好きなの。だから、好きなものを好きでいられる環境を選ぼうって思って」

「黒江先輩にとって、北宇治がそういう環境だったということですか」

「うん、そうなるかな」

うなずく真由に、奏は探るように黒目を動かす。艶のある黒髪をさらりと揺らし、奏は含みのある声で言った。

「先輩の北宇治での学校生活がいいものになることを願っています」

あのときの奏と真由の会話は、表面上は円滑なものであったと思う。ただ、一年をともに過ごしてきた久美子には、奏になんらかの思惑があることがひしひしと伝わってきた。聡明《そうめい》な後輩はいったい何を考えているのか。これから先、揉め事を引き起こさなければいいのだけれど。

「ユーフォは大丈夫やろ。うちとしてはチューバが五人になるから、上手くまとめられるか心配」

「葉月ちゃんなら大丈夫！」

「すずめちゃんも弥生ちゃんもいい子っぽいしね。葉月とも相性よさそうだったし」

「ほんまにそう思う？」

「思う思う。葉月なら上手くやれるよ」

高校から吹奏楽部に入った葉月は自身の演奏技術に不安を持っているが、二年も吹いているとなれば立派な経験者だ。後輩に教える立場となっても、違和感を持つ人間はいない。どうしても技術面で困ったことが起こったら、そのときはフォローを美玲に頼めばすむだろう。

「でもさぁ、五人もおったらオーディションとかヤバそうやない？　うち、三年目はさすがにAメンバー入りしたいんやけど」

「初心者の子たちはメンバー争いに絡まないいんじゃない？　オーディション、六月だよ」

「それはわからないでしょ。上達の速い子がいたら上がってくる可能性だってある」

冷静な麗奈の指摘に、葉月があからさまにうろたえる。

「ええっ。そんな天才みたいな子、おる？」

「伸びる子は伸びると思うけど」

「麗奈がそう言うんならそうなんかなぁ。ただでさえみっちゃんもさっちゃんも上手いのに、ライバル多すぎ」

「そこに負けないように頑張るのが三年生でしょ」

「正論すぎてぐうの音も出んわ」

葉月が肩をすくめた。スクールバッグの取っ手を握り締め、久美子は大きくため息をつく。

「というか、心配なのは私のほうだよ」

「なんで？」

「だって、奏ちゃんは上手だし、多分真由ちゃんも上手でしょう？　部長なのにAメンバーじゃなかったらほかの部員に示しがつかない……」

「まーた出た。久美子の心配性」

頭の後ろで両手を組み、葉月がカラカラと明るく笑う。

「でも確かに、もし今年ユーフォにソロがあったらオーディション大変かもしれへんね。三年生二人やもん」

「ん？　その場合、どっちがソロやるん？」

無邪気な双眸が、久美子を捉える。まっすぐに向けられた葉月からの視線に、久美子の足は固まった。立ち止まった久美子の背に、麗奈の手が軽く触れる。

「そんなの、上手いほうに決まってるでしょ」

背に込められた力に、久美子は意識的に背筋を伸ばした。告げられた台詞は、かつてあすかが発したものと同じだった。


新一年生が加入し、どのパートも賑やかとなった。部員数が百人を超えている部活は、北宇治では吹奏楽部だけだ。放課後に廊下を歩けば練習しているトランペット部員とすれ違うし、校舎裏をのぞき込めばサックスの子たちが譜面台を立てて演奏している。音楽室にいるパーカッションは人数が多すぎて楽器が足りず、ラバー製の練習パッドを大量に並べてスティックコントロールの練習に励んでいた。

「タン・タン・タン・タン・タカタカ・タカタカ・タカタカタカタカ・タカタカタカタカ」

呪文みたいな台詞を繰り返しているのは、パートリーダーである井上順菜だ。一年生をずらりと並ばせ、彼女は基礎練習の指導を行っていた。先ほどの練習は、四分音符、八分音符、十六分音符を正確に叩けるようになるという目的がある。

「メトロノームの音をちゃんと聞いて。スティックを振り始めた瞬間じゃなくて、パッドを叩く瞬間を意識しようね」

「はい」

今年のパーカッションは十五人、全部のパートのなかでいちばん多い。収拾がつかなくなることを恐れていたが、全員が経験者だったため、指導はスムーズに進んでいるようだ。

順菜の声に耳を傾けながら、久美子は部員名簿のページをめくる。

吹奏楽部に入部した一年生は三十一人。四十三人の二年生、二十九人の三年生と合わせて、部員は合計百三人だ。百を超えたのは長い北宇治の歴史でもかなり久しぶりのことらしい。移動時のバスのレンタルをどうしたものかと美知恵が頭を悩ませていた。

一年生部員の名前に視線を滑らせ、久美子は一人ひとりの顔を思い浮かべる。ただの部員だったころは顔と名前が一致していない子がいても支障はなかったが、部長となったいまは全員をきちんと把握しなければならない。経験者か未経験者か。出身校、仲のいい友達は誰なのか。

「久美子ちゃん、お疲れ様」

近づいてきた声に顔を上げると、つばめが控えめにこちらに手を振っていた。隣の席の椅子を引くと、「ありがとう」と彼女は椅子へと腰かける。

「部員名簿の整理？」

「というより、一年生指導係が使う資料を作ってたの。どの子がどれくらいの力を持ってるのか、ざっくりとまとめてて」

「久美子ちゃん、もう一年生全員のことを把握してるん？」

眼鏡のレンズの奥で、つばめの両目が見開かれる。まさか、と久美子は笑い混じりに首を横に振った。

「パートリーダーの子たちから報告を受けてるから、それを表にしてるだけだよ」

「すずめはどう？　低音で上手くやれてる？」

「妹のこと、やっぱり気になる？」

「気になるというか、心配で」

からかいに返ってきた言葉は、予想に反して真面目なものだった。ファイルを閉じ、久美子はつばめと向き合う。

「友達と一緒にパートに入ったし、本人はすごく楽しそうにしてるけど。何か問題があったりするの？」

「いや、問題というか、これから問題を起こすかもしれないというか」

「どういうこと？」

「ほらあの子、変わってるから」

そうだろうか。すずめと接していてそんなふうに感じたことは一度もないが。疑問が顔に出ていたのか、つばめが気まずそうに唇をもごもごと動かした。

「いちおうね、私からはちゃんと言ってあるから。みんなに迷惑かけへんようにって」

「心配しすぎだよ。姉が思ってるより、妹って成長してるもんだから」

「だといいんやけどね」

しみじみとつぶやくつばめに、久美子は思わず笑いをこぼす。いつもは少しぼんやりしているつばめも、家に帰れば立派なお姉ちゃんなのだ。

「そんなに心配なら低音に様子見に行く？」

「いやいや、そこまでは大丈夫。ただ久美子ちゃんに伝えておきたかっただけやし」

平静を装っているが、その目は泳いでいる。隠しきれていない動揺に気づかないふりをしたのは、姉を持つ人間なりの優しさだった。

ボン、と低い一音が緑輝の指先で爆《は》ぜるように鳴った。しっかりと張った弦を、彼女はためらいもなく弾いていく。一音ずつ上がるシンプルな音階も、彼女が奏でればそれだけで立派な曲になる。

「さすが緑先輩です」

いつものごとく緑輝の演奏を褒め称える求に、一年生部員たちが笑っている。求は相変わらず緑輝以外に愛想が悪いが、後輩女子には人気がある。これだからイケメンは、と愚痴っていたのはサックスの瀧川《たきがわ》ちかおだったか。

「まず、唇を震わせてみて。そこからマウスピースを唇に当てると、マウスピース自体が震えるでしょう？　この振動が楽器に伝わって音が出る。だからリコーダーを吹くみたいに音を出す、っていう発想を捨てないといけない」

教室の端では美玲による初心者用講座が開催中だった。くっつけるようにして並んだ三つの椅子に、一年生三人組が着席している。

「うーん、なんとか音自体は出るようになったんやけどなぁ」とマウスピースに真っ赤な顔で息を吹き込んでいるのは弥生。

「唇で音を変えるっていうのがちょっとよくわからないです。どうして一オクターブ違う音を吹くのに指番が一緒なんです？」と頭を悩ませているのが佳穂。

「うわっ、もしかするとウチ天才なんかもしれん……自分の才能が恐ろしい」とマウスピースを器用に吹き鳴らしているのがすずめだ。

一年生三人組が楽器を始めて数日がたつ。全員が初心者であり、スタートラインは同じはずなのだが、たった数日にしてすでに実力の差が開き始めていた。

「楽器を吹くときも基本は同じ。マウスピースを震わせて、ベルから音を出す。まずは安定して音を出すところから。その段階をクリアしたら、今度は音階ね。指番号は覚えてきた？」

美玲の問いかけに、三人は素直にうなずいている。さつきが「えらーい！」とぱちぱちと両手を叩いた。童顔の彼女は一年生よりも年下に見える。

「B♭《べー》、これがいちばんの基本。指番をまったく押さないゼロ。そこから、C《ツエー》、D《デー》、E♭《エス》、F《エフ》、G《ゲー》、A《アー》、High B♭《ハイベー》と順に上げていきます」

「ハイッ！　みっちゃん先輩、それ何語ですか」

「ドイツ語です」

勢いよく手を上げた弥生の問いに、美玲が即答する。葉月がげんなりと顔をしかめた。

「あー、ドイツ音名マジで苦手」

「なんで日本人やのにドイツ読み？　普通にドレミじゃダメなんですか？」

すずめの疑問はもっともだ。美玲がシャツの袖を軽くまくる。

「ドレミファソラシドだって日本語じゃないでしょ。日本音名はハニホヘトイロハ。ちなみに、ドレミはイタリア語」

「へえ、さすがみっちゃん！　物知りやね」

「べつに、このくらい普通やけどね。……ドレミじゃない呼び方をどうして使うのかっていう質問には、それぞれの『ド』の音が違うから、って答えが正解かなと思う。これは話し出すと初心者の子にはややこしすぎるからざっくりとした説明になるけど、要は調が違う楽器が集まって吹くと、それぞれ楽譜に書かれている記譜音と実際に鳴ってる実音が違ってしまうという話です。B♭調、C調、F調、E♭調……という感じで楽器によって調が異なるので、楽譜に書かれている記譜音と実際に出ている実音が楽器ごとに違ってきます。このズレを防ぐために実音としてドイツ音名が使われるというわけです」

「どひゃぁ、わからん！」

ぺちん、と芝居じみた仕草で弥生が自身の額を叩く。佳穂が首をひねった。

「んー、とにかく、先輩から教えられたとおりに楽譜に指番を振れるようになって、あとはB♭とかCとかっていう音の読み方を覚えたらいいですか？」

「そういうことです。最初にプリントを配ってるけど、わからなくなったら遠慮なく先輩に聞いてもらって大丈夫です。ちょっと難しいし」

「うちなんか、最初のころは先輩に指番振ってもらってたもん」

葉月の言葉に、久美子は少しの懐かしさを感じる。今年の春に卒業していった後藤卓也と長瀬梨子。チューバパートの二人は優しい先輩たちだった。

机から身を乗り出し、弥生が尋ねる。

「じゃあじゃあ、葉月先輩にお願いしたら指番振ってくれますか？」

「残念ながら、ダメでーす。みっちゃんいわく、自分のことは自分でやる、がモットーらしいから」

「当然です」

フン、と鼻を鳴らす美玲に弥生ががっくりと肩を落とした。ヘアバンドのように巻きつけられた黄色のバンダナが、その頭上で存在感を発揮している。すずめが両手をこすり合わせた。

「厳しくせんとってくださいよー。北宇治の清少納言《せいしょうなごん》と呼ばれているうちからもお願いします」

「誰から言われとるねん」と小声で弥生が突っ込むが、すずめはそれをスルーしてカーテンの裾を持ち上げた。クリーム色の布の隙間から、白い日差しが差し込んでくる。

すずめの奇行に部員たちは脳内を疑問符だらけにしていたが、意図を汲《く》み取ったらしい奏がクスクスと笑いながら尋ねた。

「香炉峰《こうろほう》の雪はどうかしら？」

すずめは心底うれしそうに、さすが奏先輩！」

「これに気づくとは、さすが奏先輩！」

すずめは心底うれしそうに、歯を見せて笑う。「コウロホーって？」と尋ねるさっきに、「中国の山の名前。『香炉峰の雪』っていう逸話が枕草子に出てくる。授業でやったでしょ」と美玲が解説してあげていた。

弥生が呆れたように口を開く。

「そのギャグ、全然おもしろない」

「え？　少々和んだやろ？　清少納言だけに」

「上手い！」

間髪を容《い》れずに佳穂が声を飛ばす。何がツボに入ったのか、彼女はお腹《なか》を抱えて笑っていた。その豪快な笑いっぷりに、こちらまで釣られそうになる。

「ちょっと佳穂、笑いすぎ」

弥生が佳穂の脇腹を小突いたが、佳穂は「ごめんごめん」と言いながら目尻を拭っていた。

一連の会話を見守っていた真由が、その口元を綻ばせる。柔和に細められた両目が久美子を映し出した。

「低音パートって、仲良しだね」

「確かに。いい子が多いからかな」

「それって私のことですよね、久美子センパイ」

うふ、と奏が甘ったるく語尾を伸ばす。

「奏ちゃんは本当にイイ性格してるなって思うよ」

「お褒めいただき光栄です。黒江先輩ももちろん、私のこと好きですよね？」

「え、うん。仲良くなりたいなって思うよ、もちろん」

「でしたらよかったです。私も先輩とお近づきになりたいと思っていたので」

金色のユーフォニアムを抱えたまま、奏がじっと真由を凝視する。ピカピカに磨き込まれた銀色のユーフォニアムには、眉を垂らす真由の顔が映り込んでいる。

「そういえば、真由ちゃんってあだ名とかあるの？」

「あだ名？」

「うん。真由ちゃんが前の学校でどんなふうに過ごしてたのか、少し気になって」

「あだ名か……うーん」

顎に手を添え、真由は考え込む素振りを見せた。緩やかに肩に流れる髪を、久美子は目だけでそっとなぞる。

「小学生のころはママって呼ばれてたかなぁ」

「なんで？　名前が真由だからとか？」

「そんなんじゃなくて、クラスメイトの子が私のことを間違えてママって呼んだの。ほら、学校の先生のことを間違えてお母さんって呼んじゃうこととかあるでしょ？　それで、なんでかわかんないけどそのままニックネームとして定着しちゃって」

「黒江先輩、雰囲気が優しそうですからね」

奏がにっこりと口角を上げた。確かに、柔らかな声質も相まってか、真由はおっとりとした雰囲気を漂わせている。きっとどの学校でも男子に人気があっただろう。

「ママー！　みっちゃんが意地悪するー」

「してません！　先輩もきちんと基礎練習してください」

ふざけた調子で騒ぐ葉月を、美玲が腰に手を当てて叱っていた。口調は厳しいが、その声は優しい。砕けた態度で会話する二人を見ていると、一年前のころを思い出さずにはいられない。

笑顔で後輩を見守っていた真由が、マウスピースへ口をつける。銀色のユーフォニアムが、細い腕のなかで震えた。

ボーン、とまろやかな音色が室内に響き渡る。ユーフォニアムの奏でる一音。角の取れた真ん丸な音の粒が、銀色のベルから転がるように流れ落ちる。一定のリズムを保って紡ぎ出される音階順の四分音符。単純な音の羅列でも、その演奏の腕前はありありと感じ取れた。

真由は上手い。

振動する空気に反応し、久美子の肌がさっと粟立《あわだ》つ。うなじに走るチリチリとした痛みの名は、焦燥だった。

二　秘密とフェスティバル

担当者　高坂麗奈

【北宇治幹部ノート】
五月　第二金曜日

今年の自由曲は、去年と比べてもかなり攻めてる。滝先生は本気で全国で金賞を取れるって思ってて、そのために行動してくれてる。アタシたちもその期待に応えようとすべきだし、駄々をこねる子に付き合ってられない。北宇治は上を目指してる。その夢のために行動できない子をフォローする必要って、本当にある？

コメント
私は脱落者を出したくない。全員そろってこその北宇治だと思うけど。（黄前）
それは綺麗ごとよなぁ。辞めたいって言われたら俺は引き止められん。（塚本）
それ、優しさだと思ってる？（黄前）

そういう書き方はないやろ。（塚本）
ノート押しつけ合うくらいなら、直接言えばいいのに。（高坂）

＊

五月になり、音楽室に差し込む日差しは熱を帯び始めた。まばゆい白をかき消すように、秀一がカーテンを素早く閉める。使用しない机は音楽室の外に運び出され、百三人分の椅子が音楽室に合奏隊形に並んでいた。基礎合奏前のミーティングでは、初心者である一年生部員が楽器を持たずに座っている。

「では、サンライズフェスティバルの楽譜を配ります」

前の席から順に、久美子はパートごとの楽譜を配る。黒髪をサイドに束ねた麗奈が、周囲の部員の顔を見回した。

「今年の曲は『オー・プリティ・ウーマン（Oh, Pretty Woman）』になりました。サンライズフェスティバルというのは毎年太陽《たいよう》公園で行われているパレードで、京都府内の学校が集まります。有名どころだと、マーチング強豪校の立華高校や去年全国大会で金賞を取った龍聖学園高等部も参加します。他校の演奏に負けないよう、北宇治もはりきっていきましょう」

サンライズフェスティバル、通称サンフェスは、名前の通りお祭り要素の強いイベントだ。座奏とは勝手が違うため、本番に出るまでにいろいろと準備が必要となる。まずは衣装の新調。パレードに出演する際の北宇治の衣装は青いジャケットと決まっているが、ハットやパンツ、スカート等、毎年ジャケット以外の部分にアレンジを加えている。衣装を考えるのはもっぱら役職持ちの三年生の役目で、演劇部の衣装係の手も借りつつサンフェスまでに準備を進める。

「毎年、初心者の子たちはステップ担当でしたが、今年は人数の問題で初心者にも奏者として参加してもらいます。ステップ係は楽器の足りないパーカッション部員の子にお願いします。ダブルリード、コントラバスは例年と同じくカラーガードです。屋外練習は来週から始めるので、各部員は暗譜をすませておいてください」

当然のことながらパレードは歩いて演奏するので、曲の練習だけでなく歩幅を統一する訓練も必要となる。室内練習に加え、グラウンドを使用しての屋外練習も行わなければならないし、初心者である一年生の面倒も見なければならない。それと並行してその他の出演イベントの支度、コンクールに向けての基礎練習など、三年生になると目を配らなければならない事項が一気に増える。

これを優子や夏紀《なつき》はやり遂げたのか、と久美子は去年の部長・副部長コンビに思いを馳《は》せる。後輩だった自分が想像していた以上に、部長としての仕事は多かった。

「一年生はわからないことがあっても自分の判断ですませず、ちゃんと先輩部員に質問すること。先輩部員たちはきちんと説明してあげること。『前にも言った』で片づけないようにしてください。わかりましたか」

「はい」

「では、基礎合奏に移ります。まずはソルフェージュから」

台の上に上がり、麗奈は譜面台に置かれた指揮棒を取り出した。久美子は自分の席に戻ると、譜面台に置いていた楽譜ファイルを開く。

ユーフォパートに与えられたスペースの、いちばん中央寄りの席。指揮者に近いその場所こそが、去年から変わらない久美子の特等席だった。


合奏練習が終わったあと、部員たちはパート練習室へと移動していった。休日練習では個人練習、パート練習、合奏練習が交互に行われる。合奏中に指摘を受けた箇所をいかに改善していくか、というのが部員たちの課題だった。

壁の向こう側からは、トランペットの高音が聞こえてくる。部員たちが練習に励んでいるあいだ、幹部と呼ばれる部長、副部長、ドラムメジャーの三人は多目的教室へと集まっていた。滝から呼び出されたのだ。

「滝先生、用事ってなんです？」

　最初に口を開いたのは秀一だった。教室前方にあった四つの机をくっつけ、滝は作業机代わりにしている。その上に置かれているのは、ノートパソコンと小さな卵型のスピーカーだった。

　現れた三人に、滝がパソコン画面からこちらへと視線を移す。持ち上げられた手の先が並ぶ椅子へ向けられた。

「どうぞ、まずは座ってください。話はそれからです」

　促され、久美子は滝からいちばん近い席に座った。その隣に麗奈、向かい側に秀一が座る。

「今日は皆さんとコンクール曲の相談をしようと、招集をかけました。サンフェスもありますが、今年はコンクールの楽譜も五月の段階で配布しておこうと考えていまして」

「候補曲はあるんですか？」

　麗奈の問いに、滝はカチカチとクリック音を立てながらマウスを操作した。スピーカーから聞き覚えのある曲が流れ始める。

「これ、『ノエルの娘』ですか」

　久美子が口にしたのは、中学時代に強豪校が演奏していたコンクール定番曲の題名だった。そうです、と滝がゆっくりとうなずく。

「いま流している曲もそうですが、今年の自由曲候補は三曲用意しています。『交響詩「ノエルの娘」』、『一年の詩《ひととせうた》～吹奏楽のための』『滅びゆく島の幻想曲』の三曲です。『ノエルの娘』は定番曲ですし、『滅びゆく島の幻想曲』は難曲として有名ですね。『一年の詩』は出版されたのが最近の曲なので、皆さんあまり聞いたことがないかもしれません」

「麗奈、三曲とも知ってる？」

ちらりと隣を見やると、麗奈は毛先を指に巻きつけながら答えた。

「『一年の詩』以外は有名曲だから知ってる。『ノエルの娘』は童話をもとに作られた曲。『クリスマスに歌う娘』っていうのがもともとの童話の題で、一九七〇年代に作られた。モチーフとして讃美歌が多く使われてるのが特徴。確か、クリスマスの日に神様のために歌う女の子の話やった気がするけど、緑ちゃんのほうが詳しいかも」

「『滅びゆく島の幻想曲』は？」

「こっちも有名でしょ。十二年前に清良女子が演奏して全国大会で金賞やった曲やし。全部で六楽章あって、そのまま演奏したら一時間を超えるライムト・エドルの大作。コンクールのときにはある程度楽章を絞って構成するのが一般的で、難度はかなり高め。奏者の力量が追いついてないと吹くのは厳しい」

「よくまあそんなにすらすら知識が出てくるな。俺は『ノエルの娘』しか知らん」

「私も」

吹奏楽曲は好きだが、緑輝や麗奈のような深い知識は持っていない。顔を見合わせる久美子と秀一に、滝が目元を和らげた。

「音源をお貸ししますから、一度聞いてみてください。『滅びゆく島の幻想曲』はすべて聞くだけだと本番のイメージがつかみにくいと思いますので、フル演奏版と清良女子のコンクール時の演奏の両方を用意してあります」

「滝先生はどの曲がいいという希望はあるんですか？」

麗奈がまっすぐな眼差しを滝へ向ける。スピーカーから流れる曲を切り替え、滝は少し困ったように顎をさすった。

「毎年この時期になると悩むのですが、今年は皆さんの意見も聞いてみようかと思いまして。課題曲のほうも二曲に絞り込んでいて、課題曲Ⅱの『笛を吹く男』か、課題曲Ⅳの『キャット・スキップ』にしようと考えています。こちらのほうも音源を用意してありますので、明後日のミーティング時に三人の希望を聞かせてもらえれば」

「どちらもマーチ曲ですね。アタシは『笛を吹く男』のほうが好きですが、北宇治に合ってるのは『キャット・スキップ』のほうかと思います」

提示された曲名に、麗奈はすぐさま反応した。全日本吹奏楽コンクールのA部門では課題曲と自由曲を演奏することが規定となっている。課題曲は五つ用意され、各団体はそのなかからひとつを選ぶ。

久美子も今年の課題曲については確認していたが、どれが好みかを考える程度で、演奏する際の分析にまで発想が至らなかった。これが意識の差だろうか、と滔々《とうとう》と意見を語る麗奈の横顔を久美子は眺める。

「個人の力はともかく、今年の北宇治でいちばん力のあるパートはクラリネットやと思ってます。多分パート練習の賜物やと思いますが、とにかく一つひとつの処理が丁寧で、どのタイミングでもハーモニーが完璧。力量のある子がそろってますし、クラリネットの魅力を最大限に発揮できる曲がいいとアタシは思います。その観点からいくと、『キャット・スキップ』のほうかなと」

「でもそっちはクラにソロないやんけ。『笛を吹く男』のほうは確か、中盤にクラリネット、オーボエ、あとはハープのソロがあったと思うけど」

「上手いからソロって、塚本は発想が短絡すぎる。北宇治のクラリネットパートの強みは大人数やのに完璧なところにあるの。『キャット・スキップ』の中盤なんか、もろにクラリネットのよさが発揮できる構成でしょ」

言い負かされ、秀一は素直に白旗を上げた。麗奈がフンと鼻を鳴らす。

「麗奈的には課題曲Ⅳのほうがいいんだね」

「あくまで個人的な意見やけどね。自由曲との兼ね合いもあるし。まずは候補曲を聞いて、それからバランスとかも考えたいし……」

「高坂が意見出してくれるなら、俺らおらんくてもよくね？」

「なに勝手にひとくくりにしてるの。私だってちゃんと考えてるし」

「じゃあ部長はどう考えてんねん。編成とか、曲とか」

「それは、」

三人分の視線が久美子の顔に集中した。か細いハープの旋律が、耳の表面を軽くかすめる。それは、と久美子はもう一度唇を動かした。

「今日の段階ではまだ、まとまってない。まずは滝先生の用意してくれた候補曲を聞いてから考えたいと思う。滝先生は明後日のミーティングまでにって言ってくれてるし、情報が足りないままで急いで議論するのも変じゃない？」

「まあ、それもそうやね。アタシもまずは『一年の詩』を聞いてみたいし」

久美子の言葉を、麗奈は素直に肯定した。「部長に甘くない？」と秀一がぶつくさ文句を言っていたが、麗奈は涼しい顔で聞き流していた。

会話を見守っていた滝が、ポケットから三枚のディスクを取り出す。その表面に貼られた付箋には『コンクール候補曲』と整った字で書き添えてあった。

「話もまとまったみたいですし、まずは皆さんにこちらを渡しておきますね。明後日の十七時半からこちらの教室を押さえているので、曲を聞いてからまた意見を聞かせてください」

「滝先生、この候補曲の情報をほかの部員に口外するのは許されますか？」

尋ねたのは麗奈だった。パソコンをぱたりと閉じ、滝は穏やかな口調で答える。

「禁止するわけではないですが、その場合は条件を出します」

「条件ですか？」

「ええ。幹部以外に相談する場合、部員全員の耳に入るような形にすること。これが条件です。たとえば、二十人の部員はコンクール曲について知っていたけれど残り八十人は知らなかった、などという状況になってしまうことは絶対に避けてください。意見を聞くならば全員に、それができないのであれば自分たちで判断しましょう」

「不平等になるのを避けるためですか？」

「そのとおりです。部員全員を集めて多数決で決める、というのもひとつの選択肢であるとは思います。逆に、例年どおり私の一存に任せるという手もあります。判断はお任せしますので、三人で話し合ってみてください」

話し合う、と言われてもどうしたらいいものか。困惑する久美子をよそに、残り二人は勝手に議論を始めていた。

「アタシは滝先生の判断にすべて任せて構いませんけど。先生が間違った判断をくだすはずがないですし」

「俺は全員で多数決でもええと思うけどなぁ。曲聞かせて、投票か挙手で希望の曲に決めるって方法。ほかの学校でもそうやって決めてるとこあるやん」

「音楽的な知識が深い子と浅い子の一票が同じ重みってのは怖いでしょ」

「そんなん言うても、それが民主主義やろ」

「飛び抜けていいものを作ろうと思うなら、絶対的な決定権を持つ人間を一人置いておくべきやとアタシは思う。みんなで決めた、は責任の分散にはなるやろうけど、なあなあの判断になる可能性が高い」

「自分が判断に関わることで、人任せでなくみんなで音楽を作るんやって自覚が芽生えるパターンもあると思うけどな。とくに、先輩と後輩に挟まれた二年生部員は宙ぶらりんな立ち位置になることが多いから、できればいろいろと核となる事項には関わらせてやりたい」

「成長を促すチャンスならほかにもあるやろ。コンクールの曲決めは今年一年の活動を左右するねんで。塚本の意見は弱すぎ」

「でも俺は、なんでもかんでも顧問におんぶに抱っこな部活もどうかと思う」

「なんでもかんでも、ではないでしょ。大事なところは滝先生に任せたほうがいいって言うてんの」

議論は平行のまま続いていた。ちらりと滝のほうを見ると、彼は穏やかな微笑を浮かべたまま二人の様子を眺めている。どうやら介入するつもりはなさそうだ。

カリカリ、と久美子はディスクケースの表面を爪先でなぞる。麗奈の意見も秀一の意見も、どちらも間違ってはいない。だが、求める結論が二人とも極端だ。

「私は幹部で意見を出して、滝先生に伝えるって形がいちばんいいと思う。全員投票にするとパートの人数とかが曲の人気に影響しそうだし、麗奈がここまで冷静に部のバランスを見れてるなら、その意見を反映させないのももったいない気がする。一昨年、去年も曲を決める方法は多数決じゃなかったし、今年もそれでいいんじゃないかなって」

「アタシと塚本の意見の折衷案？」

「まあ、そうなるね」

「ふうん」

麗奈は口をつぐむと、自身の下唇を指でなぞった。

「塚本はどう思うの。久美子の意見」

「ええと思うけど。部長がそう言うなら」

「塚本だって久美子に甘くない？」

「……高坂と一緒にされたくないんやけど」

ぼそりと漏れた秀一のつぶやきに、麗奈が声を低く落とす。

「なんか言った？」

「ナンデモナイデス」

このやり取り、なんだか懐かしい。思わず噴き出した久美子に、秀一は肩をすくめ、麗奈は腕を組んでため息をついている。

「話はまとまったようですね。明後日のミーティングを楽しみにしています」

滝のそのひと言で、四人の会議は締めくくられた。どの楽曲をコンクールで演奏するのか、久美子が決断をくだしたのはその日の夜だった。


『交響詩「ノエルの娘」』

『滅びゆく島の幻想曲』

『一年の詩　〜吹奏楽のための』

パソコンで検索欄に文字を打ち込むと、楽曲情報がいくつも出てくる。入浴をすませた久美子は自室の椅子の上であぐらをかくと、ヘッドフォンを装着した。ディスクを挿入してパソコンを操作すると、両耳からしっとりとした音色が流れ始める。

『交響詩「ノエルの娘」』は麗奈の説明どおり、童話をもとに作曲された。演奏時間は七分で、ゆったりとした曲調が特徴だ。静謐《せいひつ》な旋律と荘厳なテーマが交互に繰り返される。終盤に登場する教会の鐘と思《おぼ》しきベルの音は、童話内の重要なモチーフだ。

十年ほど前に埼玉の強豪校が演奏したのをきっかけに知名度が上がり、いまではコンクールの定番曲として定着している。

『滅びゆく島の幻想曲』は題名に幻想曲とついているだけあり、曲が進むごとに自由な形式で発展していく。「火」「水」「風」「闇」「無」「光」の六つの楽章から構成されており、とくに第二楽章「火」は超絶技巧で有名だ。テンポも変則的で、実力のない団体が手を出すと痛い目を見る。全国大会では何年かに一度演奏する学校が現れる。

そして最後の候補曲。

『一年の詩～吹奏楽のための』

題名すら聞いたことのない曲だった。三年前に戸川《とがわ》ヒデアキによって作曲された、吹奏楽のための楽曲。戸川は三十代の若き作曲家らしいが、個人の仕事用ホームページ以外に情報が載っていない。実績はこれから、ということだろう。

滝から渡されたディスクから曲を再生する。演奏時間は七分二十秒。編曲なしでこの長さとすると、コンクールにはぴったりだ。久美子はヘッドフォンを自身の耳に押しつける。

クラリネットのゆったりとした旋律から、その音楽は始まった。静寂を楽しむような、たっぷりとした間の使い方。寄り添うシロフォンが、流星のように現れては姿を消す。——第一楽章　春、新たなる息吹。

クラリネットの音色の背後で重なる、金管楽器のハーモニー。打ち鳴らされるチューブラーベル。キラキラと輝くシロフォンの音色、それを裂くようにしてトランペットのユニゾンが響き渡った。激しいテーマとクラリネットのゆったりとしたフレーズが交互に繰り返される。それはやがて加速していき、次の楽章へと突入する。

――第二楽章　夏、栄光の謳歌《おうか》。

速いパッセージがあちこちで展開され、複雑に交錯する。金管と木管の音のうねりは、この曲全体のメインテーマだ。スネアドラムがリズムを刻むなか、主役を張るのはマリンバだった。聞いているだけでもわかる、超絶技巧のスティックさばき。ミュートをはめたトランペットがけたたましくメロディーを響かせる。

とにかく展開が速い、というのが久美子の抱いた印象だった。テンポは次第に減速し、各パートにメインを担うフレーズがあり、それが次々と移り変わっていく。テンポは次第に減速し、荘厳で、しかしどこか物悲しさを帯びるメロディーが徐々に厚みを増していく。最大限まで引き上げられたクレッシェンド。栄光の謳歌という章題にふさわしい、マーチを思わせる華やかさ。その明るさは、クラリネットの密《ひそ》やかな旋律とともに舞台上から姿を消す。そして満ちる、静寂。

響きが、まず鼓膜を震わせた。コントラバスの低いうなりが、空気をそっと色づける。――第三楽章　秋、宿命の時。

木管を中心に構成された、しっとりとした旋律。柔らかで物静かな音の波が緩やかに流れていく。そこに紛れるようにして、ユーフォニアムが口を開く。クラリネットの音の層はいつの間にかいなくなり、残った者はマリンバとユーフォニアムだけだった。そこに加わるふたつの楽器が交互にフレーズを吹き上げる。

ゆっくりと、しかし確実に楽器の音が増えていく。厚みのあるメロディーの裏で、トランペットが縦横無尽に暴れ始める。トロンボーンのグリッサンドが加わり、最終楽章へ差しかかる。

——第四楽章　冬、終焉《しゅうえん》……そして再び始まる。

これまでの三楽章で登場したさまざまなテーマが楽器を変え、形を変え、すさまじい勢いで駆け抜けていく。何が起こっているのか、耳がふたつでは追いつかない。交互に登場する金管と木管、苛烈さを増すパーカッション。混沌《こんとん》とした演奏を支えているのは、鳴り続けているマリンバだ。

バラバラに暴れていたパートたちが、徐々にひとつの音の塊を築き上げる。再び登場する、第一楽章の、そしてこの曲のメインテーマ。終わりに近づくにつれて加速する演奏には、ひとつでも失敗したら破綻するという怖さがある。すべてのパートが完璧に役割を果たしてこそ成立する、綿密に計算し尽くされた音楽。クレッシェンドによって膨れ上がった演奏は、最大の盛り上がりを見せて終わりを迎えた。

「なんだこれは……」

ヘッドフォンを外し、久美子は短く息を吐く。『滅びゆく島の幻想曲』に劣らぬ難度の曲だ。自分が演奏しているところをまったく想像できない。だが……と久美子はもう一度再生ボタンを押した。手のなかのヘッドフォンから微かに音が漏れている。

去年のコンクール、北宇治は全国大会に進めなかった。自由曲『リズと青い鳥』の演奏は納得のいくものだったが、確実に全国へ進むにはきっとそれだけでは足りないのだ。

滝が候補に挙げた三曲は、方向性がそれぞれ異なっている。物語性に富み音楽表現の求められる『ノエルの娘』、技巧を凝らした作りで高い技術力を求められる『滅びゆく島の幻想曲』。そして、表現力と技術力のどちらが欠けても貧相な演奏となるであろう『一年の詩　～吹奏楽のための』。

北宇治の音楽がどこに向かうのか、曲選びによってその方向性が決定する。膝に置いたヘッドフォンを再び耳に装着し、久美子は繰り返し演奏に耳を傾ける。聞けば聞くほど、どの曲にも魅力がある。個人的な趣味では『ノエルの娘』がいちばん好きだ。だが、北宇治がコンクールで吹くとなると……。

スポットライトを浴びる舞台で、部員たちが演奏する姿を想像する。空想上の自分が耳にした一音目、それは『一年の詩』のクラリネットのものだった。

「というわけで、私は『一年の詩～吹奏楽のための』がいいと思った」

二日後のミーティングで、真っ先に切り出したのは久美子だった。そのあとに続くように、「アタシも」「俺も」と麗奈と秀一が発言する。

「全国で金賞を狙うなら、あのクオリティを目指すべきでしょ。アタシは課題曲Ⅳ『キャット・スキップ』、自由曲『一年の詩』で行くべきやと考えてる」

「構成的にも、その二曲がええとは思う。俺らが吹けるかは知らんけど」

「なに弱気なこと言うてんの。吹けるかなんて言ってたら勝てへん。意地でも吹けるようにするんでしょ」

「さすが麗奈、頼りになる」

「久美子もそんな他人事《ひとごと》みたいなこと言うてたらあかんやろ。アタシは今年、絶対に全国で金賞取りたいの。後悔しそうな選択肢は、全部潰していきたい」

そう、麗奈ははっきりと言いきった。言葉に宿る力強さに、久美子はつい首をすくめる。ノートパソコンを操作していた滝が、スピーカーから課題曲を流し始めた。『キャット・スキップ』は明るいマーチ曲で、「猫踏んじゃった」のフレーズがあちこちに盛り込まれている。演奏会で吹いてもウケがよさそうな楽しい曲だ。

「『一年の詩』となると、サンフェスが終わってから練習するのでは間に合わないでしょうね。サンフェスの練習と同時進行で進めていくことになるかと思いますが、ドラムメジャーへの負担は大丈夫ですか」

「アタシは大丈夫です。やれます」

即答する麗奈から目線を外し、滝が様子をうかがうように久美子を見た。

「部長もそう思いますか？」

「麗奈なら大丈夫だと思います。秀一もそう思うでしょ？」

「まあ、高坂ならな。演奏面に関しては敵《かな》いませんが、俺も部長も高坂のフォローをしていきたいと思っていますし。高坂に負荷がかかりすぎないよう、練習メニューも計画するつもりです」

真面目に自身の考えを述べる秀一を、久美子は少し見直した。副部長である彼は、周囲のことをよく観察している。

「私も麗奈と同じで、できるだけ北宇治がいい結果を残せるように頑張りたいと思っています。いまの自分たちの実力だとたくさんの努力を求められることもわかっていますが、でも、その……なんというか、上手くなりたいんです、私たちは」

詰まらせながらも紡いだ言葉は、紛れもない久美子の本心だった。滝はシャツ越しに自身の腕を軽くなでると、静かに息を吐き出した。

「では、今年の課題曲は『キャット・スキップ』、自由曲は『一年の詩　～吹奏楽のための』で決定します。楽譜の配布は来週行いますので、まずはサンフェスの練習に専念しましょう」

「はい」

「私も、どのような演奏が北宇治の音楽なのか、きちんと考えておきます。皆さんには悔いのない形で三度目の大会を迎えてほしいですから」

告げる滝の台詞に、久美子はごくりと唾を飲み込んだ。三度目のコンクール、それはすなわち、高校生活最後のコンクールを意味する。三年生である久美子たちにとって、来年にチャンスはないのだ。

「絶対に、いい演奏にしましょう」

「はい！」

滝の言葉を、久美子は口内で嚙み締める。いい演奏とはいったい何か。答えはまだ、見つかっていない。


平日の朝に音楽室の鍵を開けるのは、ひとつ上の先輩である鎧塚《よろいづか》みぞれの役目だった。学校の近所に住んでいた彼女はとにかく基礎練習ばかりをこなす人で、とびきりオーボエが上手かった。そんな彼女も音大に進学したため、彼女が卒業して以降は一番乗りの称号を久美子と麗奈がほしいままにしている。

「音楽室の鍵なら、すでに義井さんたちが持っていきましたよ」

早朝の職員室に顔を出すと、滝はコーヒーをカップに注《つ》いでいるところだった。グレーのカーディガンを羽織った彼が、そう言って天井を指差す。久美子と麗奈は思わず顔を見合わせた。

音楽室へ向かう道中の段階で、クラリネットの音色は聞こえていた。丁寧な基礎練習の音に入り混じる、チューバのロングトーン。

「おはようございます」

音楽室の扉を開けると、ふたつの楽器の音がやんだ。授業隊形の教室の中央で、すずめと沙里が顔を付き合わせるようにして座っている。室内には二人分の荷物しかない。

「二人とも早いね。もう来てたんだ」

「少しでも早く上達したくて」

すずめが歯を見せるようにして笑う。低音パートの三人とクラリネットの義井沙里は仲良しだ。結局、沙里だけが別のパートになったが、こうして一緒にいるところを見ると安心する。

「すずめちゃんは安定して音が出るようになってきたね」

「うち、チューバが向いてるんやと思います。もともとでっかいもんが好きですし」

「それ、関係あるかなぁ」

「ありますよ。自分のやってる楽器を好きなほうが、絶対に上達は早いと思います」

スタンドに置いたチューバに腕を回し、すずめはぎゅっと抱き締めた。朝顔状のベルに、引き伸ばされたすずめの横顔が映し出される。

自身の楽器ケースからトランペットを取り出しながら、麗奈が沙里へと顔を向けた。

「義井さんは釜屋さんに付き合って朝練習？」

「というより、私が早く練習したくてすずめに付き合ってもらったんです。私、真面目なところだけが取り柄なんで。クラリネットって上手な人が多いんで、足を引っ張りたくなくて」

「サリーが足引っ張るとか天地がひっくり返ってもありえんで。そんな上手いのに」

拳を握り、すずめが力説する。両目を彩る大ぶりの眼鏡フレームは、今日はピンク色だった。奇抜なデザインの眼鏡でもおしゃれに見えるのがすずめのすごいところだ。

「いやいや、北宇治のクラリネットはほんまにレベル高いから。……北宇治に来ていちばんびっくりしたんは、当たり前のことなんですけど、演奏が全国レベルなんですよね。先輩らも上手やし、中学時代と同じ基礎練習メニューでも確認してるところが一段上というか……いまは先輩らにおんぶに抱っこですけど、私も早く北宇治の戦力になりたいなって思ってて」

「ちゃんと頭を使って努力したら、義井さんもすぐに先輩みたいに上手になると思う。剣崎さんも、一年生のなかで群を抜いて上手いって言ってたし」

麗奈の言葉に、沙里がぱっと表情を明るくした。

「りりりん先輩がですか？　うれしいです」

後輩からの梨々花のあだ名は『りりりん』で定着しているらしい。ぽやっとしているように見えて、意外と聡明な後輩だ。梨々花の評価は信頼できる。

「うちは心配やけどなぁ。サリーってば根詰めすぎるところあるから」

ブー、とすずめが唇を震わせる。友人の苦言を、「それだけが私の取り柄やもん」と沙里は慣れた調子で受け流していた。


「皆の衆、謎ステップの時間がやってきたぞー！」

グラウンドの一角で叫ぶ葉月に、パーカッションの一年生部員たちが「うおー」と腕を振り上げて応じている。北宇治にはマーチング用の楽器が少ないため、どうしてもその皺寄せが出てしまう。楽器を持たない一年生たちがふてくされた態度を取っていないことに、久美子は内心ほっとした。葉月の後輩の扱いが上手いのかもしれない。

サンライズフェスティバルに向けての練習が始まり、放課後の屋外練習の時間が増えた。歩きながらの演奏に不慣れな部員たちは、楽器を持たない歩行訓練から始めている。

「五メートル八歩、一歩六十二・五センチ。これがマーチングの基本になる歩幅です。歩きながら動く場合、歩幅がバラバラだと周囲とぶつかるし、何より見た目が汚くなります。まずは身体に感覚を叩き込んでください」

「はい！」

「ちゃんと周りをよく見て。身体まっすぐ。針谷さん、右足と左足が逆。木谷《こたに》さん、ちゃんと目線まっすぐ。初心者やからってできひん理由にはならんで。集中して」

メガホンを片手に、麗奈が先ほどから発破をかけている。運動場の東側では初心者の一年生が、西側ではガード組が、そして中央では奏者組が固まって行動していた。

「月永先輩、可愛いー。この部の癒しやわー」

合間に挟まれる休憩時間のたびに、一年生部員たちがひっそりと歓声を上げている。月永という名字呼びも、可愛いという形容も、どちらも求の地雷を踏み抜いている。だが、それを後輩たちが知ることはないだろう。求はよっぽどのことがない限り、自分の思考を他人に説明しない。

求が名字で呼ばれることを厭《いと》うのは、自身が龍聖学園高等部の特別顧問である月永源一郎の孫である事実を隠していたいからだ。

「可愛いね、一年生たち」

体操服姿の真由が、久美子に話しかけてくる。買ったばかりの体操服は、一年生と同じようにピカピカだ。

「練習着は自由なんだから、ジャージとTシャツでもいいのに」

「今日は体育があったし、荷物が増えるのが嫌だから」

「意外と合理的だよね、真由ちゃんって」

「そうかな。どっちかっていうとズボラなの」

えへ、と真由は照れたように頰をかいた。

「真由ちゃんは清良でもマーチングはやってたの？」

「うん、いちおうね。でも私は座奏のほうが好き。歩き回りながら吹いてると、腕が痛くなっちゃうし」

「重いもんね、ユーフォって。スーザフォンよりは軽いけど」

目線を上げると、スーザフォンを吹くW鈴木の姿が見える。重さが十キロ近くあるチューバは立奏に不向きだ。その問題を解決してくれるのが、肩に巻きつけるようにして構えるスーザフォンなのだ。

北宇治のスーザフォンは繊維強化プラスチックで作られており、今年は真っ白なベルに青いカバーが取りつけられている。その中央には『KITAUJI』と黄色のアルファベットが並んでいた。サンフェス用に美知恵が手作りしてくれたのだ。

「久美子先輩たちも一緒に練習してもらっていいですか？　吹きながらやりたくて」

ぴょこぴょこと飛び跳ねるように歩きながら、さつきがこちらに手を振った。

「じゃあ、ユーフォとチューバで集まってやろうか。葉月は指導中だから、五人で」

真由と奏がシートに置いていたユーフォニアムを回収してくる。地面に直接置くとベルが痛むため、屋外練習の際は楽器を置く場所に細心の注意を払わなければならない。

「久美子先輩、手拍子をお願いしてもいいですか？」

「わかった。それじゃあ、リズムに合わせてその場で足踏みしてね」

さつき、美玲、奏、真由が一列に並ぶ。脳内で『オー・プリティ・ウーマン』の曲を流しながら、久美子は一定のテンポを刻む。

「一、二、三、四」

カウントに合わせ、部員たちが足を動かす。楽譜を配られてから一週間とたっていないが、四人はすでに暗譜していた。ときおりさつきがフレーズを間違えるのは、まだいくらかはうろ覚えだからだろう。間違えるたびに、美玲の眉間に皺が寄る。

「さっちゃん、遅れ始めてる」

久美子の指摘に、さつきの太ももが再び大きく上がった。小柄なさつきはスタミナがないため、演奏する時間が長引くほど太ももの位置が下がってくる。

去年からの付き合いである美玲や奏が上手なことはわかっていたが、やはり真由の演奏も安定していた。上半身はまっすぐに伸び、軸がブレない。目線は前を向きながらも、視界に入る周囲の様子を細かく観察している。

大きく足踏みしても、真由の音に鈍りはない。しなるような柔らかさを保ちつつも、花火が砕け散る瞬間のようなきらびやかさをまとっている。

テレビで何度も聞いたことがある、清良女子のサウンドだ。

「はい、ストップ」

曲が半分ほど進んだところで久美子は手拍子を止めた。美玲がすぐさまさつきに向き合う。

「去年に比べて成長は見えるけど、さつきも先輩やねんからヘロヘロになられても困る。もっと体力つけへんと」

「うん、ごめんね。うち、もっと頑張るから」

「途中から左肩をかばい出す癖も直ってへんし。痛いんやったらタオルかクッションか挟んだほうがいいんちゃう」

「でも、二年生になってもタオル使うの恥ずかしいし」

「何言うてんの。痛いのかばってぎこちない動きしてるほうが恥ずかしいでしょ」

「そ、そうかな」

「葉月先輩も痛いって言うてたし、いっそ衣装にクッションカバーを取りつけるのもありかもしれんね。一回作ってしまえば、来年の子らがスーザ始めたときにも使えるし」

ぶつぶつと独りごち始めた美玲を、さつきは神妙な面持ちで見つめている。あの表情は、美玲が心配してくれてうれしいのを我慢しているときの顔だ。素直に喜ぶと、照れ隠しから美玲が説教モードに入ってしまうのだ。

「私はどうでした？　久美子センパイ」

「よかったよ。ずっと安定してた」

「ありがとうございますぅ」

んふ、と奏が媚《こ》びるようにウインクを飛ばす。彼女は自分を可愛く見せることに貪欲だ。

ユーフォのベルを靴の上に置き、真由がくすりと微笑した。

「奏ちゃんは久美子ちゃんのことが好きなんだね」

「何をおっしゃるのやら。私が先輩のことを好きなのではなく、先輩が私のことを好きなのです」

「そうなの？」

真由が小首を傾げる。久美子は苦笑しながらうなずいた。

「まあ、事実かな。奏ちゃんは可愛い後輩だし」

「素直な先輩は大好きですよ。いつもそのくらい思ったことを口にしていただいて構いませんのに」

「はいはい、そうだね」

おざなりに相槌を打つ久美子に、奏はなぜか満更でもない顔をしている。眉の上にかかる前髪を小指で流し、真由が微かに眉端を下げた。

「なんだかうらやましいな。久美子ちゃんと奏ちゃんの関係って」

「そう?」

「仲良しだなって感じる。私もみんなとそんなふうになりたいなって思っちゃう。これから一年間、一緒にいるんだもん」

控えめながらもはっきりとした声だった。柔和に細められた両目の奥に、ユーフォニアムの金色がちらついている。

一瞬、奏のスニーカーがザッと地面にこすれる音がした。久美子の体躯に身を隠し、奏は上半身だけを真由へとのぞかせる。肩口にそろえられた黒髪からは、どこか甘ったるい匂いがした。にこり、と彼女は意味深長な笑みを唇にのせる。

「私と黒江先輩は、すでにいい先輩後輩の関係だと思いますよ?　同じユーフォの仲間ですし」

「そう思ってもらえてるならうれしいけど。私のことも、遠慮せずに名前で呼んでくれていいんだよ？　黒江先輩って、ちょっと堅苦しい感じがしないかな」

「そうですか？　黒江先輩という呼び方も素敵だと思いますけどね」

　言葉選びは遠回しに、しかし明確な態度でもって奏は真由とのあいだに一線を引いた。その頑なさに、久美子は少し困惑する。

　基本的に、奏は優秀な人間が好きだ。実力のある者を認め、それ以外の者にはやや辛辣な態度を見せる。そのせいで去年は久美子のひとつ上の先輩である中川《なかがわ》夏紀と揉めたりもしたが、最後は丸く収まった。

　相手を下の名前で呼ぶのは奏なりの尊敬と親愛の表し方で、去年のいまごろにはすでに、彼女は久美子のことを『久美子先輩』と呼んでいた。真由は間違いなく、二年生のころの久美子より上手い。それなのにどうして奏は真由を頑なに名字で呼びたがるのか。

「先輩、もう一回手拍子お願いしていいですか？」

　スーザフォンを身体に巻きつけたまま、さつきがブンブンと右手を振る。その無邪気さが、久美子の暗くなりがちな思考を救ってくれる。

「うん、もちろんだよ」

　パン、と短く両手を打ち鳴らすと、四人はすぐさま所定の位置へと戻っていった。

楽器を構える部員たちのために、久美子はリズムを刻み始める。ぶつかり合う手のひらが、ちょっとだけ痛かった。

部活動時間が終わると、部員の四割ほどが帰宅する。美玲もその例に漏れず、予備校があるという理由で帰宅した。美玲は決められた活動時間以外はほとんど部活に参加しない。

「みっちゃん先輩ってめっちゃ上手ですよねぇ」

首に下げたタオルで顔を拭いながら、佳穂がぼんやりとつぶやいた。隣に座る弥生が激しく首を縦に振る。

「わかるー。みっちゃん先輩マジ上手い」

「みっちゃんは時間の使い方が効率的だからね」

「葉月先輩もさっちゃん先輩も上手いですけどね。けどやっぱり、みっちゃん先輩はずば抜けてるなぁって。姿勢も綺麗だし、カッコいいし」

ぽっ、と佳穂が頬を赤らめる。ピロティーに座る三人の視線の先では、残った部員たちがそれぞれサンフェスの練習を行っていた。楽器を持ってパレードに参加できないコントラバスの緑輝と求が、ダブルリードパートの部員やパーカッションパートのつばめとともにフラッグを振り回しながら行進している。葉月やさつきは楽器を吹きながら自主練習中だ。

そしてすずめはというと、なぜか真由に協力してもらいながらスーザフォンを担いでいた。軽々と楽器を構え、彼女は『オー・プリティ・ウーマン』の冒頭を吹き鳴らしている。その成長ぶりは、目を瞠《みは》るものがあった。

「すずめはほんま要領ええよなぁ。すぐ上達する」

バンダナの結び目をいじりながら、弥生が肩をすくめた。今日の彼女のバンダナは赤の鯛《たい》焼《や》き柄だった。

「確かに、初心者とは思えないくらい上手になったね」

「あの子、運動神経もええし、怖いもんなしなんですよ」

「それは弥生ちゃんもやん。二人が体育の時間に活躍しているあいだ、私とサリーは隅っこでじっとしてるんやから」

伸ばした足の先を、佳穂は軽く揺らしてみせる。中学時代にバスケ部だったすずめ、テニス部だった弥生と違い、佳穂と沙里は文化部だった。快活な雰囲気の前者に対し、後者はどことなくおとなしめな空気感を漂わせている。

「すずめちゃんが上手なのは、もしかしたらサリーちゃんと一緒に練習してるからかもしれないね。あの二人、朝からずっと学校で練習してるでしょ？　本当に熱心だよね」

「サリーは昔から真面目なんですよ、ホント。すずめのほうは……多分、吹奏楽部で過ごせるんがうれしいんです。お姉ちゃんと一緒やから」

弥生の言葉に、佳穂が何かを思い出したように笑い出す。

「どうしたの、そんなに笑って」

「いや、すずめって本当にお姉ちゃんが好きなんで、カッコいいところを見せたくて練習頑張ってるんやろうなって」

「へえ、家族仲いいんだ。すずめちゃんとつばめちゃんって」

「私は一人っ子なので、お姉ちゃんがいるのってうらやましいです」

「えー、いらんいらん。うっさいだけやで」

佳穂の言葉に、弥生がげんなりと顔をしかめた。

「そう？」

「そうそう。お菓子の取り合いとか、しょうもないことで喧嘩《けんか》するし」

「そういうのやってみたいけどなぁ」

「それが日常になったら大変やねんて」

姉妹の愚痴を語る弥生に、久美子は思わず同意してしまう。久美子にも五つ上の姉がいるが、彼女と良好な関係になったのはつい最近だ。黄前麻美子《まみこ》は久美子と違って優秀な頭脳を持っており、両親の自慢の娘だった。そんな彼女が大学を中退して美容師になると言い出したのは、一昨年の出来事だ。父親と衝突しつつも、麻美子は自身の夢に向かって進み出した。久美子の部活動のことも、いまでは応援してくれている。

「久美子先輩は兄弟とかいたりしはるんですか？」

弥生の問いかけに、久美子はすずめを目で追いかけながら答える。

「うん、元気な姉が一人ね」

スーザフォンの白いベルからまっすぐな音の塊が飛ぶ。グラウンドから少し離れた場所であっても、その低音は明確に久美子の耳に届いていた。

サンフェスの練習が始まってから四日目、平日の放課後に部内ミーティングが開催された。扱う内容は、八月のコンクールについてだ。

「では、コンクール曲を配布します」

刷り終えたばかりの楽譜を、秀一が各パートのリーダーに手渡していく。

『キャット・スキップ』

『一年の詩　～吹奏楽のための』

久美子たちが話し合って決めた、今年のコンクールで演奏する課題曲と自由曲だ。例年ならばサンフェス後に練習に取りかかるのだが、今年は違う。そのスケジュールでは間に合わない。

「サンフェスの翌日からはすぐにコンクールモードに入ります。合奏できるレベルにまで各自で練習しておいてください」

「はい」

「課題曲の中盤にはサックスのソロが、自由曲は冒頭にクラリネット、中盤でマリンバ、コントラバスでリレー式ソロ、後半はユーフォとトランペットのかけ合いのソリがあります。各奏者はオーディション時に決定します」

久美子が話しているあいだ、部員たちは真剣な表情で楽譜に目を通している。麗奈が音源ディスクを掲げてみせた。

「音源も各パートリーダーに渡すので、確認しておいてください。聞けばわかりますが、今年の自由曲は難度が非常に高いです。個人練習の時間はたっぷりと取ってあります。自分の与えられた役割を果たせるように努力してください」

「はい」

「サンフェスまでの練習は、室内でのパート練習と屋外練習を行います。練習表に予定が書き込まれているのでちゃんと確認するように。雨天時は室内練習となります。何か質問ある人いますか」

麗奈の問いかけに、「はい」と音楽室の後方で声が上がった。すずめが右手を上げている。

「うち、高校から吹奏楽を始めたんですけど、初心者でもオーディションに参加できますか」

「もちろんです。というより、オーディションは原則全員参加ですので、初心者経験者関係なく受けてもらいます。初心者でもAメンバーになる可能性はあります。頑張ってください」

「ありがとうございます、頑張ります！」

分厚い眼鏡フレームの端を持ち上げ、すずめは明るく礼を言った。確かに、すずめの上達スピードであればAメンバー入りの可能性はゼロではないだろう。だがその場合……と久美子はちらりとチューバの列を見やる。

葉月、美玲、さつき。三人はおそらく今年、Aメンバー入りを果たすだろう。すずめが加わるならばチューバが四人になるか、あるいはもともといる三人の誰かの枠に取って代わるか、だ。順当に実力だけで判断すれば、きっと後者はないだろうが。

「部長、ほかに言わなきゃいけないことはある？」

「あ、そういえばサンフェスの衣装について言ってなかったね。来週の水曜日の放課後に男女に分かれて採寸を行います。休んだ人は別日に振替だけど、できるだけ欠席しないでもらえるとうれしいです」

「釜屋さん、どうぞ」

「はい」

「伝えたいことはそれぐらいかな」

久美子の言葉に、麗奈はパンと軽く両手を叩いた。去年の部長である優子が、そして一昨年の副部長であるあすかが、注目を集めたいときにこうして手を叩いていた。

「では、これから各自練習に移ってください。明日はまたサンフェスの練習になるので、動きやすい格好を忘れんように」

「はい」

「では、解散！」

号令に合わせ、部員たちはパート練習室へと移動していく。もらいたての楽譜を見せ合い笑顔を浮かべる者や、先輩の目を避けるように足早に音楽室を去る者など、その反応はさまざまだ。

「コントラバスソロがあるなんて、めっちゃうれしい！」

興奮する緑輝に、「よかったですね」と求がうれしそうに声をかけている。自分もまたソリスト候補であることは露ほども気にかけていないようだ。

「久美子先輩、ちょーっとお話があるんですけどいいですか？」

視界を遮るように手を振られ、久美子は我に返る。ニッと白い歯を見せて笑っているのは、すずめだった。

「どうしたの？　コンクールのこと？」

「そうでなくて、サンフェスについて聞きたいことがあって」

「衣装の件かな？」

「そうじゃなくて、お姉ちゃんの件です」

予想外の言葉に、久美子は目を丸くする。パーカッションの部員たちは先ほどから楽器室にいた。使用する打楽器をこれから音楽室へ運び出すためだ。

「お姉ちゃんって、つばめちゃんのことだよね？」

「そうです。お姉ちゃん、どうして旗係なんですか。二年生がスネアとかバスドラとかマルチタムとか担当してるのに、三年生のお姉ちゃんが楽器を担当しないっておかしくないですか？」

スネアドラム、バスドラム、マルチタムはマーチングの花形と呼んでも過言ではない打楽器だ。身体に装着するキャリングホルダーに楽器を取りつけることで、歩きながらの演奏が可能となる。

「えっと、それはつばめちゃんが不満を言っていたのかな？」

「そうじゃなくて、単純におかしくないですか？　お姉ちゃん、パーカッション好きなのに！」

「あぁ、うん。つばめちゃんがパーカッション好きなのは知ってるけど」

「昔からドラムやってみたいって言ってたのに、いっつもマリンバとかシロフォンとかばっかりやし。もしかして、パートリーダーさんにいじめられてるとかないですよね？」

「いやいやいや、順菜ちゃんは立派なリーダーだから」

音楽室にはほかの部員もいる。すずめのせいで順菜の心証が悪くなるのは申し訳ない。「でも」とすずめは眉をひそめた。

「ほら、お姉ちゃんって奥ゆかしいところがあるじゃないですか。うちみたいにズケズケと物を言えないっていうか、優しすぎるっていうか。だから妹のうちがちゃんとフォローせんとあかんって思ってて。お姉ちゃん、毎日スティックを持って帰って家でも練習してるんですよ。努力家なんです。三年生で最後の年やのに、その努力を見てもらえへんなんてかわいそうやないですか。パーカッションなんて楽譜配られたときに楽器割り振られたらそれ以外の楽器に移ることないやろうし。やっぱりあのパートリーダーにわざと鍵盤打楽器を押しつけられてるとしか」

「いやいやいや……」

どこから突っ込んでいいのやら、久美子は思わずこめかみを押さえた。そのあいだも、すずめは真面目な顔でつばめがいかに勤勉で努力家なのかを訴え続けている。

——ほらあの子、変わってるから。

不意に脳裏に蘇《よみがえ》ったのは、困ったように告げられたつばめの台詞だった。これのことだったのか、と久美子はその場で膝を打ちたくなる。

すずめはシスコンだ、それも重度の。

「とりあえず、すずめちゃんは一回落ち着こうか」

「うちはいつもどおりですよ？　むしろ、混乱してるんは久美子先輩みたいに見えますけど」

「うん、確かにそうだね。私も落ち着くから、すずめちゃんもとにかく深呼吸しよう。はい、息を吸って、吐いてー」

久美子の指示に、すずめは素直に従った。多分、彼女に久美子を困らせてやろうなどという悪気は一ミリもないのだ。

「息しました！」

わざわざ手を上げて報告してくれるところは可愛らしい。

「お腹、ちゃんと膨らんだ？」

「腹式呼吸もばっちりです。うち、バスケ部ではいちばん腹筋すごかったんで」

「葉月と同じだね。身体を鍛えてるから音がしっかり出る」

「みっちゃん先輩にはまだまだ音のコントロールが足りひーん！　って怒られますけど」

「あの子はスパルタだから。葉月とさっちゃんが飴《あめ》ばっかりあげるタイプだから、必然的にみっちゃんが鞭《むち》を振るうことになるんだよね。そういう役割分担なの」

「チューバの先輩たちがみんな優しいって、ちゃんとわかってますよ。うちらを育てようとしてくれてるというか」

「それをちゃんと理解できてるならわかってくれると思うけど、パーカッションパートも同じなんだよ。向き不向きに合わせて、本人がいちばん伸びるものを武器にさせようとしてるというか」

「どういうことです？」

　コテン、とすずめが小首を傾げる。「あれ、どうしたの」と、そこでマリンバを運んでいたつばめがこちらへと近づいてきた。北宇治で使用しているマリンバは重量が百キロを超えるが、柱部分にキャスターがついているため平地であれば一人でも動かせる。

「お姉ちゃんがどうしてサンフェスで太鼓ちゃうんか、部長に直談判《じかだんぱん》しててん！」

「ええ、なんでそんなことを……ごめんね、久美子ちゃん」

「なんでお姉ちゃんが謝るんよ。変やと思ったことを言うただけやん」

「もう、すずめは黙っといて」

「黙りませーん」

姉妹らしい会話を繰り広げる二人に、久美子は無意識のうちに頬を緩める。つばめがこんなふうな口をきくのは妹相手のときぐらいだろう。

「すずめちゃんはつばめちゃんが心配なんだよね？」

「そうです。お姉ちゃんってちょっと抜けてるところがあるし、自分の希望とかも口に出せないタイプやし。うちが代わりに言うてあげなって思って」

「それが困るって毎回言うてんのに」

「なんでよ」

すずめの言葉に、つばめは深々とため息をついた。

姉妹の関係性に口を突っ込む気はないが、放っておくと何やら問題を引き起こしそうだ。不安の種は早々に取り除くに限る。久美子はすずめに向き合った。

「すずめちゃんが不安に思う気持ちはわかったけど、つばめちゃんは自分でちゃんと考えて行動できる子だよ。今回カラーガードなのも本人の希望だし」

「それはお姉ちゃんが空気を読んでそうしたんじゃないですか？　今年はパーカッションの人数多くて楽器が足りひんって聞きましたし、自分からほかの子に譲ったんやと思います」

「そ、それだけやなくて、やってみたいと思ったから立候補したの。カラーガード」

うわずった声でつばめが反論する。すずめの目が微かに細められた。

「やってみたいって？」

「なんか、緑ちゃんとか見てたらカッコいいなって思って。私、目立つのが苦手やし、前までは絶対ああいうのに参加しようって気持ちにならへんかったけど、今年はせっかく最後の年やねんから少しでもやりたいって思ったことは挑戦してみようかなって」

「じゃあ、カラーガードなのは本当の本当にお姉ちゃんの意思やねんな？」

「うん。ずっとそう言うてるけど」

すずめはつばめの顔を見て、それから久美子の顔を見上げた。不服げにすぼめられていた唇が、これでもかというくらいに大きく開く。

「なーんや！　じゃあ、最初からそう言うてくれたらよかったのに」

「言うてたけどね。すずめが聞いてへんだけで」

「お姉ちゃんが納得してるならええねん。うち、お姉ちゃんが幸せでいてくれるのがいちばんやから！」

「いや、気持ちはうれしいんやけどね……うん」

つばめはもごもご口を動かして何か言いたげにしているが、すずめはお構いなしだ。これではすずめのシスコンっぷりも改善されまい。

「すずめちゃんも、これからはもう少しつばめちゃんのことを信頼してあげてね」

「なに言うてるんですか。うちはいつでもお姉ちゃんの味方です！」

突き出した自身の胸を、すずめはドンと叩いてみせた。ダメだこりゃ、とつばめは天を仰いでいる。姉として生きるのも大変らしい。エールを込めて、久美子はつばめの背を軽く叩いた。返ってきたのは苦笑いだった。


早朝の学校は、静寂の膜に包まれている。風が吹き、木々がざわめく。久美子はファイルを両腕に抱え、音楽室へと向かう。休日の朝は、麗奈と秀一とのミーティングだ。

「滝先生から注文票受け取った？」

音楽室を開けるなり、早々に麗奈が問いかけてくる。ピアノ前の椅子に浅く腰かけ、秀一はずっと欠伸を繰り返していた。

「うん、もらった。デパートの演奏会のTシャツサイズはサンフェスのデータをそのまま流用する形になると思う。サンフェスの衣装は、変更がある場合は明日の試着で対応するって形かな」

「衣装代の回収、来週までに終わらせせんとね。あとは予定表の組み立てもあるし」

「んー、五月後半は抜ける生徒多いよねぇ。三年生は修学旅行でいないし、二年生も特別授業あるんだっけ？　なんか、偉い人を学校の外から招いて話を聞くっていう」

　スケジュール帳とにらめっこしながら、練習予定を組み立てていく。滝から事前に練習日程は渡されているが、個人練習やパート練習といった細かい振り分けは生徒たちの仕事だ。一年目のときに比べ、滝は判断を生徒に任せることが多くなった。シャープペンシルの先を動かし、久美子は白紙のプリントに線を引く。

「あぁ、それも言うてたね。その日は十七時まで音出し練習禁止やって。こうやって考えると、どう考えても三年のほうが練習時間少ない気がする。塾とか予備校に行く子もいるし」

「麗奈はそれに加えてトランペット教室でしょ？　よく回せるね」

「まあ、トランペットのレッスンは音大受験のためには必須やし。アタシ的には久美子のほうがどうなんかなって」

「どうって？」

「進路」

　ガタン、と椅子が床をこするような音がした。秀一が立ち上がったのだ。

「部長はもう進路決めてるん？」

「そう言う秀一は？」

「俺は多分、地元の私立大学やろなぁ。大阪か京都か兵庫か……多分そのへん。偏差値次第かな」

「学部は？」

「多分、社会学部。いちばん興味あるし」

「へえ、塚本ってそっち系なんや」

顔の輪郭に沿って伸びる黒髪を、麗奈は軽く指に巻きつけた。「そっち系ってなんやねん」と秀一が軽く顔をしかめる。

「私立文系なんやなって思っただけ」

「ええやろ、べつに。おもしろそうやなって思った学科はだいたい文系やったし。四年も通うのに嫌いな勉強せなあかんのは嫌やんけ」

「べつにダメとは言ってないでしょ」

「ならええけどさぁ」

「塚本の話なんてどーでもいいの。久美子はどうなの？」

二人分の視線が、まっすぐに久美子へ突き刺さる。気づいていないふりをしたくて、久美子は意味もなくシャープペンシルを動かした。合奏。屋外練習。個人練習。部活のことを考えるのは好きだ。将来と向き合わなくてすむから。

「久美子？」

視界に入るように、麗奈がわざと顔を傾けた。長い黒髪がピアノの屋根の上を滑る。

「……進路はまだ、未定かな。考えられないっていうか」

一年後の自分が何をしているのか、いまの久美子には想像できない。授業があって、部活があって。毎日があまりに充実しているものだから、その延長線上にある未来を直視するのが億劫《おっくう》になる。

「なんも決まってないなら音大は？　みぞれ先輩みたいに」

「いやいや、音大ってそんなふうに決めるような進路じゃないでしょ。覚悟がないと」

黒いピアノの表面に、困惑した自身の横顔が映っている。麗奈がプロの奏者になっているところは簡単に想像できるが、そこに自分が並んでいる姿は逆立ちしたって思い浮かばない。そもそも、大人になった自分が奏者になっているビジョンが湧かない。

「アタシは久美子が音楽続けてくれたらうれしいけどね」

事もなげに言う麗奈の顔を、久美子はまじまじと凝視した。朝の空気が充満する音楽室で、彼女の白い肌が光を帯びて輝いている。

「珍しいね。麗奈がそういうこと言うの」

「そう？　思ったことを口に出しただけやけど」

「あんま軽々しく言うようなことでもないと思うけどな、俺は」

「じゃ、塚本は言わなきゃいいでしょ」

「だから言うてへんやんけ」

「ふうん」

「ふうんってなんやねん」

言葉だけを捉えると不穏な会話に聞こえるが、二人の声に棘《とげ》はない。気安さを感じさせる言葉の応酬に、久美子は少しだけ疎外感を覚える。麗奈も秀一も、幹部になってから互いに対する態度がほんのちょっと変わった。

「おはよーございまーす！」

ガラリ、と音を立てて音楽室後方の扉が開かれた。朝から元気よく挨拶してきたのはすずめだった。後ろを歩く沙里が、「おはようございます」と控えめにこちらへ会釈する。

「今日は一番乗りじゃなかったー。先輩たち、めっちゃ朝早いですね。ミーティングですか？」

そう言ってこちらへ歩み寄ってくるすずめの髪は、早朝だというのに完璧にセットされていた。ツインテールを角に見立ててアレンジしたヘアスタイルは、かなり手が込んでいるように見える。おそらく、身支度のために早起きしているのだろう。

「すずめちゃんこそ早いね。いつもの朝練？」

「そうです。サリーってば、早くコンクールの曲の練習をしなきゃってうるさいから」

名前を出され、先に席へ座っていた沙里が赤面した。

「私のことはいいやん」

「なんで？　ほんまのことやん。サリーってば真面目やから、先輩の足を引っ張ったらあかんってばっかり言うてて」

「そりゃ足引っ張ったらあかんでしょ。みんなで全国目指してるんやから」

リングキーを押さえたまま、沙里は上管を下管へ一直線に差し込んだ。慣れた手つきからは、彼女のこれまで積み上げてきた経験が透けて見える。

両手の人差し指を立て、すずめがつつくようにして自身の頬を軽く持ち上げた。

「さすがサリー。志が高杉晋作《たかすぎしんさく》」

「そのギャグ、もう突っ込まへんからね」

「ぶっちゃけ、すでに一年生のリーダー的な立ち位置になってるもんね。二年後はサリーが部長かなぁ」

「話聞いてる？」

「久美子先輩もサリーは立派やなぁって思いますよね？」

名指しされ、麗奈と秀一までこちらを見る。当の沙里はというと、顔を赤くしてその場でぷるぷると震えていた。あまり褒められるのに慣れてないのだろうか。

「思うよ。向上心もあるし」

「ほらやっぱり！」

無邪気に両手を叩いて喜ぶすずめに、沙里は赤い顔のまま肩を怒らせた。

「すずめってば、先輩まで巻き込まんとって。気ぃ遣わせてるやん」

ゴメンゴメン、とすずめが慌てて合掌する。

「もう、あんまり余計なことばっか言うてたら、すずめにお弁当のおかず分けてあげへんからね」

「それだけは勘弁してー」

「ならさっさと練習しよ。先輩たちの会議の邪魔したらダメやん」

「はいはい、わかりましたよ」

すずめは沙里の隣の席に鞄を置くと、膝をそろえて座った。お調子者のすずめだが、悪気があるわけではないのだろう。彼女は基本的に、他人の言葉には素直に従う。

リードを口にくわえ、沙里が息を吹き込んだ。澄んだ音色が空気を滑らかに切り取っていく。その美しい旋律に耳を傾けながら、久美子はシャープペンシルを動かす。

今後について。

書きつけた六文字は、久美子がいつかは向き合わなければならない課題だった。

「トロンボーン、スライド乱れてます。地面から平行に」

「サックスの人、音が小さい！」

「スーザはベル向きが傾いてます。下向いたら目立つんやから顔を上げて」

「バッテリー、人に見られていることを意識してください。背中丸くなってたらカッコ悪いです」

「みんな、自分が休みのときも気を抜かないように。目立ちます」

メガホン越しに聞こえる麗奈の声に、部員たちが震え上がっている。

基礎合奏だろうが屋外練習だろうが、麗奈はいつもスパルタだ。ここまで厳しく指導しても周囲から受け入れられているのは、おそらく、麗奈の自身に対するハードルが他者に求めるものよりも格段に高いからだろう。他人に厳しく、自分にはもっと厳しい。それが、高坂麗奈という人間だ。

「見ている人からしたら初心者かどうかもわからんねんから、それをできひん言い訳にせんとって。ホルンの橋川《はしかわ》さん。無理なんやったら吹こうとせんでいい。ちゃんと足合わせて。ずれたら後ろの子が危ないんやから」

「す、すみません」

「泣いててもできるようにはならんでしょ。気持ちはいいから、結果で見せて」

はい、と返事する一年生部員の声はかすれていた。メガホンを通じて、麗奈のため息が拡散される。

「それと、ユーフォ。針谷さんも挙動おかしい。歩幅が小さすぎるのと、一人だけ列からはみ出てるときがある。わかってる？」

「はい、すみません」

「同じ初心者でもできてる子だっているんやから、言い訳はできんでしょ。本番は来週やねんから、いつまでも初心者気分でおられても困ります。ちゃんとやって」

「は、はい」

久美子の後ろに並ぶ佳穂は、いまにも泣き出してしまいそうだ。ホルンの子に至っては、漏れる嗚咽《おえつ》が聞こえている。麗奈の指摘は的確なのだが、いかんせん威圧感がすさまじい。やはり去年のように初心者はステップ係に徹したほうがよかっただろうか。

サンフェスの練習が始まって以降、ときおりこうした空気になることが増えた。麗奈は感情的にはならないが、だからこそ冷徹な叱責が初心者である一年生の心に鋭く刺さる。本人たちは足を引っ張るまいと努力しているのだが、北宇治の水準レベルに到達するにはまだまだ時間が足りないのも事実だ。

「佳穂ちゃんなら大丈夫だよ。落ち着いてやっていこ」と背後では真由が優しく声をかけている。麗奈に叱られた部員にはほかの先輩部員たちがあとからフォローを入れているのだが、どうしたって練習中の空気が重くなるのは避けられない。

一年生が泣きやむのを待たずして、麗奈が淡々と指示を出す。

「それでは最後に通し終わったら昼休憩に入ります。十三時からは男女に分かれてサンフェス衣装の試着を行うので、遅れないようにお願いします」

「はい！」

先頭に立つ麗奈が、メジャーバトンを高く掲げる。

「ワン、ツー、スリー、フォッ」

スリーで下げていた楽器を構え、フォーで足を上げる。ホイッスルがピィーと甲高い音を鳴らし、それに合わせてパーカッションがリズムを刻んだ。

本番の経路に合わせ、二キロを行進する。去年までは一キロだったのだが観客が増えすぎたために距離が伸びたのだ。マーチング強豪校の立華高校、去年全国行きを果たした龍聖学園高等部、そして、我が北宇治高校。三校の強豪校を一度に見られるとなれば、地元の吹奏楽ファンが集まるのも無理はなかった。

グラウンドをぐるぐると回り、二キロを歩いたころには、部員たちの体力差が露骨に現れる。体力自慢の葉月や弥生もさすがにスーザフォンを吹きながらでは疲れるのだろう、「左肩が痛いー」と騒いでいた。奏ですら疲労した気配を見せるなか、緑輝や真由はけろりとした顔でほかの部員たちと談笑していた。

昼休憩を終え、疲れを見せていた部員たちも元気を取り戻しつつある。女子部員の集まった多目的教室では、あちこちで話し声が飛び交っていた。

「北宇治の衣装を着るの、楽しみにしてたの」

口元を手で覆い、コロコロと真由が鈴を転がすような声で笑う。その隣には、数本のフラッグをまとめて持っているつばめがいた。同じクラスなこともあり、つばめと真由は一緒に行動することが多い。真由がこの学校でいちばん親しいのは、十中八九つばめだろう。

「真由ちゃんの前の学校はどういう衣装やったん？」

「カッコよかったよ。白い羽帽子がトレードマークで」

「へえ、そうなんや。北宇治は多分、今年もハットかな。パレード衣装は青ジャケットって決まってるから」

「そうなんや、楽しみ」

笑い合う二人の周りには花が飛び交っているみたいだ。教室の隅っこは平和で、その分、中央では葉月たち一年生指導係が忙しそうにしていた。

「はい、名前呼んだらちゃんと受け取りに来る！」

「一年生の人、こっちでーす」

ひらひらと手を振る梨々花のもとへ、一年生たちが列を作り始める。そのほかの部員はというと、受け取った衣装を試着しようとナイロン袋を開封していた。

「スカート、いい感じやね」

皺ひとつない衣装を掲げながら、緑輝が言う。「ほかの子らがこだわるから」と肩をすくめたのは麗奈だ。衣装会議のことを思い出し、久美子は失笑する。

「みんな熱がすごかったよね。考え始めたら意見がいっぱい出て」

「せっかく自分が着るんやもん。そりゃあオシャレにしいひんと！」

そう強く訴える緑輝の主張は、リーダー会議のときから変わらない。スカートに手早く穿《は》き替え、久美子はシャツの上からジャケットを羽織る。

黒のスカートは膝上ほどの丈で、軽い素材で作られている。女子部員はその下に伸縮性の優れたタイツを履き、男子部員はほっそりとしたスラックスが衣装となる。恒例の青いジャケットに、黒いタイ。頭上を彩る黒のハットには青のベルトが巻きつけられている。

「麗奈先輩、素敵ですぅ！」

後輩の歓声に顔を上げると、ドラムメジャー用の衣装を身にまとった麗奈がメジャーバトンを手元で軽く回していた。パレードの先頭を歩くドラムメジャーの格好は、ほかの部員より目立つデザインだ。スパンコールが多めにあしらわれており、歩くだけでチカチカとまぶしい。

「麗奈って、本当に美人だよねぇ」

しみじみとつぶやいた久美子に、麗奈がおかしそうに目を細める。

「久美子も似合ってるよ」

「なんというか……いやまあ、ありがとう」

「心配せずとも、久美子先輩も大変可愛らしいですよ」

ぬっと会話に割り込んできたのは、すでに衣装に着替えていた奏だった。あからさまなリップサービスはいつものことだ。

「奏ちゃん的にどう？　この衣装は」

「とても満足です。さすがは緑先輩が会議に参加しただけはありますね」

「わーい。緑、褒められちゃった」

胸の前で両手を合わせ、緑輝が満面の笑みを浮かべる。くるりとその場で回転した緑輝の動きに合わせ、スカートの裾が微かに翻った。

「あの、久美子ちゃん」

先ほどまでつばめと話していた真由が、控えめにこちらの袖を引っ張った。顔を向けると、彼女は着替えの途中のまま途方に暮れたように眉を垂らしていた。半端にボタンの開いたシャツから、インナーのレースがのぞいている。着やせする体質なのか、制服のときと比べてむっちりした体形に見える。

「服のサイズが合わないんだけど、変更って可能かな」

「それはもちろん大丈夫。そのための試着だから。衣装、きつかったかな」

「うん、胸元がちょっと……シャツのボタンが弾けちゃいそうで」

言葉を濁した真由に、久美子はすべてを察した。

「じゃあ、葉月のところに行ってLサイズの衣装と交換してもらってきて。真由ちゃん、背丈は高くないから、多分シャツだけ交換で大丈夫だと思う」

「わかった。ありがとう」

ほっそりとした指を小さく振り、真由は衣装を配布している葉月たちのもとへ向かった。一連の流れを見ていた奏が、ニヤッと口端を吊《つ》り上げる。

「黒江先輩って、男性に好かれそうなタイプですよね」

「というか、実際にモテるんじゃないかな。可愛いもん」

「私と黒江先輩ではどちらが可愛いと思います？」

「うーん、ベクトルが違うかな。可愛さの」

真由は清楚系だし、奏は小悪魔系だ。

「私って言ってくださらないんですね」と拗ねたように奏が片頬を膨らませる。計算尽くの振る舞いとわかっていても愛らしく感じるのだから恐ろしい。

「久石さんは可愛い後輩やね」

麗奈がフッとからかい混じりに吐息をこぼす。緑輝が激しくうなずいた。

「わかる。奏ちゃんは猫みたいで可愛い！　なでなでしたい！」

「そういった役割はさつきの担当ですから。そういえば緑先輩、今年の面々は動物に例えてくださらないんですか？　去年のアレ、私はとても気に入っていましたのに」

「何それ」と麗奈が首を傾げる。

「緑先輩が低音パートの面々を例えてくださったんですよ。久美子先輩は確か、タヌキでしたか」

「あー、あれねぇ」

一年前のことを思い出し、久美子は知らず知らずのうちに遠くを見つめる。求や奏を猫と表現するまでは普通だったのだが、葉月はイノシシだの緑輝自身はイグアナだのと、なかなかに主観に寄った例えとなっていた。

「ちなみに麗奈先輩はどうなんです？」

「麗奈ちゃんは白蛇！」

「アタシが？」

「うん！　とっても綺麗やけど、たまにおっかないから」

それを堂々と口にできる緑輝のほうがおっかない。麗奈は神妙な顔で「ヘビ」とだけつぶやいた。ショックを受けているようだ。

「今年の一年生は個性的やけど協調性があると緑は思うなぁ。佳穂ちゃんはぽわぽわしてるところがあるからアルパカで、弥生ちゃんはちょっとツンツンしてるから頭に黄色いのがついてるペンギン。すずめちゃんはパンダかなぁ、好き放題してても周りから好かれるってイメージあるし」

「あー、すずめちゃんがパンダってのはわかる。なんか可愛いって思っちゃう」

「よく見たら獰猛《どうもう》な目をしているところなんか、パンダにそっくりですよね」

うふ、と顔の横で手をそろえる奏に、久美子は何も言わないことを選択した。掘り下げるのは危険だ。

「じゃあ、黒江さんはどうなん？」

蛇ショックから立ち直った麗奈が緑輝へと問いかけた。緑輝はハットのつばを深くかぶると、「うーん」と軽く顎をさすった。

「真由ちゃんは……クラゲかなぁ」

「クラゲって動物なの？」

「何言うてるの久美子ちゃん。クラゲは立派な動物やんか。遠目に見てる分には綺麗でただ流されているようにも見えるけど、うっかり刺されたらピリッと痛い。ほら、真由ちゃんにぴったり！」

「んー、まさか海洋生物にまで手を出すとは」

　そう考えると、タヌキはまだましなほうなのかもしれない。

「なんとか衣装交換してもらってきたよ」

　ナイロンに包まれた黒シャツを握り締めながら、真由がこちらへ小走りで寄ってくる。艶のある長い黒髪からしても、マシュマロを思わせる白い肌からしても、クラゲにはとうてい似ても似つかない。

「これぱっかりは緑の例えも合ってないかな」

「そうですか？」

　久美子の肩に手を置き、奏は含みのある笑みを口端にのせる。

「むしろ、私はさすが緑先輩と思いましたけどね。人をよく見ていらっしゃる」

「そう？」

「ええ。久美子先輩もうっかり刺されないようにお気をつけくださいね」

　奏の言葉に、久美子は真由へ目を向ける。受け取ったシャツを開封し、彼女は黒いシャツを羽織るようにして身にまとう。その一瞬、真っ白な肩甲骨が久美子の視界にさらされた。天使の羽の名残りを垣間《かいま》見たかのような、綺麗な背中だった。

「どうしたの？」

　視線に気づいたのか、真由が小首を傾げた。その肌はすでにシャツのなかに収まっており、彼女の凹凸のあるボディラインが見て取れるだけだった。

「なんでもないよ。シャツはもう大丈夫そう？」

「うん、これならちゃんと演奏できるよ」

そう言って、真由がぐるりと腕を回してみせる。

北宇治の衣装は、彼女によく似合っていた。


月曜日の朝、久美子と麗奈はいつもより三十分早く京阪《けいはん》宇治駅へと集まった。早朝のホームは閑散としており、アナウンスの音がよく響いている。

うじぃ、うじぃ。繰り返される単語が、寝ぼけているせいで上手く漢字に変換されない。開いた扉に身を滑らせ、二人はドアに近いシートへと腰かけた。

視線を高く上げれば、窓の向こう側に鮮やかな緑が見える。茶畑だ。

ふあぁ、と欠伸を隠すこともしない久美子に、英単語帳をにらみつけていた麗奈が目線を外さずに言葉を発した。

「眠そう」

「そりゃあ、こんだけ早いとね」

「今日は一番乗りできると思う？」

「それはすずめちゃんたち次第だけど、私としては麗奈の一番乗りへの熱意にただただ感心するよ」

ふあ、ともう一度欠伸が出た。生理的に浮かんだ涙を、久美子は指先で乱雑に拭う。

「だって、三年生やねんもん」

「どういうこと？」

「後悔する日が一日でもないようにすべきでしょ。最後の一年間なんやから」

スン、と麗奈が鼻を鳴らす。ほかに乗客のいない車内は、ひっそりと静まり返っていた。朝日のまばゆさに耐えきれず、久美子は向かい側のシートのブラインドを引き下げる。

「滝先生と少しでも話したいんだよね、麗奈ちゃんは」

「何その言い方。茶化してるでしょ」

肘で二の腕を小突かれる。込み上げる感情をそのまま声に出したら、「うひっ」と不気味な笑い方になった。

「まあ、麗奈と滝先生の話はともかく、すずめちゃんとサリーちゃんは感心だよね。毎日朝早くに来て、最後まで残ってる。部活のやりすぎで日常生活に差し支えが出るんじゃないかって心配になるけど」

「そこらへんは本人次第やけど、やる気があるのはいいことでしょ」

「いまだけじゃないかって気もするけどね。続くかなぁ、あの生活」

「それも本人次第。アタシらが心配することじゃない」

突き放したような言い方だが、麗奈の言わんとしていることはわかる。つまりは、自己責任ということだ。

「自分のことは自分で考えたほうがいいし、他人が介入するべきでもない。少なくとも、アタシはそう思ってる。アタシがどうしたいかはアタシが決めるべきでしょ」

「うわー、耳が痛い」

「久美子も自分の進路、考えへんとね」

膝に置いたスクールバッグを、麗奈の指先がぎゅっと握り締める。合皮製の鞄にうっすらと皺が寄った。朝焼けが、彼女の顔の輪郭をうっすらと照らし出す。ほのかに光る横顔を目でなぞりながら、久美子はなんとなく自身の足元へ視線を移した。

「……進路かぁ」

天を向く爪先が、もぞりと動く。車内のスピーカーからは、車掌の声が響いていた。六地蔵《ろくじぞう》、六地蔵。繰り返されるアナウンスは、北宇治高校の最寄り駅の名だった。

「おはようございます。今日は一番乗りですね」

職員室でそう滝に微笑みかけられた麗奈の反応は見物だった。本人は冷静さを保っているつもりだが、引き締めているはずの口元が緩みきっている。

「滝先生も、早いですね」

「私はいつもこの時間なので。部活動以外にもいろいろとやることがありまして」

そう頭をかく滝の机には、うずたかく積まれたノートの山ができている。前にミュージカルの感想を書くという課題が出ていたから、その採点作業だろう。

「先生のお仕事って本当にいろいろとあるんですね。大変そうです」

「大変なのは間違いないですが、その分、生徒の皆さんの成長する姿も見られますからね。嫌なことばかりではないですよ」

でも、いいことばかりでもないだろう。柔和に微笑する滝の顔を見上げながら、久美子は思考する。部長になって部費の流れや練習メニューの組み立てに直接関与できるようになってから、これまで表に出ていなかった滝の仕事内容を目にする機会が一気に増えた。

「大人になるって大変そう」

聞こえた声が自分のものであると気づくのに、数瞬の時を要した。ハッとして顔を上げると、滝が軽く小首を傾げている。隣にいた麗奈が自身の口元を押さえたのが視界の端に映る。真顔を貫いているが、滝先生可愛い！　なんてことを考えているのだろう。

「黄前さんは大人になりたいとは思わないですか？」

「いや、もちろんそういうことを考えないととは思うんですが、予想がつかないというか……滝先生は昔からなりたいものがたくさんあったって言ってましたよね。大人になりたくないな、とか思いませんでした？」

「どちらかというと、早く大人になりたいという気持ちのほうが強かった気がします」

そう言って、滝は軽く自身の顎をさすった。

「私は反抗的な子供だったので、とにかく親の庇護下《ひごか》から早く出たいと思っていたんですね。とくに、父親のもとから早く離れたくて」

滝の父親である滝透は、有名な吹奏楽の指導者だった。かつての北宇治を全国へ導いてくれたのも滝の父だし、傷心していた滝にこの学校の吹奏楽部指導を引き受けるように説得したのも彼だ。そんな父を尊敬している一方で、かつては多忙な父へ反発心を抱いていたときもあった、と滝は以前に話していた。

「子供のころの私は、大人になったら勝手に立派な人間になれると思い込んでる節があったんです。仕事もしっかりできるようになって、周りから尊敬されるような大人になれると。でも、実際はそういうものでは、まったくなくて。いまの自分は、子供のころの自分の延長上にありました」

「それもなんだか怖い気がします。心は変わらないまま大人になっちゃうなんて」

「ですが、黄前さんの周りにいる大人はそうやって年を重ねてきたのだと思いますよ。

自分が大人か子供かというのは、周りの環境によって決まるのだと思います。卵から孵《かえ》った雛は、いつかは巣立たなければならない。それと同じことのような気がしています。……なんて言うと、なんだか偉そうな気もしますが」

はいどうぞ、と滝が鍵を手渡してくる。開けなければならない、扉の鍵を。

「ありがとうございます」

頭を下げた麗奈に、久美子も慌てて礼を言う。頑張ってくださいね、と滝は微笑した。その眦《まなじり》に寄った皺は、彼の重ねてきた年月の表れだった。


水で洗ったばかりのマウスピースを唇に押し当てる。音階を順に吹くと、ぶるぶると根元から振動が伝わる。低い音の振動は丸く、高い音の振動は鋭い。こうしてマウスピースだけで吹いていると、音とは振動そのものなのだと実感する。

「おっはよーございます！」

かけられた声に振り返ると、すずめが勢いよく頭を下げた。その隣には、楽器ケースを手にした沙里が立っている。彼女のクラリネットは、マイ楽器だ。

「二人ともおはよう」

「今日は久美子先輩一人ですか？」

「いや、麗奈もいるよ」

そう久美子が答えたタイミングで、音楽室からトランペットの高音が聞こえてきた。朝の空気を貫く、まっすぐな音色だった。

「お二人がいつも早く来はるんは、やっぱり幹部だからですか？」

すずめの肩口から、沙里が控えめに顔をのぞかせる。ゆったりと曲線を描く髪が彼女の頬にかかっている。

「というよりは、もともと早く来るタイプだったかな。多分、部活が好きなの。私も麗奈も」

「先輩は、部活が楽しいですか」

じっと沙里がこちらを見つめる。細い首筋からセーラー服の紺色にかけてのまろいライン。胸元のリボンスカーフは皺ひとつなく、彼女の几帳面《きちょうめん》さが表れている。

「楽しいなって思ってるけど、サリーちゃんは違う？」

「私は、」

口を開き、しかし続きは出てこなかった。言いよどむ沙里の背を、すずめがバシンと強く叩く。

「サリーってば妙に考えすぎやねんから。もっとあっさりしてもええと思うで、サリーだけに！」

「……それ笑うの、佳穂くらいやから」

「なかなかにいいギャグやと思ってんけどなぁ」

眼鏡の端を持ち上げ、すずめは得意げな顔をする。今日の彼女は金フレームの丸眼鏡をかけていた。

「サリーちゃんがどう考えているかわからないけど、もし部活が楽しい場所でなくなったらそのときは私に相談してほしいな。部長としては、みんなの力になりたいって思ってるから」

「ありがとうございます。気持ちはうれしいです」

薄い瞼を半端に下ろし、沙里は静かに礼を告げた。その隣で、すずめが元気よく背伸びしながら手を上げる。

「はい！　オーマエ部長」

「なんでしょう」

「うち、いまから相談に乗ってほしいです。いいですか？」

「えっ、いまから？」

予想外の頼みに、久美子は大きく瞬きした。「ダメですか？」とすずめが身体ごと斜めに顔を傾ける。

「全然大丈夫だけど」

「やったー、さすが久美子先輩！　じゃ、サリーは先に音楽室で練習してて」

「私に、高坂先輩と二人っきりになれって？」

ポロリと漏れた言葉は、率直な沙里の気持ちだったのだろう。久美子の視線に気づいた途端、彼女はばつが悪そうに顔を伏せた。

「サリーちゃん、麗奈のこと苦手？」

「いえ、そういうんじゃないですけど」

「けど？」

「……私、練習してきますね。久美子先輩、すずめのことよろしくお願いします」

強引に話を遮り、沙里は軽く頭を下げた。薄く垂れた前髪が、その顔に影を落とす。黒髪のなかに埋もれる白い頬の輪郭線は、明らかに強張《こわば》っていた。

「じゃあ先輩はこっちへ」

すずめは強引に久美子の腕をつかむと、音楽室とは反対側の廊下へ誘導した。どの教室も、まだ人の気配はない。

振り返り、すずめは沙里が充分に離れていったことを確認した。その後ろ姿が楽器室へと消えるのを見届けると、ようやくすずめは口を開いた。

「こうやって久美子先輩と二人でお話しする機会って、意外とあんまりなかったですよね。先輩、人気者だからいつも誰かといるし」

「人気者かどうかはともかく、いろいろと人の話を聞く機会が多いからね。相談しなきゃいけないことも増えてくるし」

「部長のお仕事って大変そうですもんね。うちもよくサリーに叱られるんです。『久美子先輩にご迷惑かけないようにしなさーい』って」

特徴をつかんだ声真似に、久美子は思わず笑みをこぼす。しっかり者の沙里らしい。

「それで、すずめちゃんの相談って？」

「あぁ、そうでした。うち、久美子先輩に聞きたいことがあって」

「何かな」

「部長と副部長って、付き合ってはるんですか？」

「はい？」

手から滑り落ちそうになったマウスピースを、すんでのところで受け止める。動揺を隠すように、久美子はコホンと咳払いをした。すずめは顔を動かさないまま、屈託のない眼差しをこちらへと向けていた。

「えっと、どうしてそういうことを聞くのかなー？」

「いや、一年生のあいだで盛り上がってて。二人ってお似合いやから、付き合ってはったらええのになぁって」

そう語るすずめの口ぶりに、嘘は混じっていないように思える。奏相手であれば確信犯かと疑うが、目の前の後輩は単に噂話を口にしただけなのだろう。

「付き合ってないよ、うん。いまはそういうことに割く時間がないというか、ね。もちろん、付き合ってる子もいるんだろうけど」

「そういうの、部内的にはセーフなんですか？」

「と、いうと？」

「だって、よく聞くやないですか。ほら、揉め事の種になるから部内恋愛禁止！　みたいなルール」

「北宇治にはそういうルールはないよ。去年の先輩にも付き合ってる人たちはいたしね。もちろん、揉めちゃう可能性はあるし、そうなっちゃうとフォローも大変なんだけど」

　久美子の脳裏をよぎったのは、二年前のあがた祭りにまつわる一連の出来事だった。あのとき葉月と喧嘩していたら、いまの二人の関係性は大きく変わっていたかもしれない。恋愛のせいで関係性が崩れるというのは周りでもよくあることだけれど、それが自分の身に降りかかる可能性があったかと思うとぞっとする。

「じゃあじゃあ、求先輩と緑先輩の二人はどうなんです？」

「付き合ってないよ」

　そう久美子が即答したのには根拠がある。一年前の求の台詞だ。

——僕にとって、緑先輩は特別なんです。恋愛とかそういう卑俗な感情を向ける対象じゃなくて……こう、神様みたいな。

あのときの求があまりに真剣だったから、久美子は寒気に似たようなものを感じたのを覚えている。純粋な憧れと呼ぶには、求はあまりに緑輝を特別視している。

「というか、すずめちゃんが相談したかった話ってそれ？」

「いえ、全然。いまのは世間話です」

「えー……」

去年の奏といい、どうして皆、久美子と秀一の関係を話したがるのだろうか。自分たちの関係を単なる世間話と片づけられるのは、なかなかに複雑な気持ちになる。

「それで、本題は？　人払いしたってことは、サリーちゃんに聞かれたくないんだよね？」

「いや、じつはですね、久美子先輩たちは気づいてはるんかなぁって思って」

「気づいてるって、何に？」

「このままいくと、一年生たち、部活をボイコットしちゃいますよ」

「え？」

「集団退部って言うほうが正しいんですかね。このままだとみんな、心折れちゃいますよ」

衝撃的な内容に、久美子の脳はフリーズした。集団退部。その言葉を聞いて最初に思い浮かんだのは、久美子たちが入部する前に起こった元南中部員たちの大量離脱だ。北宇治吹部では以前、傘木《かさき》希美《のぞみ》を中心としたやる気のある部員たちが、やる気のない先輩部員に反発して部活を辞めるという事件が起こったことがあった。

「ど、どういうこと？」

焦りのせいで、舌がもつれる。すずめはあっけらかんと答えた。

「佳穂もそうですけど、初心者の子たちのストレスがすごいんですよ。ほら、高坂先輩って初心者でも同じようにやれーって指導するじゃないですか。あれで高坂先輩に反発するような気の強い子だったら問題ないんですけど、内気な子はどうしても自分をどんどん責めちゃうんですよねぇ」

「でも、そのパートの先輩がフォローしてるよね？」

「んー、やっぱりフォローだけじゃなんともならないんじゃないですか？　怖いって一度思ったら、足がすくんじゃうだろうし。で、緊張してまた間違えるという悪循環。いちおう一年生同士でもサリーみたいな経験者の子がフォローしてますけど、それもどこまでもつか」

「そんなことになってるの？　一年生」

「全員じゃないですよ？　むしろ、経験者の一年生は高坂先輩に同調する声のほうが大きいですし。なんというか、北宇治って初心者に厳しい空気ですよね。失敗が許されないというか。うちはそんなに気にならないですけどね。それでも佳穂とかが裏で泣いてるのを見たら気になりますよ」

「……そうだったんだね。解決策はともかく、報告してくれてありがとう」

平静を装うが、口からは勝手にため息が漏れた。そうかー、と無意識のうちにつぶやく久美子に、すずめは歯を見せるようにして明るく笑った。

「いえいえ、気にしないでください。部活の空気が悪くなると、お姉ちゃんが悲しむので！」

すずめによってもたらされた不和の知らせは、とにもかくにも久美子を悩ませた。麗奈の指導が厳しいことが初心者部員を苦しめていることは確かだが、だからといって麗奈にやり方を変えさせるのも気が進まない。そもそも、人間関係に左右されずに音楽指導ができるようにと、前の部長・副部長は麗奈をドラムメジャーに指定したのだ。麗奈の手を煩わすことなくこの問題を解決することが、部長たる自分の存在意義であるのは間違いない。

「部長、掃除時間に男子がふざけるんです」

「部長、ホルンの子が喧嘩したらしくて……」

「部長、二年の子が塾だからって理由で居残り練習しないんです」

放課後練習の休憩時間。各パートの休み時間を利用して部員たちは久美子へ相談にやってくる。

思考を占有していたすずめの相談をいったん脳から追い出し、久美子は一人ひとりと真摯に向き合った。

「おかしくないですか？　三年生とか一年生のサリーちゃんとか、上手い人がずっと残って練習してるのに、なんであの子は先に帰っちゃうのかって」

化学準備室の隅っこで、クラリネットの二年生が不満を訴えている。真面目な女子部員で、三年生からの信頼も厚い。

「その子は部活動時間にサボってるの？」

「そういうわけじゃないんですけど、そんなに上手くないんやから残ってでもやるべきちゃうんって思うんです。塾を優先してる場合じゃないやんって。こっちは全国目指してんのに」

「気持ちはわかるよ。今年のクラリネットはレベル高いし、みんなの求める水準も上がってるもんね」

「わかってくれます？　そうなんですよ。私、去年みたいに先輩たちが悔しがる顔は見たくないし、実際そうなったら後悔すると思うんです、絶対。だったらいまのうちに二年生としての自覚を持って頑張ってほしいなって思うんです」

「そうだね。最後に後悔することになったら誰も幸せにならないもんね。いろいろと考えてくれてるんだ」

「でも、三年生はそれでもいいんだって言わはるんです。あの子は練習時間中に集中してやるからって。いや、先輩の言ってることもわかるんですよ。ただ、私はやっぱりみんなと同じ熱量を持ってほしいというか……足を引っ張るやつはいらないって思うんですよ」

そう告げる後輩の顔は大真面目だ。自身の親指と薬指をこすり合わせながら、久美子は「うーん」と曖昧な相槌を打つ。五月になって以降、こうした内容の相談が増えた。下手なやつはいらない。そういう排他的な空気が、部内を支配しつつあるように思える。

「まあ、気持ちはわかるんだけど、ほかの先輩も言ってるように、サボってないならその子の部活の向き合い方を受け入れたほうがいいと思うよ。居残り練習はあくまで本人の意思に委ねてるし、それを義務化するのはよくないかなって」

「でも、みんなが頑張ってるのに和を乱されると気になりますよ」

「もっと冷静に考えてみて。和を乱されるって感じるのはどうしてなのか。自分は無理してでも頑張ってるというのはいいけど、だからって相手も無理してでも頑張ってほしいと感じてしまったら、それは危険なサインだよ。決まり事以外のことまで押しつけてどんどんとわけのわからないルールが増えていったら、いろいろとがんじがらめになっちゃうでしょ？」

目の前の後輩が不服そうに目を細めたのがわかった。叱られた子供みたいに、もごもごとその口元が動いている。

ぼんやりと浮かぶ机の影を、久美子は足で踏みつける。差し込む光は弱々しく、影との境界は曖昧だった。

「わかってはいるんですけど、気になっちゃうんです。今回のコンクール曲だってすっごく難しいし、もっとやらないと足りひんちゃうかなって」

「その焦りは大事だよ。間違ってない。ただ、焦りを誰かにぶつけるのは正しくない。精神状態って、音と直結するからね。厳しく追い詰めるのも悪くはないけど、潰れる前にちゃんと息抜きの仕方を覚えよう。愚痴なら私がいくらでも付き合うから」

「ありがとうございます。なんかすみません、大事な時間を割いてもらって」

「私も部で何が起こってるか知りたいから、気にしなくていいんだよ。もし目に見えてサボってる子がいたり、問題を起こしてる子がいたりしたら、そのときは私からも注意するからね」

「はい！」

ひととおり愚痴を吐き出して満足したのか、後輩はどこかすっきりした面持ちをしていた。教室を出る直前、彼女は一度こちらを振り返ると、七十度の角度でお辞儀をした。笑顔を浮かべ、久美子はひらひらと手を振り返す。その後ろ姿がすっかり見えなくなったのを確かめて、久美子は盛大に息を吐き出すとそのまま机へ突っ伏した。

「うわー、疲れたぁ」

顔を腕に埋《うず》めたまま、ジタバタと脚だけを動かす。先輩らしく助言するのは、いつもの倍疲れる。人間関係を把握しておく必要があるし、深入りするとややこしい問題を引き起こす可能性もある。久美子に相談することでガス抜きにはなっているようだが、いつか誰かの不満が爆発するのではないかと不安だ。

去年の部長、吉川《よしかわ》優子は何かと上手くやっていた。小さな不満の種を潰し、カリスマ性で他者を導く。彼女のようなリーダーシップが自分にあるとはとうてい思えないが、同じ部長である以上、久美子もああいった形の部の運営を目指すべきなのだろう。

「お、いたいた……って部長、なに寝とんねん」

がさつな足音が近づいてきたかと思うと、後頭部に軽い衝撃が走った。顔を上げると、秀一が筒状に丸めたプリントの先をこちらに向けて立っていた。

「べつに寝てないし」

「サボりはあかんぞサボりは」

「後輩の相談に乗ってただけ。秀一こそ、練習時間になんの用？」

「男子のサイズ表、訂正終わったから渡しておこうと思って」

「あぁ、ありがとう……」

男子部員の管理は秀一に任せっきりになっている。身を起こすと、秀一が微かに眉をひそめた。伸びてきた手に、久美子は息を呑《の》む。その指先が久美子の髪に触れるか触れないかのところで、秀一は我に返ったように慌てて手を引っ込めた。

「あー……部長、顔色悪いな」

「べつに、そんなことないと思うけど」

「自覚ないだけやって」

机に手を置き、秀一はそれとなく距離を取った。先ほどの空気をごまかそうとしているのは明らかだった。

差し出された紙を受け取り、久美子は机の上に伏せて置いた。

「プリント、ありがとう」

「おう」

立ち去ると思ったのに、秀一はなぜか教室に居座った。

「ほかに用事あるの？」

「いやー……あ、そういや今年の一年はどうなん。部長から見て」

わざわざひとつ離れた席の椅子を引っ張り出し、秀一は足を広げて座った。裾が引っ張られ、そのくるぶしがのぞく。

「秀一はどうなの」

「俺的には、とにかく真面目やなって印象。みんなルールを守るし、問題児もおらんけど、消極的なんが心配なところではある。判断すべてを先輩に求めがちというか」

「それは入ったばかりなんだから仕方ないでしょ。私たちもそうだったよ」

「俺らはそれどころやなかったやんけ。いきなり滝先生が来て、『なんですか、これ』」

仏頂面まで再現された滝の物真似は、意外とよく似ていた。二年前の、サンフェス前の合奏での出来事だ。いまとなっては笑い話だが、当時は新しい顧問の怖さに部員たちは震え上がっていた。

「部の空気、悪いって思う？」

「部長は気になるわけ？」

「一年生が、ちょっとね」

せっかく吹奏楽部に入ってくれたのだから、一人だって退部者を出したくない。全員にとって居心地のいい部活であればいいと思うし、それが理想論であることもわかっている。

「俺らが一年のころに比べたら、結構上手くやれてると思うけどなぁ。目立つ揉め事とかもないし」

「揉める気力すらないのかも。そういう子らって、あっさり辞めちゃったりするし」

「ん？　えらい具体的やな。退部届でも出されたか？」

「そういうんじゃないよ。可能性の話」

「心配せんでも、なるようになるわ。そもそも、部員全員を自分でコントロールしようってのがおこがましいやん。もし辞めたいって思う子がいたら、それを受け入れるのも大事や思うで」

「そんなことはわかってるけど」

ただ、知ってしまった以上は無視することなんてできない。久美子は北宇治の吹奏楽部が好きだし、ここにいる仲間たちも好きだ。だから、

「一年生の子にも、北宇治を好きになってほしい」

口に出した声は、思ったよりも強情な響きになった。ふ、と秀一が口元を綻ばせる。その柔らかな眼差しが、久美子を捉える。

「俺も」

少しだけ、心臓がドキリと跳ねた。

低音パートの練習室に久美子が戻ったのは、ちょうど十分間の休憩時間中だった。

美玲はボトルから水を飲んでいるところで、さつきはファイルを何度もめくりながら険しい顔で楽譜とにらめっこしていた。すずめと沙里は二人でサンフェスの謎ステップの確認をしている。

銀色のユーフォニアムを膝に置いたままの真由は、葉月や緑輝、佳穂とともに和気あいあいと談笑していた。流れる空気の穏やかさに、なぜだか首筋に寒気が走った。

「あ、久美子ちゃん！　部長のお仕事お疲れ様」

こちらに気づいた緑輝が、にぱっと口角を上げる。柔らかな猫っ毛が、今日はいつにも増して元気に跳ね回っていた。

「お疲れ様だねー」

微笑する真由が隣の椅子を引く。促されるがまま、久美子はその席へ座った。自分がいなくとも低音パートは成立する。ふと、そんな思考が頭をよぎった。

「今度はなんの呼び出しやったん？　後輩の相談受けてばっかで久美子も大変やろ」

頭の後ろで両手を組み、葉月が後ろに体重を傾けた。椅子が斜めに揺れるのを見て、「危ないよ」と真由がたしなめる。彼女の言動を見ていると、ママというあだ名をつけられたというのもうなずけた。

「話を聞くのも部長の仕事だからね。みんなは個人練してたの？」

「そうそう。新しいコンクールの曲めっちゃ難しいから、合奏までにできるようなるか心配やわ」

踵《かかと》を床につけ、葉月が答える。緑輝がうっとりと顔の横で手を重ねた。

「今回の自由曲、コントラバスのソロがあるからうれしい。緑、はりきっちゃう」

「北宇治って、ソロはどうやって決めるの？　オーディションって言ってたけど」

「逆に、清良女子はどうやったん？」

葉月の問いに、真由は記憶を探るようにちらりと黒目を上へ動かした。

「大会ごとに毎回メンバーごとオーディションで決めてたかな。部員が多いからソリストになれる子ってほんのひと握りだし、だからこそつねに演奏のときにはベストメンバーで臨みたいって思ってた」

「はー、それはすごい。北宇治は京都府大会前のオーディションでAメンバーを決定したら、ずっとそれで固定やで。全国までそのまま」

「でも、それだとあとから伸びた子が出てきたりしない？　六月にオーディションして、全国大会が十月だとしたら、そのあいだにかなり時間があるでしょう？　奏者の実力も変わりそうな気がするなぁ」

「でも、毎回オーディションしてたら精神的にきついんとちゃう？」

「そうでもないよ。落ちた子は次こそ入れるかもって思って頑張るし、受かった子は次も出たいと思って頑張る。やる気の相乗効果みたいなのが継続するイメージかな。

みんなすごく一生懸命というか」

「真由はAメンバーやったやんな？」

「うん、まあね。でも、ソロは毎年三年生の先輩だったよ。上手な先輩ばっかりだったから、私はコンクールメンバーに入るだけで精一杯」

真由の指先が、弾くようにピストンを押す。彼女の言葉が謙遜でないとするならば、やはり清良女子の部員たちのレベルは相当に高いのだろう。

「最後の年やし、北宇治でもAメンバーになりたいなって思ってるけど……実際はどうなんだろうね。私、ちゃんと戦力になるのかな」

「真由ちゃん上手だから大丈夫だと思うけど」

「本当？　久美子ちゃんに言われるとうれしいなぁ」

上目遣いに見つめられ、久美子は無意識のうちに頭をかいた。うっすらと綻ぶ唇に、可憐さをまとう柔らかな頬。彼女の振る舞いには大きな隙があり、それが他者の警戒心を薄れさせる。そのどこまでが計算でどこまでが無意識なのか、久美子には判断できなかった。


「——事件ですよ、絶対に事件！」

さつきがそう泣きついてきたのは、水曜日の放課後のことだった。サンフェスを四日後に控えたこの日、吹奏楽部員たちはいつものように割り振られた教室でパート練習を行っていた。

　わあわあと腕を振って騒ぐさつきを、美玲が冷ややかな眼差しで見下ろす。

「そんなふうに大騒ぎすることでもないでしょうに」

「大騒ぎすることやもん！　すずめちゃんも弥生ちゃんも佳穂ちゃんも同じ日に休みやなんて、絶対おかしいやん」

「なんか一年生で用事があるんじゃないの？」

「それやったらほかの一年生の子も知ってるはずやもん」

　確かに、今日の欠席率は異様に高い。低音パートの一年生は全員が欠席している。

　会話を聞いていた葉月が、構えていたチューバを膝へと置いた。

「でも、無断欠席なわけじゃないやろ？　確か、風邪で休みますって連絡あったような気が」

「んー、でも三人同時に休むとは緑も思えへんなぁ。ずる休みにしても、こんなにわかりやすく休むことなんてあるんかなあ」

　静観していた緑輝までもが口を挟む。こうなると真面目な雰囲気は途端に失《う》せ、パート練習室内の空気は休憩時間と大差なくなる。

　さつきがしょんぼりと眉端を下げた。

「緑先輩もそう思いますよね？　それに、サリーちゃんも欠席してるみたいで」

「あの真面目な義井さんが？　それは妙ですね」

考え込むように、奏は手の甲を自身の口元に押し当てた。求は無表情のまま、弓を弦にこすりつける。流れる低音をＢＧＭに、求がぽつりと言った。

「ボイコットじゃないですか」

「ボイコット？」

葉月と緑輝の声が重なる。聞き覚えのある単語に、久美子は額を押さえた。

「それって、一年生の子たちが意図的に休んだってこと？」

「わかりませんけど、部活にいづらくなる人の気持ちは想像できるので。嫌になって休んだ可能性もあるなと思って」

「えー、そんな大層な話かぁ？　やっぱ風邪とかちゃうの」

知らんけど、と葉月が最後につけ足す。休みといっても、たった一日だ。無断欠席でない以上、心配しすぎなだけかもしれない。しかし――。

「失礼しますー。葉月先輩いますかぁ？」

コンコンと開きっぱなしにされた扉をノックし、二年生の梨々花が教室へと入ってきた。奏と親しい彼女がこの場所を訪れることは日常茶飯事だが、呼び出した相手が珍しい。「えっ、うち？」と、葉月が自分の鼻先を指差した。

「そうですー。葉月先輩にご相談したいことが——あ、久美子先輩もいたんですねー。クラリネットの一年生に関する相談なんですけど、いまお時間大丈夫ですか」

「全然大丈夫だけど、クラリネットの話なのにどうして梨々花ちゃんが？」

「一年生指導係だからですー。クラの子に相談されて、同じ指導係の葉月先輩の意見を聞こうと思って」

トタトタと軽い足音を立てながら、梨々花は久美子たちの近くへと歩み寄った。薄桃色のカーディガンの袖口から指先だけがのぞいている。

「一年生のサリーちゃんの様子を見てきてほしいらしいんですよ。住所も教えてもらったんですけど。最近、なんだか思い詰めてたみたいで、念のためって」

「心配しすぎちゃう？　一日休んだくらいで」

「でも、サンフェスも近いですしぃ。もしサリーちゃんが辞めるなんてことになったら困るじゃないですか。ね、行きましょうよー」

どうやら梨々花に引き下がるつもりはないようだ。「過保護ちゃう？」と面倒そうに葉月が唇を突き出す。黙って相槌を打っていた真由が、緩慢な動作で首をひねった。

「辞める子が出るのって、そんなに珍しいことじゃないでしょう？　どうしてそんなに心配するの？」

「いやいや、まだ辞めるって決まってへんし。それに、同じ仲間やねんからさ」

「でもね、たとえば部活を辞めた子がいたとして、その子はつらい気持ちから解放されるし、残った子たちはその子を気にしなくてすむし、win‐winの関係になれると思わない？　たかが部活なんだし、無理してしがみつくようなものでもないでしょう？」

その言葉が皮肉でないことは明らかだった。述べられた意見は真由の本心なのだろう。周囲の反応に戸惑うように、彼女はコトリと小首を傾げた。

いつもの食えない笑みを浮かべながら、奏が真由に問いかける。

「たかが部活、ですか？」

「私、変なこと言ったかな」

「いいえ、黒江先輩らしくない、過激な発言だと思いまして」

「そ、そう？　どこかおかしかったかなぁ。そう言えば、清良でも同じような反応されたんだよね」

「……後輩の言うことなど、お気になさらず。自分が感じるがままに発言なさるのがいちばんですよ」

「奏ちゃんって大人だね」

感心した様子でうなずく真由に、奏はただ笑みを深めただけだった。

なんとも気まずい空気になったのを察して、久美子は梨々花へと声をかけた。

「ねえ、梨々花ちゃん。サリーちゃんの家に行くの、私も付き合っていいかな？」

「それはもちろん、こっちとしてはうれしいですけどー。でも、久美子先輩大丈夫です？　忙しいんじゃないですか？」

「いや、前々から一年生組の様子は気になってたから」

「さっすが部長、頼りになるわぁ」

葉月がバシバシと背中を叩く。「葉月先輩も行くんですからね」と梨々花が片頬を膨らませた。

「では久美子先輩、お願いします。ちなみにここがサリーちゃんのおうちです」

差し出されたメモには、見覚えのある地名が書き込まれていた。

「っていうか、この場所ってもしかして、」

「わかっちゃいましたか？」

書かれた住所に最後まで目を通したところで、久美子はゆっくりと顔を上げた。ふわふわと揺れる髪を手で梳《す》きながら、梨々花はどこか得意げに言う。

「サリーちゃんの家は、お寺さんなんです」

京阪宇治駅から山に向かってしばらく歩く。住宅街を抜けた先に、目的の場所はあった。積み上げられた石垣は表面がうっすらと苔《こけ》で覆われ、その奥から生い茂る葉の緑が揺れている。

「ムクロジの木ですねー。秋には実がなるんですよ」と木を指差しながら梨々花が言う。スクールバッグを肩にかけ直し、葉月は頭上を見上げた。

「りりりん、そういうの詳しいん？」

「そうでもないんですけどねー。同じ種類の木がおばあちゃんのお墓に植えてあって。私も詳しくはないんですけど、鬼を払うって言い伝えがあるみたいですよ」

石で作られた階段には上り下りがしやすいように手すりが取りつけられている。それを上っていくと木製の山門が現れた。門の隣には掲示板があり、半紙には『期待はあらゆる苦悩のもと』と達筆な文字で書かれていた。

「おお、ほんまに寺やな。小さいけど」

「お邪魔しまーす」

境内に足を踏み入れると、真っ先に目に入ったのは落ち着いた色合いの仏殿だった。白い砂が敷き詰められた地面には、道案内の代わりにグレーの石製プレートが埋め込まれている。右手には寺務所があり、お守りやおみくじの販売や祈祷《きとう》の受付を行っていた。こちらの建物は仏殿に比べ、新しく建てられたものに見える。瓦はピカピカと光沢をまとっており、コンクリート製の壁はやけに白い。

「すみませーん」

まずは人を探すところからだ、と久美子はガラスで仕切られた寺務所の受付をのぞき込んだ。なかに人がいたらしく、奥からはゴソゴソと音がした。ほっそりとした指が、ガラスの内側から現れる。

「はい。なんの御用でしょうか」

発せられた声は、予想に反して佳穂のものだった。仕切りからのぞく彼女の両目が驚きで見開かれている。

「部長、どうしてここに」

「どうしてもこうしても、サリーちゃんが心配で……っていうか、なんで佳穂ちゃんがここに？　お話しできる？」

「あ、はい。そこに参拝者用の長椅子があるので、そちらで座っててください」

お守りの展示された台の近くには、木製の長椅子が設置されている。背もたれのないそれに三人が腰かけて待っていると、関係者用出入り口と思われる場所から佳穂が姿を現した。

「わー、佳穂ちゃん巫女《みこ》服なんやー。可愛いー」

梨々花がぱちぱちと両手を叩き合わせる。彼女の言うとおり、佳穂は白い小袖の上に緋袴《ひばかま》を身に着けていた。帯は胸より少し低い位置で蝶々《ちょうちょう》結びにされている。

「あ、ありがとうございます」

佳穂が恥ずかしそうに顔を伏せる。

長椅子に座った三人の反対側に、佳穂は簡易のパイプ椅子を置いた。

「それで？　なんで佳穂ちゃんはいまここにいるん？　サリーちゃんの家やって聞いててんけど」

「あ、その……サリーの家っていうのは正しいんですけど、昔からここのお手伝いはよくしてて。っていうか、そうですよね、すみません。先輩たちにご迷惑をかけてしまって」

佳穂はばつが悪そうだった。いたずらが見つかった子供みたいだ。

「怒ってないから、経緯を聞かせて？　すずめちゃんたちもここにいるんだね？」

身を乗り出した久美子に、佳穂はコクコクと頭を振った。

「そうです。いまは家にいます。サリー、授業中に体調悪くなっちゃって。しんどそうなので、ここまでみんなで送ってきたんです。ががやと押しかけちゃって申し訳なかったんで、私だけこうしてお寺の手伝いさせてもらってたんですけど。普段はサリーがこの格好をして家の手伝いをしてます」

「すずめちゃんたちはどうしてここに留《とど》まってるの？　ひどい風邪だったら一緒にいるのも危ないよね？」

「あ、それはその、軽度の風邪っていうか、そこまで重症じゃなかったみたいなんで、それでそのまま一緒にいることにしたというか」

「だったら、私たちもいますぐサリーちゃんに会えるよね？」

椅子に浅く腰かけ、佳穂は小さくうなずいた。白い足袋で包まれた親指と人差し指のあいだに、赤い鼻緒が食い込んでいる。

「もうー、なんか聞き方怖いで、部長」

後ろから腕を回され、葉月に肩を叩かれた。

「えっ、本当？」

「確かにー。なんか、サスペンスドラマの刑事さんみたいです」

崖に追い詰めるタイプの、と梨々花にまで同調された。

「そんな話し方じゃなかったと思うけどなぁ」

「ちょっとあすか先輩に似てたわ」

ケラケラと葉月が笑う。それに釣られて、久美子も笑った。肩の力が入りすぎていたのかもしれない。背筋を正し、久美子は再び佳穂へと向き合う。

「怖がらせたのならごめんね。ただ、本当に心配なだけだから。サリーちゃんの顔、見ていってもいいかな」

「う……あ、はい」

「もしよければ、案内してくれる？」

「わかりました。ちょっと待っててください」

　腹をくくった様子で、佳穂が椅子から立ち上がる。寺には本堂のほかにポストのついた小さな家も建っていた。こちらが沙里の住居なのだろう。

　引き戸を開け、佳穂が誰かに語りかけている。いくらかの会話を交わし、彼女はこちらに両腕で丸を作ってみせた。入ってよし、ということだろう。三人はぞろぞろと席を立った。

「こっち、サリーの家です」

「お邪魔します」

　住居は古く、思ったよりも狭かった。扉を開けた途端、お香の匂いが漂ってくる。取りつけられた棚のあちこちに写真立てが飾られ、着物姿の沙里が写っていた。千歳《ちとせ》飴《あめ》を持っている写真は、おそらく七五三のときのものだろう。

「すみません。スリッパ足りないみたいでそのままでお願いします。いまサリーのご両親とも出かけてるので、お話しするのとか、遠慮しなくて大丈夫です」

　案内された部屋は、廊下のいちばん奥だった。完全な和風建築で、部屋は襖《ふすま》で仕切られている。佳穂が慣れた手つきで襖を引くと、ファンシーな空間が一瞬にして姿を現した。

「部長、迷惑かけてすみません」

そう曖昧に微笑む沙里の身体の半分は、布団のなかに埋もれていた。六畳間の端には布団が敷かれ、それを取り囲むようにすずめと弥生が座っている。垂れ耳のウサギのぬいぐるみ、星型のクッション、ピンク色のヘアコロン。白地の掛布団は、水色のドット柄だった。

「なんやー、ほんまに体調不良やったんか」

後ろにいた葉月が、安心した様子で息を吐いた。制服姿のままのすずめと弥生が、

「ごめんなさーい！」と両手をこすり合わせる。

「どうしても心配で、部活休んじゃいました！」

「ずる休みって叱られても当然です。ほんますいません」

謝罪する二人を見守る沙里は、パイル生地のルームウェアを着ていた。制服姿と比べると、一段と華奢《きゃしゃ》に見える。

「もう、さっちゃんがめっちゃ心配しててんで。同時に休むなんて事件やーって言って」

「せめて葉月先輩には言うておくべきでしたね」

「まあ、誰だって体調悪いときあるし、友達が心配で休むって言うならしゃあないわ。な、りりりん」

「そうですねぇ。友情に免じて今回はお咎《とが》めなしですけど、次に同じことしたら麗奈

先輩に叱られちゃいますからね。ずる休みは禁止ですよー」

「りりりん先輩にまで心配かけたみたいで、ほんま申し訳ないです」

肩を落とす沙里の言葉を、「気にせんでええって」と葉月が明るく笑い飛ばした。

久美子は布団の近くに座ると、沙里の顔をのぞき込んだ。

「明日は学校来れそう？」

「はい、大丈夫です。本当に、疲れがたまってただけなので」

「確かに、朝練習もいっぱい頑張ってたもんね」

「そら、たまには休まなあかんわ」

両腕を組み、葉月が真面目な顔で言う。その意見には同意らしく、すずめたちも、うんうんと力強くうなずいている。

「あー、でもサリーちゃんが元気なんを確認できてほんまよかったわぁ。ミッション完了やな。病人のとこに長居するわけにもいかんし、先輩組はそろそろ帰る？」

「それなんだけど、ちょっとだけ私とサリーちゃんを二人にしてくれないかな。話したいことがあって」

久美子の言葉に、一年生たちは互いに顔を見合わせた。「やっぱり怒られるんですか？」と佳穂が一人で慌てている。

「そうじゃなくて、せっかくの機会でしょ？　たまには私もサリーちゃんとお話ししたいなって」

「わ、私は大丈夫です」

「なら決まりだね。悪いけど、みんなは外で待っててくれるかな？」

久美子はいまだ立ったままの葉月の顔を見上げる。白い靴下に包まれた彼女の爪先が、パタンと一度床を叩いた。

「しゃーない、部長が言うなら従うわ。ほら、みんなもいっぺん外出よう」

「はーい」

玄関へと向かう葉月のあとを、梨々花はためらいなくついていく。一年生三人は何度もこちらを振り返っていたが、「早く行って」という沙里の言葉に観念した様子で従った。複数人の足音が遠ざかっていくのを耳で追いかけ、久美子はようやく足を崩した。

「ごめんね、急に無理言って」

「いえ、全然大丈夫です。それより、話したいことってなんです？」

「サリーちゃんが部活を休んだ、本当の理由かな」

その言葉に、沙里の目がわかりやすく宙を泳いだ。

「た、体調不良って理由だけじゃ、ダメでした？」

「ダメじゃないけど、それだけだったらあの三人が一緒にこんなふうに寄り添うことはないかなぁって思って。すずめちゃんからもね、前から言われてたんだ。このままいくといつか一年生がボイコットしちゃうかもって。今日この家に来たのも、じつはそうなんじゃないかって疑ってたからなんだ。サリーちゃん、部活辞める気なんじゃないかって」

「ボ、ボイコットだなんて……そんな大それたことじゃないです、今日のは全然。ただ、単純に私がしんどくなっちゃって」

自身の人差し指の先をこすり合わせ、沙里はちらりと久美子を一瞥する。

「あの、久美子先輩は、高坂先輩と仲良しなんですよね？」

「うん、仲はいいよ」

「だったらこういうこと言うの、申し訳ないんですけど……その、私はあの人が苦手なんです」

沙里の指先が、布団の端を強くつかむ。皺の寄った掛布団を、久美子はそっと手でなでた。

「どういうところが苦手なのかな」

「高坂さんって、怒るとき怖いじゃないですか。私、自分が叱られるのは全然平気なんですけど、人が叱られてるのを見るのが苦手で。とくに、佳穂が怒られてると、なんか息が苦しくなるんです――あの人は、正しさの塊みたい」

付け足された台詞に、久美子は静かに目を伏せた。

「高坂先輩に不満があるわけじゃないんです。全国金賞を目指す強豪校の先輩として、あの人はやるべきことをやっている。でも、つい思ってしまうんです。全員に厳しくする必要って、本当にあるのかなって」

「どういう意味？」

「コンクールのAメンバーになるのは、五十五人。だったら、百三人全員を完璧な奏者に仕上げる必要はないんじゃないですか。佳穂だって、いまはああして笑っているけど、サンフェスの練習が始まってすぐは裏でよく泣いてました。成長するまでどうして待ってあげられないんだろう。北宇治は人数的には余裕があるのに、どうして音楽の楽しさを知る前に足を引っ張るなって怒られなきゃいけないんだろうって、そう思ったんです。ゼロをプラスにする努力は楽しいけれど、マイナスをゼロにしろと怒られるのはちっとも楽しくないじゃないですか」

人差し指を交差させ、沙里はそこに額を押しつける。曲線を描く黒髪がその横顔を遮った。

「高坂先輩が正しいことを知ってるから、泣いてる子も励ましてきました。できなかったことができるようになって、ようやくみんな、部活が楽しいって言ってくれるようになって。でも、なんだか……それを見てると、息苦しいんです。本当にこれでよかったのかなって考えてしまう。吹部を辞めたいって言った一年生を、何人も引き止めました。もっと続けないと、結果を出すまでやらないと楽しくないよって。佳穂にも、私はそう言いました。だって、あの子たちを吹奏楽部に誘ったのは、私だから」

「……サリーちゃんがそうして声かけしてくれたって聞いて、部長としてはすごくうれしいけどね。辞めていく子がいるのは、やっぱり悲しいよ」

「でも、それが自己満足なんじゃないかって、怖くなるんですよ。中学のときだって吹奏楽部でしたけど、北宇治とは全然、本気度が違いました。部活のために、みんながいろいろなものを犠牲にする。私はそれが、つらいです。他人がつらい目に遭うのを見るのが嫌なんです」

うつむく沙里の背中を、長い黒髪が滑っていく。普段はひとつに束ねられている髪が、今日は緩やかにほどけていた。

なんて真面目な子なんだろう。話に耳を傾けながら、久美子は静かに息を吐き出す。吐息に混じる憐憫《れんびん》が、生ぬるい室内に溶けて沈んだ。

「犠牲なんてないって言ったら嘘になるよ。練習時間も多いし、人間関係も複雑だし。でも、得るものも多いんじゃない？　さっきサリーちゃんも言ってたでしょう、部活が楽しいって言ってくれるようになった子もいたって」

「それはそうですけど」

「初心者の子たちは、何もできない赤ちゃんなわけじゃない。麗奈は彼女たちを一人前として扱うし、サリーちゃんはフォローが必要な子たちだって認識してる。そのズレは確かにあるよ。でも、続けていたらみんな初心者じゃなくなる。佳穂ちゃんたちだって、今年のコンクールではAメンバーになってるかもしれない」

腰をわずかに上げ、久美子は沙里との距離を詰める。頬にかかる自身の髪がうっとうしくて、耳の後ろにそっと押しやる。かけるべき台詞、取るべき態度。それを考えたとき、手本として脳裏をよぎるのはやはりあすかの振る舞いだった。

「ありがとう、サリーちゃん。いままで頑張ってくれて。サリーちゃんのおかげで百三人、全員いるよ。一年生だって、まだ一人も抜けてない」

「久美子先輩……」

沙里の瞳が光でにじむ。刺さった、と久美子は心のなかで確信した。

彼女が本当に欲しているものは、自身のこれまでの行動に対する報酬だ。彼女はきっと、感謝されたい。人知れず周囲を支えてきた自分の努力を、誰かに認めてもらいたい。

「マイナスをゼロにする努力は確かにつらい。けど、それが必要なときもある。麗奈はそれを知ってるからこそ、ああやって厳しくしちゃうの。言い方がきついときもあるし、そこら辺は改善してもらわないといけないいんだけど……うーん、なんせ麗奈だからなぁ」

「わかってるんです、高坂先輩のすごさは。締めるときには締めるっていうか、ああいうちょっと怖い先輩って大事だと思いますし」

「サリーちゃん、麗奈のことまだ怖い？」

「怖いのは、多分、ずっとです。でも、嫌いというわけじゃないので」

「そっか」

手を伸ばし、久美子は沙里の黒髪をなでるようにかき混ぜた。

「サリーちゃんがいれば、北宇治はもっとよくなるよ」

「そ、それはちょっと、褒めすぎだと思いますけど」

「褒めすぎじゃないよ。私の本心」

はっきりとそう言いきったのは、躊躇《ちゅうちょ》した途端に沙里の心が離れていってしまうとわかっていたから。沙里の指先が震える。その両手で、彼女は自身の顔を覆った。ルームウェアからのぞく首筋が、ごくんと一度大きく動いた。

「ありがとうございます」

前へと傾いた頭を、久美子は軽く指でなでた。絹のような黒髪が、皮膚と皮膚のあいだを滑っていく。彼女はきっと、大丈夫だろう。久美子にはその確信があった。

あれからわあわあと騒ぎ始めた一年生たちを置いて、久美子たちはその場をあとにした。京阪宇治駅までは距離があり、歩くのは少し骨が折れる。精神的な疲労を隠しきれない久美子をよそに、先頭を歩く梨々花は鼻歌混じりにカーディガンの袖を揺らしていた。

「いやー、よかったですよねー。サリーちゃんが無事で」

「ほんまそれな。さっちゃんがあまりに大騒ぎするから、マジで部活辞めるんかって焦ってもうたわ」

「多分、何かしら思うところがあったんでしょうねぇ。じゃないとあんなに騒ぎませんよ」

「よっぽど心配やったんやろな」

葉月が歩くたびに、スカートの裾がひらりと揺れる。日に焼けた褐色の肌は、太もの中間辺りで色が変わる。葉月はテニス部のころの名残りだと言っていたが、吹奏楽部に入って三年目になるいまでもその肌の色は変わっていない。

「それにしても、ああやって後輩としゃべってると、私も先輩になったんやなーって思いました。久美子先輩がサリーちゃんとしゃべっているあいだ、ほかの三人の若さに圧倒されましたよ」

「なんやねん若さって」

「なんか、元気なオーラが出てたじゃないですかー」

「りりりんも元気オーラ全開やけどな。まだ二年生やのに、パートリーダーとしてよう頑張ってるし」

「みぞれ先輩に託されましたからねー。頑張らないとって思ってるんです。だから今日はこうして、誰一人欠けることのない結果になってよかったです」

カーディガンの袖を口に押し当て、梨々花は微かに目を細めた。

「サリーちゃんは部に必要な子です。久美子先輩もそう思うでしょう?」

「そりゃあもちろん」

「んふふー。久美子先輩って才能がある子が好きですもんね」

告げられた台詞に、久美子は息を詰まらせた。その感想は、先輩であった田中《たなか》あすかに久美子が抱いていたものとまるっきり同じだったから。

「そら北宇治におったら全員そうなるやろ、久美子だけじゃなく。やっぱ、上手いやつは一目置かれるべきやと思うし」

口を挟んだ葉月に、「確かにー」と梨々花は素直に同意した。

「下手な子が優遇されるよりは健全ですしね」

「やろ? 久美子は部長やから、とくにそういう傾向になるんはしゃあないとうちは思うで。そういうとこ含めて、久美子はいい部長やなって思ってるし」

そう言って、葉月は久美子の肩に腕を回した。引き寄せられ、彼女の体温を肌越しに感じる。「な?」と歯を見せて笑う葉月に、久美子はただ曖昧に口角を上げた。外から見えている自分と、自分が認識していた自分。そこにあるズレが、気持ち悪くて仕方なかった。


翌朝。カップの縁にかかる滝の手は、人差し指だけが伸びていた。早朝の職員室で、彼はその指先を音楽室の方向へ向ける。

「音楽室の鍵なら、もう義井さんたちが持っていきましたよ」

久しぶりに聞いた台詞だった。朝練習のために登校していた麗奈と久美子はその場で顔を見合わせる。開いた窓からはクラリネットの旋律が聞こえていた。その傍らで流れる、のっぺりとしたチューバのロングトーン。どうやらすでに、沙里とすずめは登校しているようだった。


「おはようございます、先輩」

音楽室の扉を開けた途端、沙里とすずめが頭を下げた。取っ手にかけていた手を放し、麗奈は「おはよ」と短く応じる。普段どおりの光景だった。

「おはよう。すずめちゃんもサリーちゃんも、今日は早いね」

「気合いを示してみました。ほんまはお姉ちゃんとラジオ体操したかったんですけど、七時まで待ってられへんくて」

「つばめちゃんって、毎朝ラジオ体操してるの？」

「そうなんです。毎朝七時に体操するのが釜屋家の日課なんですよ。うちは朝練って言うて抜けてるんですけど」

ラジオ体操第一ぃー、と音声を再現し始めたすずめを沙里が慌てて制止した。

「もう、そんなのいまやらなくていいでしょ」

「いやいや、ラジオ体操は日本の心やから。サリーはできる？　ラジオ体操第二ぃー」

「だからせんでいいってば。久美子先輩も高坂先輩もすみません。すずめったら朝からテンションが高くて」

「サリーちゃんが元気で、私もうれしいよ」

譜面台を組み立てていた麗奈がケースからトランペットを取り出す。足を肩幅に開き、彼女は軽く音階を奏でた。音の出だしから終わりまでに気を配った、丁寧なロングトーン。練習を邪魔してはいけないと思ったのだろう、沙里は表情を引き締めると譜面へと向き直った。

自分も練習を始めようと席を立ったそのとき、端の席でチューバを構えていたすずめがとことこと歩み寄ってきた。

「久美子先輩、私も一緒していいですか？」

「楽器室まで？　すずめちゃん、もうチューバ出してるよね？」

「まあまあ、細かいことはええやないですか」

半ば強引に背中を押され、久美子は廊下へと連れ出された。すずめは後ろ手で扉を閉めると、きょろきょろと周囲に人がいないことを確認した。今日の眼鏡は白フレームなんだな、といまになって気づく。

「先輩、昨日はありがとうございました。サリーの件、お礼を言いたくて」

そう言って、彼女は深くお辞儀をした。態度の変わりっぷりに、久美子は慌てた。

「いやいや、そんな頭下げられるようなことじゃないから。部長として当然のことだし、まずは顔を上げようか」

「先輩、サリーの話聞いてくれはったんでしょう？　あとからサリーから聞きました」

「本当に聞いただけだからね。大したことはしてないし」

「それが大事だったんです。久美子先輩がサリーのために働きかけたって事実が」

そこでようやくすずめは顔を上げた。角状にまとめたツインテールに、カラフルなヘアピンがいくつも突き刺さっている。

「じつを言うと、うちもサリーの気にしぃな性格は心配やったんです。とくに、佳穂が高坂先輩にがみがみやられてたでしょ？　あれ見て、ヤバいかもって感じてて」

サリーは、とそこまで言いかけ、すずめは音楽室のほうを一瞥した。壁の向こうからトランペットとクラリネットのロングトーンの音が漏れている。

「あの子は、めっちゃ共感性が高いというか……ぶっちゃけ、自意識過剰なんです。自分に関係ないことでも、自分が原因なんちゃうかって思い始めちゃって。中学生のときもあんな感じで思い詰めたことがあるんですけど、実際問題、サリーが原因の事件なんて一個もないんですよね。あの子自身は勝手に自分が悪いって責めまくってますけど」

「あー、そういうところはあるかもね」

「しかもあの子、妙にプライドが高いというか、権威に弱いというか。友達がなんか言おうとも『でもやっぱり私が悪い』って突っぱねちゃうんですよ。だから、立場が上の人から声かけしてもらえると、安定するんですよね。先生とか、先輩とか」

「そこまでわかってて、四人で休んだの？　ボイコットとか私に言ってたのは、辞める可能性があるって私を焦らせるため？」

「そんなに深く掘り下げないでくださいよ。うち、友達を助けたかっただけなんで」

なんのことはない、最初からすずめの手のひらの上で踊らされていたということだ。

思わず、久美子は嘆息した。暗に誘導されていたとわかっても、すずめに対し腹立たしい気持ちはわかなかった。沙里を助けたいという気持ちがあったのは、自分も同じだからだ。

「でも、先輩のおかげでサリーが救われたのはほんまですよ。だから、めっちゃ感謝してます」

すずめはオーバーに何度も両手をこすり合わせた。

「いつもこうやって、陰でサリーちゃんのフォローしてるの？」

「まあ、友達なんでね。うち、あのめんどい性格がサリーのええところやと思ってるんですよ。なんの欠点もない人とか、めっちゃおもんないなって思いますし。プラスとマイナスが合わさってデコボコしてる人間が好きなんです」

「つばめちゃんを好きなのも同じ理由？」

「なに言うてるんですか。お姉ちゃんはプラスばっかりな人ですよ。そこがええんです」

鼻の穴を膨らませ、すずめはエヘンと胸を張った。その口ぶりからは、いかに彼女が姉を慕っているかがうかがえる。

同じ姉妹でも大違いだ、と久美子は無意識のうちに自分と姉の関係に思いを馳せた。ためらいなく家族への愛を口にできるのは、間違いなく幸せなことだった。

放課後のミーティングの会場は、校舎端にある化学準備室だった。中央の長テーブルを挟んで座る秀一は退屈そうに足を組み、反対側の麗奈は一枚のプリントをにらみつけていた。

久美子は内側から教室の鍵をかけた。時計を見上げると、放課後に与えられた活動時間はとっくに過ぎている。サンフェスの直前だという理由で、吹奏楽部のみが活動時間を延長してもらっているのだ。ほとんどの部員はいま、音楽室や薄暗い廊下で個人練習を行っているところだ。

「六月の予定組むの、そんなにキツい？」

鞄を足元に置き、久美子は麗奈の隣に腰かける。部長、副部長、ドラムメジャーの三人で行う恒例のミーティングは、今後の練習予定の計画や行事の確認を行うのがおもな内容だ。三人で話して決めたものをパートリーダー会議にかけ、その意見を反映させて、最後に部員全体へ伝える……というのがいまの北宇治の基本的な流れだった。

日程の書かれた紙を指差し、麗奈が短くため息をついた。

「三年は模試も増えて、学校説明会も始まって、完璧に全員集まるってのは難しくなってくる。そこは考慮せなあかんとは思うけど、アタシは滝先生の言ってはるとおり、例年と同じく六月後半オーディションでいいと思う」

「俺は七月でもええと思ってるねんなぁ。っていうかソロのオーディションも直前でええと思うし。ほら、二年前の中世古先輩と高坂のソロ決めも、結局本番直前やったやろ？　あれぐらい引っ張ったほうが緊張感出る気せん？」

「アレは特例だよ。私は嫌だな、部活があぁやってふたつに分かれたら」

久美子の言葉に、秀一は肩をすくめた。

「いや、そりゃ俺も嫌やけど、そういうことじゃなくてさ。いかに緊張感を持続させるかって視点も必要ちゃう？　すぐにメンバー決まったら、正直気持ち緩まへん？」

「それはアタシも同意見。去年よりいい結果を出そうと思うなら、何かを変える必要はある」

麗奈の爪先が、テーブルの上のプリントを引っかく。そこに書かれていたのは、今後の日程予定だった。

去年、北宇治が全国に出場できなかったのは、やはりライバル校の存在が大きい。強豪校の評価を上回るには、北宇治もそれ相応の対策を練らなければならないだろう。

「そういえば、清良は大会ごとにメンバー決めのオーディションをやるって真由ちゃんが言ってたよ」

「ソロだけじゃなくて？」

「うん、メンバー全体だって。毎回オーディションやるってなったら、滝先生の負担が大変なことになりそうだけどね」

久美子の提案に、「確かになー」と秀一が同意する。

「あ、やったらさ、全員で決めるオーディションにしたら？　たまにあるやん、誰が吹いてるかわからへんようにして、部員が投票して決めるヤツ。それやったら滝サンの負担も少なくなるし、部員から不満が出ることも――」

「アタシはイヤ」

語気を荒らげた麗奈に、秀一がひるんだ。

「アタシの演奏を判断するのは、滝先生であってほしい。絶対的に信用できる耳を持ってる人やないと、落とされても納得できひんから」

麗奈らしい意見だ。彼女はいつも、大事な判断は人数を絞って行うべきだと主張している。大勢の人間の意見に合わせて作ったものは欠点が少なくなるのは確かだが、飛び抜けたものになりえない。

肩にかかる黒髪を指で払い、麗奈は足を組んだ。ただ、とその唇が続きを紡ぐ。

「オーディションを毎回やるっていうのはいいアイデアやと思う。塚本の言うとおり、最初にメンバーを決めるとどうしても緊張感が薄らぐ。去年はそれで最後の最後、詰めが甘くなった。今年も同じようになるのは避けたい」

「それはわかるけど、私は秀一の意見もアリだと思う。部員全員で投票してメンバーを決めたら、どんな結果でも納得できるんじゃないかなぁ」

「ほんまにそう？　それで北宇治がベストになる？」

反対側の席に座る秀一が、先ほどから麗奈と久美子の顔を交互に見ている。仲介すべきか考えているのだろう。秀一の手が、自身の髪をくしゃくしゃとかき混ぜる。

麗奈の眉間に皺が寄った。

「一人で調整するメリットっていうのは、間違いなくあるよ。たとえば全体オーディションをやるとして、人数構成は最初に決めておくん？　今年のホルンは音量が小さめやから人数を増やしておこうとか、逆にクラリネットは上手い子が多いから人数が少なめでもきっちり回せるとか、そういう調整は全体を見渡してからしたほうがいいと思わん？　音楽は生モノで、完成度は奏者の力によって変わってくる。その微妙なラインの見極めを百人でやろうっていうのは無理があるでしょ」

「まぁ、そう言われるとそのとおりな気がしてくるけど……」

「大会ごとにメンバー決め、オーディションはいままでどおり滝先生が行う。これがベストでしょ。そうすれば緊張感も続くし、例年どおり六月にオーディションでも問題ない。塚本もそう思うやろ」

「そこまで言われて無理に反対する必要もないしな。高坂の意見は理にかなってると思うし、滝サンさえＯＫ出せばそれでええと思う」

「久美子は？」
「私も賛成」
「じゃあ、これで決まりね」
テーブルに置かれていたペンを拾い上げ、麗奈は予定表に文字を書き込んだ。京都府大会出場メンバーオーディション。その隣に並んだ日付は、約四週間後のものだった。

久美子たち役職付きの部員が水面下でオーディションの準備を進める一方で、サンライズフェスティバルは明日に迫っていた。土曜午後のグラウンド使用権を運動部から勝ち取った吹奏楽部員たちは、本番に向けて最後の仕上げを行っている。

装飾で彩られたメジャーバトンが、日差しの下に掲げられる。それを合図に、パーカッションがリズムを刻む。最初は右足、次に左足。部員たちは楽器を演奏しながらグラウンドを歩いて進む。ステップ係やガード隊の動きも最初のころに比べて見違えるほどよくなっている。ポンポンを手にした初心者の部員たちはショウ用の笑顔を浮かべて、誰もいない校舎に向かって手を振っていた。

「はい、それでは今日の練習は終わりです。明日の本番も頑張っていきましょう。お疲れ様でした」

「お疲れ様でした！」

麗奈の号令を合図に、部員たちが一斉に頭を下げる。本番に疲労を持ち越さないように、前日練習は早めに切り上げられた。

「サリー、一緒に帰ろう」

「うん。準備するから待ってて」

会話する一年生四人を、梨々花と葉月が温かい目で見守っている。

「サリーちゃんの件、久美子先輩がまたしても暗躍されたんですってね」

隣を見ると、いつの間にか奏がすぐ近くに立っていた。艶のある黒髪を揺らし、彼女は挑発的な眼差しで久美子を見上げる。

「べつに、暗躍なんてしてないよ。堂々とサリーちゃんの家に行ったでしょ」

「梨々花が感心してましたよ。久美子先輩の人心掌握術に」

「そんなのないからね。私はただ話を聞いただけだし」

「そうですか。まあ、先輩がおっしゃるならそういうことにしておきますが」

チューバの旋律が、グラウンドの隅から流れてくる。マウスピースから唇を離し、さつきと美玲が顔を見合わせて笑った。そこに葉月がやってきて、その場で謎ステップを踏み始める。リズムに合わせて再び始まったチューバの演奏に、フラッグを振り回す緑輝が加わった。求が目を輝かせて称賛の言葉を並べ始め、それを佳穂が目で追っている。

「楽しそうですねぇ」

片頬に手を添え、奏がクツリと喉奥を震わせる。

「そうだね。今年はみんな、仲がいい」

「去年と違って低音に大きな問題はありませんでしたからね。一年生はみんな、素直で明るい子ばかりです。私みたいに」

「よく言うよ」

ユーフォのベルを靴の先端にのせるようにして置く。金色のユーフォニアムは、日向で見ると傷がよく目立つ。あとで磨いておかなければ、と久美子はラッカーの剥げた管をなでた。

「久美子先輩は、部長になって少し変わりましたね」

奏が言った。久美子はベルを見下ろしたまま、「そうかな」と曖昧に答えた。

「でも、いまの久美子先輩も私は好きですよ？」

「それはありがとう」

「あ、もしかして信じていませんね？　私がせっかく勇気を振り絞って先輩への好意を伝えているというのに、こんな幼気《いたいけ》な後輩を信じてくれないなんて」

しくしくとわざとらしく泣き真似を始めた後輩に、久美子は失笑した。この会話の流れは、もはやお約束みたいなところがある。

「奏ちゃんのこと、ちゃんと信じてるよ」

「それならいいんです。先輩が人を見る目のある方でほっとしました」

「……奏ちゃんはあんまり変わらないね。一年生のころから」

「お褒めの言葉として受け取っておきますね」

うふっ、と奏が甘ったるくウインクを飛ばす。グラウンドの隅では、演奏を楽しむ葉月たちの集団に、ユーフォを抱えた真由が合流していた。銀色のユーフォを構え、真由がアドリブで場を盛り上げている。艶のある音色は、離れていてもよく聞こえた。

隣にいる奏の口端が、一瞬引きつったのがわかった。久美子の視線に気づいた途端、その表情はいつもの可憐な笑みへと塗り替えられる。

「やはり、黒江先輩はお上手ですねぇ」

そう言って、奏は金色のユーフォニアムを抱き締めた。ピストンにかかる指先は微かに震えていた。


サンライズフェスティバル当日、午後一時。会場となる太陽公園の駐車場はサンフェス参加者で混雑していた。楽器を積み込んだトラックがずらりと横一列に並び、各学校の部員たちがテキパキと荷下ろしを始めている。赤、青、緑、白。鮮やかな色合いの衣装の隙間から、チカチカと光が漏れている。太陽から伸びる日差しを、金管楽器が跳ね返していた。

「整列ー。立華集まってー！」

待機場所に、溌溂とした声が響く。明るい空色のワンピース型の衣装は、マーチング強豪校である立華高校のトレードマークだ。部員たちの輪の中央では、一人の少女が身振り手振りを交えて本番前の心構えを話している。高い位置で結われた黒髪が、彼女が話すたびに左右に揺れた。

「あれが噂の佐々木《ささき》梓《あずさ》部長ですか」

すっかり見とれていた久美子の視界に割り込むように、奏が横からのぞき込んでくる。スパンコールの巻かれた黒いハットは見るからに暑そうだった。

「あぁ、奏ちゃん。噂のって？」

「友人から聞いたんです。立華の佐々木部長と久美子先輩は仲がいいって」

「同じ中学だったからね。トロンボーンとユーフォって似てるところもあるし」

佐々木梓は久美子や麗奈と同じく北《きた》中出身の生徒だ。中学時代からトロンボーンを担当しており、吹奏楽部に入りたいという理由で立華高校に進学した。

「久美子先輩は立華に行こうとは思わなかったんですか？　先輩たちのころって、京都だと立華が圧倒的に強豪だったわけじゃないですか」

「私はもともと、吹奏楽を頑張ろうと思って北宇治を選んだわけじゃないから」

「なのに流されていままでは部長に？　さすが久美子先輩、運命に逆らわない姿勢が素敵です」

「あれ、もしかして馬鹿にされてる？」

「いえいえ、褒めているんですよ」

うふふ、と奏が目を細める。縫いつけられたスパンコールの青が光を浴びてさわさわと波打っていた。

「佐々木部長って、すごいらしいですよ」

「すごいって、何が？」

「カリスマ性が。一年生は骨抜きらしいです。中学時代もそうだったんですか？」

「んー、しっかり者って印象はあったかなぁ。頑張り屋さんで、いろんなことに積極的。そういえば、中学のころから後輩に好かれてた気がする」

「ああいう方って、将来はどういう職業に就くんですかね。進路のお話とかされるんですか？」

「いや、最近は全然。でも、そうか……進路かぁ」

梓が腕を突き上げ、周囲の部員たちを鼓舞している。わっとその場で歓声が上がり、立華の生徒たちは散り散りになっていった。ミーティングの時間は終わったのだろう。

梓の隣にいた女子生徒がこちらを指差して何かを言った。梓が振り返り、久美子を見つけて笑顔を見せる。先ほどまでの部長の顔とはまったく違う、無邪気な表情だった。

「大事なのはギャップってことですね」

手を振り返す久美子の横で、奏が訳知り顔でうなずいている。去年までの久美子と梓ならここで合流して立ち話でもしていただろうが、今年はそうも行かない。腕時計に視線を落とし、久美子は待機中の部員たちへ指示を飛ばした。

「十五分後に集合です。それまでは各自の裁量に任せますが、音出し禁止エリアでは吹かないように気をつけてください。他校の邪魔になってしまうので」

「はい！」

「カラーガード、ステップ係は旗やポンポンを忘れないようにしてください。たまに置きっぱなしにしてる子がいます。金管、木管はチューナー等の置き忘れに気をつけて。それでは解散」

その言葉を合図に、部員たちが楽器ケースを開き始める。待機場所として用意された敷地に荷物を並べ、久美子は奏とともに低音パートメンバーのもとへ移動した。パレード時に歩く道はコンクリートで舗装されているが、スタンバイの場所は芝生だ。普段はピクニック等で使われているらしい。

「久美子ちゃん、ユーフォのケースってどこに置いたらいいかな」

衣装姿の真由がこちらへと近寄ってくる。彼女の楽器ケースは学校の備品でないため、久美子たちのものと若干デザインが違う。合皮製の持ち手には、目印としてピンク色のリボンが巻きつけられている。

「こっちにまとめて置いちゃって大丈夫だよ」

「ありがとー」

ブルーシートの上にケースをのせ、真由は楽器を取り出した。銀色のユーフォニアムが衣装の青を映し出している。

「あれ、龍聖学園ちゃう？」

「うそぉ、かっこいい。何あの衣装」

ざわつき始めた部員たちが指差す方向には、龍聖学園高等部の姿があった。男子校である龍聖学園は、当然吹奏楽部員も全員男子部員だ。小・中・高のエスカレーター式の私立で、緑輝の通っていた聖女中等学園の系列校でもある。強豪校という位置づけとはほど遠い場所にいた龍聖であるが、去年に明静工《みょうじょうこう》科《か》高校の元顧問だった月永源一郎を特別顧問として迎えたことで、全国大会行きを果たした。

「あの格好……応援団がモチーフなのかな」

真由が小首を傾げる。龍聖の衣装は丈の長い学ランだった。真っ白な手袋に、たなびく赤のハチマキ……。ドラムメジャーと思しき人物だけが刺《し》繍《しゅう》の入った赤の腕章をつけていた。

「去年は普通の格好だったのに、今年は思いきった衣装にしてるね」

「龍聖って、去年全国で金賞だったでしょう？　会場で見かけたよ。立華も有名だよね。こうやって考えると、京都って強豪校が集まってるんだね」

「少し前まではそうでもなかったんだけど、いつの間にか」

「上手な演奏って連鎖するもんね。近くに手本があると、それを見習って地域全体のレベルが上がるし」

「そういうもんなんだ、やっぱり」

古豪と呼ばれる学校にいた生徒のひと言には、重みがある。素直に感心した久美子に、真由は慌てたように「これは先輩の受け売りなんだけどね」とつけ足した。

「久美子先輩ー、どうしましょー！」

二人のあいだに割り込んできたのは、スーザフォンを装着した弥生だった。本番ということもあり、今日の彼女はトレードマークのバンダナを外している。

「どうしたの？」

「さっき歩いてたらビリッて衣装が裂けちゃったんです。足の辺りなんですけど」

「ええっ」

ここです、と弥生が膝の辺りを指差す。糸が切れてしまったのが原因らしく、布と布の境目が綺麗に分かれている。

　真由がその場にしゃがみ込み、裂けた部分を指でなぞった。くすぐったいです、と弥生が身じろぎする。

「これなら直せるよ。私、裁縫セット持ってるから」

「本当ですか？　助かりますぅ！」

「じゃあ弥生ちゃん、ちょっとその姿勢のまま立っててね。縫っちゃうから」

　カバンからトランプ程度の大きさの裁縫箱を取り出し、真由は器用に裂け目を縫っていく。その手際の鮮やかさに、久美子は思わず拍手した。

「はい、できたよ」

　玉留めした糸の先を、小さなハサミが切り落とす。黒い糸は生地に馴染み、違和感はほとんどない。

「わっ、ありがとうございます！　さすが真由先輩、お母さんみたいです」

「ママってあだ名だったの、すごいわかる」

「そう？」

「ほんまそれなって感じです。真由先輩優しいから大好きです」

　弥生が軽くお辞儀をすると、それに合わせてベルも下がった。感情豊かに動く姿は、白い巨大な生き物みたいだ。

「問題も解決したし、私たちも音出ししよっか」

「うん、そうだね」

シートに置いていたユーフォニアムを抱きかかえ、久美子はマウスピースに息を吹き込んだ。息の塊が管を通り、ベルから抜けていく感覚がする。まずはピストンをまったく押さない、B♭から。無駄な力を抜いて発した音は、ブレのないまっすぐな響きをしていた。

パレード一番手の龍聖学園が登場するなり、会場は一気に沸いた。聞き覚えのあるフレーズは、嶋大輔《しまだいすけ》の『男の勲章《くんしょう》』だ。一九八二年にリリースされた大ヒット曲で、高校野球の定番応援ソングでもある。

学ラン姿の男子高校生たちが暑苦しさ全開のパフォーマンスを行う。これで盛り上がらないはずがない。男子校という特性を上手く生かした演出で、観客に楽しんでもらおうという気概を感じる。

「他校のことが気になるのはわかるけど、こっち集中して」

パン、と麗奈が軽く手を叩く。それだけで、明らかに逸れていた部員たちの意識がこちらへ向いた。

サンライズフェスティバルは京都府内の吹奏楽団体が参加するイベントだ。高校生だけでなく、小学生、中学生もパレードに参加している。北宇治の順番は真ん中辺りで、大トリは立華高校だった。

「滝先生と美知恵先生から、本番前にひと言お願いします」

「では、私から」

麗奈に促され、先に前へ出たのは滝だった。久美子にとって三度目となるサンフェスだが、それは滝も同じだろう。指揮役であるドラムメジャーは麗奈が担当するため、二人の顧問の仕事は演奏を見守ることだけだった。

「例年と違い、今年はコンクールの練習が同時進行でありましたので皆さん大変だったと思います。放課後にはいつも、職員室から皆さんの演奏を聴いていましたが、今年の演奏レベルは例年より一段と高くなっているように思います。ドラムメジャーの厳しい指導の賜物でしょうか」

麗奈が謙遜するように小さく首を横に振っている。その正面で、トランペットの一年生部員が激しくうなずいていた。

「このサンライズフェスティバルは地元の方が多く集まるイベントです。普段から皆さんの活動を応援してくださっている保護者の方や近隣の方も足を運んでくれています。これまでの練習の成果を、今日の舞台に思いきりぶつけましょう」

「最後まで手を抜かずにしっかりやれ。観客席で聞いているからな」

「はい！」

　滝と美知恵からの激励を受け、部員たちの士気は高まっている。整列する部員たちの顔を見回し、麗奈が久美子の腕を軽く揺らした。

「じゃ、久美子、アレやって」

「アレって？」

「いつものやつ」

　促され、久美子は前へと出た。滝からの温かい視線を感じ、少しいたたまれない気持ちになる。鼓舞する言葉をかけるのは、本当は苦手だ。

　息を吸い込み、久美子は腕を天へ突き出した。

「それではご唱和ください。……北宇治ファイトー！」

「オー！」

　部員たちの声が一斉に響き渡る。本番はもうすぐだ。

　待機場所に整列し、久美子たちは出番を待つ。ユーフォニアムはホルンの後ろで三列になって並んでいた。前に出発した学校の演奏が風に乗って微かに聞こえる。勇ましい旋律はワーグナーの『双頭の鷲《わし》の旗の下に』だった。

　楽器を持ち直し、久美子は短く息を吐き出す。自分の立ち姿を想像し、背筋を伸ばす。目線は高い位置を保ったまま、ユーフォを構える。ピー、と甲高いホイッスルの音が響いた。麗奈がバトンを掲げ、それを合図にスネアドラムがリズムを刻む。二小節のあと、最初にトランペットとホルンが、次にチューバ、ユーフォ、トロンボーンが音を重ね、最後に木管楽器が加わる。陽気なメロディーに合わせ、久美子たちは歩き出す。視界の端で、数本のフラッグが動きをそろえて回転するのが見えた。

一年生のころは演奏するだけでいっぱいいっぱいだったが、三年生となったいまでは周囲の様子を冷静に観察する余裕がある。パレード用通路の外側には各校の生徒の保護者と思われる観客が多く集まっていた。出番を終えた小学生、中学生たちも演奏を聞きに来ている。彼らの北宇治への眼差しは確実に、強豪校へ向けられるそれだった。

疲労で上がりそうになる顎を引く。暗譜は完璧で、指番が身体に染みついている。笑顔でステップを披露する後輩を目で追いながら、久美子は同じフレーズを繰り返し吹く。スキップするようなクラリネットのオブリガート、ズレのないトロンボーンのユニゾン。洗練された演奏を、耳が勝手に追いかける。

踵が地面を踏みつけるタイミングと、スネアドラムの音がピタリと重なった。その感覚が、心地よかった。

「では、楽器の撤収を終えたので自由行動です。十六時半に時計台前に集合するように」

「はい！」

出番を無事終え、部員たちは演奏を鑑賞できる場所を求めて散っていった。強豪校オタクの緑輝は今日という日を待ち望んでおり、「今年は立華をちゃんと見られるんやね！」と興奮を隠さずに叫んでいた。

久美子も本来は例年どおり、緑輝たちと一緒に他校の演奏見学に行きたいところなのだが、残念なことに部長としての仕事がある。同じく幹部である麗奈、秀一とともに部員たちを見送り、久美子は荷物を置いているブルーシートに腰を下ろした。

「とりあえず、サンフェスはなんとか乗りきったね」

「油断すんなよ。帰るまでがサンフェスです、って言うやろ」

「言わないよ」

隣に座った麗奈がスクールバッグから水筒を差し出してくる。「お疲れ」と彼女はコップに冷えた番茶を注いだ。

「ありがとう。麗奈こそ疲れたでしょ。ドラムメジャーって大変じゃない？」

「でも、結構楽しかった。パレードの先頭を歩くことなんて滅多にないから」

「他校のやつらが高坂見てキャーキャー言うてたわ。中学生とか、高坂目当てに来年入ってきたりしてな」

「麗奈先輩マジ天使《エンジェル》、って？」

　少し高いトーンで、いつの日かの先輩の真似をする。「勘弁して」と麗奈が笑いを含んだ声で言った。

「で、解散はどこやったっけ？」

「JR宇治駅解散。そこまでは歩き」

「あのきっつい坂を？　だらだら歩くならいっそ走って帰りたいわ」

「そうは言っても百人以上いるからね。整列して歩いたほうがいいよ。道を塞いだりしたら、あとから学校にクレーム来るかもしれないし」

「久美子は心配症すぎ。そんなことよりアタシとしては、明日から部内の空気をどう切り替えていくかのほうが悩ましいけど」

「あー、オーディションの変更点も話さへんといかんしな」

「そうそう。大会ごとにメンバーが変わるっていうのは、かなり影響出るとアタシは思う」

　麗奈と秀一が今後についての話をしているあいだ、ふらふらとさまよっていた久美子の視線がある一点に留まった。観客の集まっている通路付近から離れた場所で、北宇治の衣装を着た生徒が他校の部員に絡まれている。長い学ランの裾を見るに、間違いない。龍聖学園の生徒だ。

「ごめん、二人とも。ちょっと抜けていい？」

麗奈と秀一は驚いた顔をしたが、すぐに了承してくれた。久美子は立ち上がり、すぐさま揉めている二人のもとへ歩み寄る。イベント時の他校との喧嘩は御法度だ。

「――いやだから、ちょっと顔出すだけやんか」

「俺はいいって言ってるだろ。そういうの、迷惑」

「なんで？　源ちゃん先生、めっちゃ寂しそうにしてはるで。いつまでも意地張ってもしょうがないやん」

「樋口《ひぐち》には関係ないだろ」

「なんでやねん。俺はただ、お前にも源ちゃん先生にも幸せになってほしいなって思ってるだけやねんて」

相手に気取られないように、久美子は足音を殺して歩いた。どうやら口論しているのは求のようだ。その正面に立っている青年の顔には見覚えがある。確か去年、関西大会で求に話しかけていた樋口という男子部員だ。

「せっかく血がつながってる家族やのに、孫のお前が一緒にいてやらんでどうすんねん」

「うるさいな、黙ってろよ」

「お前いっつもそれやん。源ちゃん先生がどんな気持ちでうちの特別顧問の仕事を引き受けたか――」

「黙れって言ってるだろ！」

声を荒らげた求に、樋口が焦ったようにその腕をつかんだ。周囲にいた通行人たちがチラチラと視線を投げかけている。ここらへんが潮時だろうと、久美子は何食わぬ顔で求のもとへ駆け寄った。

「あ、いたいた。求君、緑が呼んでるから一緒に来てもらっていいかな」

「部長……」

求が目を丸くする。芝居くさすぎただろうかとヒヤヒヤしたが、樋口は不思議に思わなかったようだ。「部長さんでしたか」と彼は久美子に向かって頭を下げた。

「龍聖学園高等部二年、樋口です」

「あ、これはご丁寧にどうも。北宇治高校三年の黄前です。それで、さっきまで取り込み中だったみたいだけど、求君を連れていってもいいかな？　この子、コンバスの先輩から呼び出されてて」

「それはもちろん、大丈夫です」

「じゃあ、行こうか求君」

久美子の言葉に、求はこくりとうなずいた。先ほどまで彼が見せていた苛烈さは、久美子が登場した途端にしぼんで消えてしまっていた。

連れ立ってこの場から立ち去ろうとした久美子の背後で、「あの、」と樋口が声を上げる。久美子が振り向いたのと、求が舌打ちしたのは同時だった。

「求のこと、よろしくお願いします」

そう告げる彼の眼差しは、無下にするにはあまりに真摯すぎた。とっさのことに言葉が出ず、久美子はただ無言で首を縦に振った。「失礼します」と樋口が一礼して踵を返す。去り際すら、彼は礼儀正しかった。

「……緑先輩は、なんの用事で俺を呼び出したんですか」

それまで黙りこくっていた求が、不意に口を開いた。桃色の唇が、ふてくされたようにへの字にゆがんでいる。

「ごめん、いまのは嘘なの。求君、困ってるみたいだったから」

「あぁ、そういう……ありがとうございます。助かりました」

眉間に皺を寄せたまま、求は早口で礼を言った。言うべきか言わざるべきか、さんざん逡巡《しゅんじゅん》した挙げ句、久美子はゆっくりと口を開いた。

「求君、答えにくいことかもしれないけど……その、龍聖学園の源一郎先生って、求君の親族なの？」

その答えを、久美子は去年から知っている。それでも尋ねたのは、求の口から事実を話してほしかったからだ。

求は顔を上げると、真意を探るようにじっと久美子の顔を凝視した。フランス人形のような滑らかな肌を間近で見てしまうと、どこか気後れしそうになる。

「さっきの話、聞こえてましたか」

「うん、まあね」

靴先で地面をこすり、求は大きくため息をついた。

「そうです。月永源一郎は、俺のじいちゃんです。本当は認めたくないですけど」

「さっきの樋口君はなんであんなに求君に絡んでたの？」

「さあ、知らないです。アイツはいつも勝手なヤツなんで」

あからさまに話を逸らされ、久美子は言葉を詰まらせた。それ以上追及する勇気もなく、久美子は「そうなんだ」と毒にも薬にもならない返事を吐く。

「もう行ってもいいですか。話は終わったと思うんで」

「あぁ、ごめんね、引き止めて」

「いえ、こちらこそあの馬鹿が迷惑かけてすみませんでした」

あの馬鹿、というのは先ほどの樋口という青年のことだろう。悪ぶってはいるが、呼び方に親密さが感じられる。おそらく求にとって、龍聖学園での思い出は悪いものだけではないのだろう。だとすれば、どうして彼は北宇治へとやってきたのか。その背が人混みに消えたのを確認し、久美子は深々とため息をついた。

麗奈たちのもとへ戻る途中、久美子の視界に件《くだん》の人物の姿が引っかかった。きっちりと整えられた白髪は間違いない、月永源一郎だ。彼は細身の身体にぴったりと合うような濃紺のスーツを着込んでいた。黄色のネクタイがコーディネートのなかで浮いている。

源一郎がいたのは、関係者用スペースだった。顧問が集まるエリアらしく、大人たちの集団のなかには滝の姿もあった。普段はライバルだなんだと言っているが、吹奏楽部の顧問たちは横につながっている。

滝の肩を源一郎が軽く叩く。二人は顔を見合わせ、穏やかに笑い合っている。それを見た瞬間、久美子の心臓にぞわりと冷えた感覚が走った。動揺が薄暗い疑念となって、久美子の胃の底を突き上げる。

去年、求はAメンバーだった。そして、チューバである葉月とさつきはBだった。コントラバスの人数の関係上、求が選ばれるのは当然のことだ。そう、久美子は考えていた。だけど、本当にその推察は正しかったのだろうか。滝は、完全に客観的な視点で求という人間を評価したのだろうか。

顧問に対してこんな疑念を抱くことは、恥ずべきことだ。麗奈がここにいればそう切り捨てられるだろうし、久美子自身もその言葉は正しいと思う。膨れ上がった疑念を丁寧に折り畳み、久美子は唾と一緒に飲み込む。

——求くん、親戚に吹奏楽関係者の人はいないって言ってた。だからね、それ以上のことを探る必要はないんとちゃうかなって緑は思う。

ふと、一年前の緑輝の台詞が脳裏をよぎる。だからあのとき、彼女は黙秘することを選んだのだ。

緑輝はその情報の重さを、最初からきちんと理解していた。

三　戸惑いオーディション

【北宇治幹部ノート】

六月　第二水曜日　　　　　　　　　　担当者　塚本秀一

もし俺らがオーディション落ちたらヤバいよな。なんつーか、幹部の面目潰れるやん。あー、いろんな意味でプレッシャー感じる。後輩に注意するのも嫌やし、できることなら和気あいあいとただ楽しく過ごしたいとか、たまに思う。もちろん、そんな気持ちで全国なんて行けへんから、気を引き締めてはいるけど。

コメント

アホでしょ。そんなんだから仏の副部長とか言って舐《な》められるねん。（高坂）

まあまあ、ここでしかグチれないから大目に見てあげて。（黄前）

すんませんでした。（塚本）

＊

「コンクールオーディションについて、幹部から話があります」

サンライズフェスティバルが終わった翌日、放課後の音楽室には全吹奏楽部員が集められていた。授業隊形のままだと百人以上の部員が室内に入りきらないため、机はすべて廊下へ運び出されている。

妙な緊張感が漂う教室で、口火を切ったのは麗奈だった。多くの視線を浴びても、彼女はまったくといっていいほど動じない。バックにあるグランドピアノがよく似合う。

「サンフェスも終わり、ようやく本腰を入れてコンクールに向けての練習を行えるようになりました。配布された予定表を見たらわかると思いますが、今後は屋内練習のみとなります。これまでは屋外練習と屋内練習の割合が半々やったので、座奏に集中できるようになったらさらに演奏が上手くなっていくかなと期待しています」

そこで一度言葉を切り、麗奈は額に張りつく前髪を指で払った。

「すでに課題曲と自由曲は配っていますし、皆さんも曲の難度が高いことには気づいていると思います。でも、いまの北宇治の実力であれば確実にこの曲を自分たちのものにできるとアタシは信じています。去年の夏、関西大会で全国出場を逃して以降、アタシらはこのときのために努力してきました」

熱を帯び始めた麗奈の演説に感化されたのか、部員たちの態度も真剣さが増していく。両腕を組んでいた秀一が、こっそりと居住まいを正した。

「全国大会で金賞を取るのは、北宇治の悲願です。ドラムメジャーであるアタシの役割は、この目標に向かってみんなを導くことやと思っています。それで、今年はオーディションに関して一点変更があります」

空気がわずかにざわつく。不安そうに顔を見合わせたフルートの二年生を、三年生が咳払いすることでたしなめた。

「例年まで、オーディションは京都府大会前に行われる六月のオーディション一回きりでした。でも、それだと本当に五十五人がその時点のベストメンバーと言えるのか、夏休みのあいだに成長してる子たちの実力は見ないのか、という意見がありました。そこを踏まえ、今年からは大会ごとにオーディションを行うことに決めました」

シン、と場が静まり返る。先ほどまでのざわつきが嘘のようだ。弓を引き絞っている最中みたいに、緊張が徐々に高まっていくのを肌で感じる。張り詰める空気の突破口を求めて、皆が誰かの発言を待っていた。

「すみません、質問いいですか」

人の頭の群れのなかから、突然白い手が伸びた。美玲だ、と久美子はすぐに気がついた。

「どうぞ」と麗奈が応じる。

「それはつまり、大会ごとにコンクールメンバーの変更を行うということですか」

「そういうことです。そのときそのときで、ベストなメンバーを選出します。京都府大会、関西大会、全国大会……北宇治がそれらすべてに参加できるとは限りませんが、舞台に立つ以上、それがどんな結果であれ、アタシは『あれがいまの北宇治の最高の演奏やった』と言えるチーム作りを行っていきたいと考えています」

「私からも質問していいでしょうか」

美玲の隣で、奏が控えめに挙手していた。先輩に対して遠慮しているかのような口ぶりだが、奏の想定している答えはイエス以外にない。

麗奈は一度深く息を吐くと、「どうぞ」と先ほどと同じ言葉を口にした。

「メンバーに関してはわかりましたが、ソロのほうはどうなるのでしょう？　ソリストも毎回オーディションで決めるということですか」

「そうです。ソロもソリも、大会前のオーディションで決めます。オーディション方法自体は去年と同じです。指定された箇所を滝先生の前で演奏し、選考してもらいます」

「なるほど。これまでと違い、実力の変化も評価に反映するということですね。全国大会が決まった途端に最後だからと三年生が優遇される、なんてことはもちろんありませんよね？」

「北宇治は完全なる実力主義ですし、音楽の評価に学年は関係ありません。それに、万が一にもそうしたことが起こるのを防ぐために、滝先生に判断を委ねています。先生が判断を誤ることはありえませんから」

「高坂先輩は滝先生を心から信頼されているんですね」

「当然です。先生は全国でも最高レベルの指導者ですので」

力強く、麗奈はそう断言した。停滞していた空気が、一方向に傾いたのがはっきりとわかる。

引き出された台詞は奏の思惑どおりのものだったのだろう。彼女はその両目をにんまりと弧《こ》に細めた。

「もちろん、私もそう思います。お答えくださりありがとうございます」

そう言って、奏は優雅な仕草で頭を下げた。その後ろで、質問を横取りされた美玲が決まり悪そうに自身の頬をかいていた。

「では、緑の特別授業を開講します！」

パート練習室の扉を開けた途端に久美子の目に入ってきたのは、指示棒で黒板を叩く緑輝と、真面目な態度でそれに向き合う後輩部員たちの姿だった。解説モードに入っている緑輝は、赤い眼鏡を装着している。

教卓の正面に座っていたさつきが、「久美子先輩も早く早く」とあいている席に座るように促した。仕方なく、久美子は廊下側の席に腰かける。すぐ近くの席に座っていた真由が、笑いをこらえるように口元を手で覆った。

「久美子ちゃんも来たんで、低音パート全員がそろったみたいやね。今日、緑が解説するのは今年のコンクールで演奏する課題曲と自由曲についてです！　楽譜を配られたのは結構前やから、みんなちゃんと音源は聞いてるよね？」

緑輝の問いかけに、皆が口々に「はい」だの「もちろん」だのと答えている。それらにオーバーに相槌を打ち、緑輝は赤い眼鏡フレームの端を持ち上げた。

「そもそも、吹奏楽コンクールには制限時間の規定があって、A部門やと課題曲と自由曲を合わせて十二分以内に演奏しいひんといけません。でも、時間にぴったり合う曲なんてほとんどないので、だいたいみんな、編曲した楽譜を使います。編曲の仕方によって曲の雰囲気が変わるので、同じ曲を吹いてても学校によって全然違う！　なんてこともあるわけです」

京都府の場合、中・高のコンクールはA部門、B部門、小編成部門の三つに分かれて行われる。前者は課題曲、自由曲の二曲を演奏し、後者ふたつの部門は自由曲のみを演奏する。B部門には関西大会がないため、京都府大会がゴールとなる。

「課題曲は、吹奏楽連盟が発表する五曲のなかから選びます。北宇治は今年、課題曲Ⅳの『キャット・スキップ』という曲になりました。作曲者は林紀子《はやしのりこ》さん。いたるところで『猫踏んじゃった』のフレーズが登場するのが特徴です。明るくて可愛い曲なんで、一般の演奏会でも盛り上がりそうな曲やね。頭から終わりまでずっとクラリネットが働きまくっているので、クラ踏んじゃった、なんて冗談で言ってる人もいるみたいです。中盤にサックスソロがあって、それがめっちゃカッコいいです」

緑輝がうっとりと語っている。この曲の途中に登場する六小節分のアルトサックスソロはジャズを感じさせるフレーズだ。さまざまなジャンルの要素が詰め込まれており、飽きが来ない構成となっている。

「自由曲『一年の詩～吹奏楽のための』は最近の楽曲なので、まだあんまりコンクールやとメジャーとちゃうね。作曲家は戸川ヒデアキさんで、京都出身です。滝先生と同じ音楽大学の卒業生で、もともとはピアノ専攻やったみたい。この曲は四楽章あって、第一楽章が春、第二楽章が夏、第三楽章が秋、第四楽章が冬、そして最後に再び春の気配が近づいてくる……という構成になっています。もう楽譜見てるからわかると思うけど、ここ二年間の自由曲を上回る難度です。普通にやったらテクニックばっかりを追いかける演奏になっちゃうかもしれんけど、緑的にはすごく物語性の強い曲やと思うから、曲に振り回されんようにしてほしいなって思ってます」

「コントラバスのソロもありますしね」

一年生に交じって最前列に陣取っていた求がしみじみと言った。緑輝が頬を膨らませる。

「求くん、ちゃんと自分がソロ弾くつもりある？」

「いえ、まったく。実力的にもソロは緑先輩が担当するのがふさわしいと思いますけど」

「若者よ、向上心を持つのだアタークック！」

技名を叫びながら、緑輝が求の頭を軽くチョップした。攻撃された本人は不思議そうに首をひねっている。

頬杖《ほおづえ》をついたまま、葉月がニヤリと口の片端を吊り上げた。

「あかんで、求。どんなときでもてっぺん目指さな。緑を倒して俺がソリストや！ぐらいの心意気見せへんと」

「はあ。心意気、ですか」

「そうそう。先輩にも負けへんっていう心が、いい奏者を育てるねん。な、みっちゃん」

「なんで私に振るんですか」

「みっちゃんは向上心の塊やから」

去年の吹奏楽コンクールでは、二年生の葉月ではなく一年生の美玲がAメンバーに選ばれた。美玲とさつきは中学生のときにチューバを始めたと言っていたから、高校から始めた葉月とのあいだには経験の差があったのだろう。

「葉月先輩はものすごい勢いで上達していますし、今年は一緒にコンクールの舞台に出られると思っています、私は」

美玲の表情は真剣だった。葉月が肩をすくめる。

「それ、みっちゃんがAになること前提やん」

「当然じゃないですか」

何を言っているんだと言いたげな顔だ。そんな美玲の肩にしなだれかかり、奏がクツクツと喉奥を鳴らすように笑った。

「一年生のみんなはこれくらいの意気込みで頑張りましょうね」

「はーい」

三人が素直に返事する。コホン、と緑輝が気を引くように咳払いした。

「『一年の詩』にあるソロはコンバスだけと違って、ほかにもあります。冒頭はクラリネットソロから始まるし、途中はマリンバソロもある。第三楽章やとユーフォとトランペットのかけ合い的なソリがあるね」

「ソリってなんですか？」

尋ねたのは佳穂だった。「サンタさんが乗ってるやつ」「そのソリとちゃうやろ」と隣に座るすずめと弥生がボソボソと漫才のような会話をしている。

「ソリっていうのは、ソロの複数形。ゾリって言ったりもするねんけど、要はソロ扱いされている旋律を吹く人が二人以上いる状態のことを指してます。今回の曲の場合、ユーフォとトランペットがそれぞれソロ扱いでかけ合いを吹くから、楽譜には soli って書かれてるねん」

「つまり、やることはソロとほとんど変わらないってことですか？」

「うん、そういう認識で大丈夫。佳穂ちゃんも弥生ちゃんもすずめちゃんも、初心者とか関係なしにオーディションは受けてもらうから、三人ともソロのところもちゃんと練習しておいてな」

「はい！」

元気よく返事する三人を、葉月が穏やかに見守っている。一年生指導係を務めているからか、葉月の一年生に対する思い入れは去年よりも強いように感じる。

あ、と何かを思いついたようにすずめが顔を上げた。白い眼鏡フレームに囲まれた両目が、無垢《むく》な眼差しを久美子に向ける。

「毎回オーディションするってことは、ユーフォとトランペットのかけ合いのところもオーディションで決めはるんですね。トランペットはやっぱり高坂先輩ですかね」

「オーディションしてみないとわからないけど、麗奈はダントツで上手いからね。その可能性は高いかも」

「じゃあじゃあ、俄然《がぜん》ソリのお相手がどうなるんか気になっちゃいますね。久美子先輩も真由先輩も奏先輩も上手やから、誰が担当になるか読めないです」

「私も候補に入ってるの？」

それまで黙って話を聞いていた真由が、困惑したように声を上げた。突然の名指しに驚いたらしい。

髪の先端を人差し指に巻きつけ、奏が意味深に目を細めた。

「それはそうでしょう。黒江先輩もユーフォニアム奏者ですから」

「そのオーディションって、辞退とかできないのかな」

「はぁ？」

葉月の声が裏返る。教卓に立っていた緑輝が、かけていた眼鏡をそっと外した。

「真由ちゃんはコンクールに出たくないいん？」

「そういうわけじゃないんだけど、私が出ちゃうとひと枠埋まっちゃうでしょう？北宇治で長くやってる子が優先してコンクールに出場するべきだし、ソロを吹くべきだって思ってる。……おかしいかな」

「いやいや、わけわからんで。真由はもう北宇治の一員やんか。なんでそこで遠慮するんねん」

「葉月ちゃんはそう思うんだ？」

「うちだけじゃなく、全員同じ意見やろ。真由の意見がぶっ飛びすぎや」

「そうなのかなぁ」

肘をついた両手の上に顎をのせ、真由は唇をとがらせた。不満があるというよりは、なぜそんなことを言われるのかが理解できないと言いたげな顔だ。

背もたれに手を置き、久美子は自身の座る椅子を後ろへ引いた。

「真由ちゃんは、前の学校でもオーディション辞退したいって思ったことあるの？」

「全然、一度もないよ」

「じゃあ北宇治でも同じじゃない？」

「でも、清良ではそれが正解だったから。頑張ったらみんな喜んだし」

「北宇治でも同じだよ」

「本当に？」

「うん」

むしろ、なぜそんな疑問を持つのだろう、と久美子は不思議に思った。誰かがオーディションを辞退して喜ぶ人間がこの北宇治にいると思われるのは不愉快だ。

「麗奈も言ってたでしょ。ベストメンバーで挑みたいって。オーディションを受ける前から辞退っていうのは、その考えと真逆だよ」

「せやせや。余計なこと考えんと、とにかく頑張りゃええねん」

「葉月先輩にはもう少し考えてほしいときもありますけどね」

しれっと言い放つ美玲に、「みっちゃんはうちにもう少し優しくしよか」と葉月が本気か冗談かわからない顔で詰め寄っている。

「みっちゃんはツンデレなだけですよ」とさつきが補足し、それを聞いた奏が思わずといった具合に笑みをこぼした。会話は普段のかけ合いめいたものに変わっていき、一年生がケタケタと笑い声を上げる。

今年の低音メンバーは仲がいい。それがわかっているからこそ、いつの日か真由がそのバランスを崩してしまうのではないかと心のどこかで警戒してしまう。

微笑をたたえる彼女の横顔を視界の端に捉えながら、久美子は軽く唇を噛んだ。乾いた唇からは微かに血の味がした。


三年生になってから、進路説明会が授業時間に行われる機会が増えてきた。ミーティングルームと呼ばれる広めの教室に、三年生全体が集められるのだ。前にあるスクリーンには進路に関する資料が映し出され、社会人になった卒業生たちが自身の体験談を話す。

　進路担当の教師がプリントを配布し、学生たちは空欄に自身の情報を書き込む。進路志望の調査票は、春から何度も配られていた。国立大学、私立大学、短期大学、専門学校、就職……羅列された選択肢のいちばん端には『海外留学』の四文字がある。北宇治ではもっともレアとされる進路だ。

「なあなあ、つばめはどこって書いたん？」

　説明時間が終わると、調査票を書く時間が与えられる。授業中とはいえ半ば休み時間のようなものなので、周囲の生徒たちは座ったまま一斉に口を開いた。

　葉月の問いかけに、つばめは自身の調査票を指先でこつんと突いた。

「私は多分、市大《いちだい》が第一志望」

「あー、大阪市大なんや。つばめの家からやと通いやすいか」

「うん。妹のことを考えると、やっぱり金銭的に実家から通える公立大学じゃないと厳しいかなって。葉月ちゃんはどの大学受けるん？」

「うちはまだ未定。っていうても、そろそろ決めへんとヤバいって空気だけはヒシヒシと感じてる。な、久美子」

「そうなんだよねぇ、ホント」

去年のいまごろ、先輩たちはすでに自身の進路に向けて進み始めていたような気がする。ひとつ上の先輩である中川夏紀、吉川優子、傘木希美の三人は同じ大学に、鎧塚みぞれは滝の出身校である音楽大学に入学した。

緑輝はずっと前から専門学校に行くと言っているし、麗奈は音楽大学に進学するのだろう。あの二人は一年生のころから将来へのビジョンを持っていた。それに比べて自分は悩んでばかりで少しも前に進んでいない。

「真由ちゃんはどうすんの？」

隣に座っていた真由へ、つばめが問いかける。真由のほっそりとした指が、耳殻《じかく》に沿ってするりと髪をなでつけた。

「私は東京の大学にしようと思ってる。住んでたこともあるから友達もいるし」

「はーん、関西から出ていくって選択肢もあるんやなぁ」

葉月がしみじみとつぶやく。つばめは目を丸くした。

「ってことは、実家から出るん？」

「一人暮らしするつもりなの。昔から大学生になったら一人暮らししたいって思ってて」

「でも、そのためには大学受からなアカンわけやもんなぁ。志望校かぁ……はぁ」

悲愴《ひそう》感たっぷりに葉月がため息をつく。「大丈夫だよ」「葉月ちゃんならなんとでもなるって」と根拠のない慰めの言葉を口にする真由とつばめから意識を外し、久美子はそれとなく他クラスの列を目でなぞった。

列の前方で、秀一が同じクラスのちかおとふざけ合っている。間の抜けたその横顔は昔と変わらないように見えるけれど、一枚皮を剥いでみたらその中身は全然別物になってしまっているのだろう。

秀一は変わった。多分、いい意味で。

熱を帯びる自身の両目を瞼の上から軽く押さえる。大人になるのって、怖いよ。ぽつんと浮かんだ言い訳を、久美子は強引に喉の奥へと押しやった。

一定のリズムを刻む振動が、骨を伝って身体を揺らす。窓の外はすでに薄暗く、電車内の灯が反射して自分の顔ばかりがはっきりと見て取れた。右耳に挿したイヤホンのコードは、そのまま麗奈の左耳につながっている。耳の奥で流れているのは、滝から渡された自由曲の音源だった。

電車が揺れても、麗奈は目を閉じたままでいる。三年生になってから、帰りの電車で黙っていることも増えた。不仲だからというわけでなく、放課後練習の疲れを互いに隠さないからだ。流れる沈黙は、ぬるま湯みたいに心地がいい。

「麗奈さ、進路の紙出した？」

「今日の六時間目のやつ？」

麗奈は目を閉じたままだった。「そうそう」と久美子はうなずく。

「久美子はまだ悩んでるわけ？」

「悩みもするよー。やりたいことわかんないんだもん」

「音大は？　みぞれ先輩も無事入学したわけやし」

「またそれー。私、自分が音楽を仕事にできるとは思えないよ」

「ってことは、できるなら仕事にしたいってこと？」

「うーん。というより、どんな仕事でも、働いてる自分の姿が想像できない」

「それは重症やな」

麗奈が爪先を軽く伸ばす。長い睫毛がゆっくりと上がり、そこにはまる瞳がちらりと久美子を映し出した。

「逆に、麗奈は音大行ったらどうするの。やっぱプロ奏者？」

「そう思ってるけど」

「なんでプロになりたいって思ったの？」

「その質問、アタシ的にはすごく不思議。子供のころから将来はプロになるって決めてたし、逆に、やりたいことがないって状態が想像できない。やりたいことなんて、十八年も生きてたら勝手に見つかるもんじゃない？」

なんて殺傷能力の高い言葉なんだ。とっさに胸を押さえた久美子を、麗奈が澄んだ両目で見つめる。

「久美子もそう思うやろ？」

「思ってたらこんなふうに悩まないよ」

「あぁ、それもそうか」

あっさりと引き下がられると、それはそれで心をえぐられる。周囲と比べ、自分ばかりが焦っているような気がする。

「私だって考えてるんだからね、いろいろと」

むくれる久美子をよそに、麗奈が再び瞼を閉じる。その薄い唇が軽くしなり、微笑に似た形を作った。


駅前の横断歩道で麗奈と別れ、久美子は宇治橋を歩き出した。木製の橋の欄干に、夕日がじんわりと染み込んでいる。橙《だいだい》色の表面を、通行人の影が遮った。揺れ動く影は濃い青色をしている。

車が走るたびに、足の裏に振動を感じる。川の水音とエンジン音が入り混じっているのに、この場所はひどく静かに感じる。多分、人の声が聞こえないからだ。

チリンチリン、と後方から短いベルの音が響いた。真っ白なフラッシュライトが薄闇を鋭く貫いている。車輪の回転する音に気づいた久美子が道端に身体を寄せるより先に、自転車の移動音がピタリとやんだ。

「サンフェスお疲れ、部長サン」

振り返ると、自転車にまたがったままの梓がこちらに笑いかけていた。立華の制服に身を包んだ彼女は、いつものように黒髪をひとつに結っている。

「梓じゃん。サンフェスぶりだね」

「いま帰るとこ？」

「うん、部活終わったから。梓は？」

「うちはこれからレッスンに行くところ」

「レッスンって？」

「トロンボーンのレッスン。受験に必要やからさ」

自転車のハンドルに肘を置き、梓は事もなげに言った。

「梓、音大受けるって前から言ってたもんね」

「まーねー。部活とレッスンと受験勉強でてんやわんやですよ。ピアノも特訓中やし」

「いろいろと大変そうだね」

「久美子は高校卒業したらどこ行くん？　やっぱ音大？」

「いやいやいや、行かないよ。進路は未定だけどね。それにしても、なんでみんな私に音大を勧めるんだろ」

「だって、ユーフォをやらん久美子ってちょっと想像できひんから」

そうなのだろうか。自分ではよくわからない。小学生のときに金管バンドに所属してから久美子はずっとユーフォニアムひと筋だが、それもなんとなく周りの空気に流された結果だ。北宇治に入部した当初はユーフォを続ける意志など微塵《みじん》もなかった。もちろん、いまとなってはユーフォを大好きだと胸を張って言えるようになったのだけれど。

「梓はやっぱり、将来はプロの奏者になりたいの？」

「んー、というより、とにかく演奏に携わる仕事がしたい。プロとして演奏で食っていけたら最高やけど、それが難しいとしても、とにかく音楽に関する勉強がしたいなって思って。やりたいって気持ちを我慢して、それで一生後悔するはめになるのは嫌やん」

「それだけやりたいって思えることがあるの、うらやましいよ」

「久美子にはないん？　やりたいこと」

「仕事にしたいってことがないよ。大人になるのが想像できないというか」

「そんなん、みんなそうやろ。明確なビジョンを持ってる人のほうがレアやと思うで」

「でも、麗奈はやりたいことが見つからないのが信じられないって」

「何言うてるん。あの子はウルトラレアやん！」

肩を揺らし、梓は声を上げて笑った。ペダルにかかる右足を動かし、彼女は車輪を逆側に空回りさせる。

「やりたいことなんて見つからんくてもさ、何かを続けてたら意外とそれがやりたいことに変わっていくこともあるかもよ」

「そんなことあるのかな」

「いや、知らんけど」

なんとも無責任な締めくくりの言葉だ。むくれる久美子の肩を、梓がポンポンとなだめるように叩く。

「ま、お互い頑張っていこうや。高校生活最後の年やねんしさ。コンクールもすぐやし、一年なんてあっという間やで」

「ホント、あっという間なんだろうね。いまから冬が怖いよ」

「心配しすぎか。部長がネガティブやったら士気下がるで。ポジティブに行こうや」

「うん……あ、ごめんね。レッスン前なのに引き止めちゃって」

「全然大丈夫。いまから自転車飛ばしたら余裕で間に合うから」

地面についていた片足をペダルに乗せ、「じゃ、バイバイ」と梓は軽く手を振った。

「うん。またね」

こちらが応じたのを確認し、梓が自転車を漕《こ》ぎ始める。遠ざかっていく背中を見送り、久美子は欄干へもたれかかった。無意識のうちに、口から深いため息が漏れる。自分の肺にこもる陰鬱《いんうつ》な空気が不愉快で、それをごまかすように久美子はそっと踵を持ち上げる。背伸びをした分、見える世界は少しだけ高くなった。


「チューニングをするときに、チューナーのメモリに合わせて吹くんはあかんよ。それやったら、チューニングの意味ないからね」

そう言って、さつきがすずめの手からチューナーを抜き取った。

六月になり、オーディションまでの猶予は三週間を切っている。部員たちの士気は目に見えて上がっており、それは初心者の一年生を多く抱える低音パートももちろん例外ではなかった。

「でも、チューナーってメモリを見るための道具じゃないんですか？」

マウスピースから口を離し、すずめがさつきの顔を見上げた。周りにいた弥生と佳穂も基礎練習を行いながら、それとなく二人の会話を意識している。

「合奏中にすべての音をメモリ見ながら吹くってことはできひんでしょ？　基本的に、

音は耳で合わせるもんだよ。チューニングのときは、素で出した音が真ん中に来るように管を調整するねん」

「って言われても、自分で聞いててもよくわかんないんですよね。高いとか低いとか」

「それ私も思ってた！」

ユーフォを横に傾けて膝に置き、佳穂がブンブンと首を縦に振る。

「合奏のときに、高坂先輩とか滝先生が指摘するじゃないですか。『トランペットの二番、高いです』とか。その場で修正して直すのはわかるんですよ。でも、次の演奏時には戻っちゃいません？　音の高い低いって自分でコントロールできないと思うんですけど」

普段は聞き役に回る佳穂がここまで饒舌《じょうぜつ》に主張するのは珍しい。前々から疑問をため込んでいたのだろう。

「ピッチは意識次第で全然変わるで。たとえば……うーん、そうやなぁ。佳穂ちゃん、High B♭を伸ばしてみて。すずめちゃん、チューナー借りるね」

そう言って、さつきが佳穂のベルの先端付近でチューナーを固定した。背を伸ばし、佳穂が大きく息を吹き込む。平べったい音がその場に響いた。

「いま、佳穂ちゃんの音はちょうどメモリの真ん中やったでしょ？」

「はい。さっきチューニングしたばっかりなので」

「じゃあ次に、低いB♭からHigh B♭をスラーで吹いてみて。飛んだあと、そのまま四拍伸ばしてな」

「あ、はい」

佳穂は足でリズムを取ると、さっきの指示どおりに音を奏でた。B♭は一オクターブ上がっても押すピストンが変わらない。スラーで演奏するのは難しい。案の定、佳穂が息苦しそうに眉をひそめた。絞り出すような高音はうめき声に似ている。

「佳穂ちゃん、わかった？　チューナーのメモリ、めっちゃ右側に振れてたやろ？」

「高かった、ってことですよね？」

「そう。基本的に、唇を締めて音を出すと音が高くなりやすいねん。高音を無理やり出すときは唇をキュッてしがちやから、傾向として音が高くなる。曲を吹くときって、チューニングのときみたいに一音を狙って出すことのほうが少ないやろ？　やから、自分の癖を把握しておいて、唇の形とかブレスの仕方を覚えておくと、ある程度はピッチの高い低いをコントロールできるようになるんやで」

「理論はわかりました。実践はまだまだできそうにないですけど」

佳穂が眉端を下げる。会話を聞いていた弥生が、感心したように口を開いた。

「さっちゃん先輩って、やっぱりちゃんと先輩なんですね。普段はおちゃらけてますけど頼りになるというか」

「そりゃそうでしょ。さつきはなんだかんだ言って中学からチューバやってるし」

当たり前だと言わんばかりの態度で、美玲はフンと鼻を鳴らした。「みっちゃんに褒められた！」とさつきが無邪気に喜んでいる。

美玲は短い黒髪を右耳にかけると、スタンドに置いていたチューバを軽く傾けた。

「基礎練習は、それがなんのためにやるものなのかを理解してないと効果が半減すると思ってほしい。努力は裏切らないってよく言うけど、頭を使わない練習はいくら努力を費やそうと簡単に裏切る。派手なフレーズばっかりを吹くのは楽しいけど、私はみんなに基礎練習を大事にしてほしい」

「はい！」

基礎練習を重視する美玲の姿勢は、一年生のころから一貫している。緩んでいた口元を引き締め、一年生たちは声をそろえて返事した。

一年の詩。自由曲の楽譜を見ていると必ず目につくトランペットとのソリ部分。この曲と同じように、麗奈とは演奏会で一度かけ合いのソリを吹いたことがある。アッペルモントの『ノアの方舟《はこぶね》』を演奏したときのことだ。

譜面を目で追う。五本の線の上を泳ぐオタマジャクシは、決して複雑なわけではない。むしろ、ユーフォの柔らかな音色を活かしたシンプルな構造の旋律だ。おそらく、トランペットソロは麗奈が担当になるだろう。では、ユーフォのソリストは誰になるのか。

マウスピースに口をつけ、久美子はたっぷりと息を吹き込む。ここにいない相手役の音色を想像で補完し、左から右へと楽譜をたどる。

「あがた祭り、勇気出して高坂先輩を誘ったんやけど、振られちゃってん」

「いや、そりゃ無理でしょ。誘った勇気がすごいわ」

しばらく吹いていると、穏やかに会話する声が耳に入った。廊下の果てで女子二人が、折り畳み式の譜面台を立てていた。一人はトランペットを、もう一人はホルンを持っている。

「トランペットパート全体で行きませんかって誘おうって、一年生で作戦立ててたのになー。やっぱ彼氏と行くんかな。先輩美人やし」

「シンプルに忙しいんじゃない？　受験生やしさぁ。で、結局祭りはどうすんの」

「二年生の人たちは一緒に行ってくれるって言うてくれたから、ペットの一、二年で行くことにしてん。小日向先輩も来てくれるって」

「小日向先輩とかスーパーレアやん。ええなー」

聞こえてくる会話に、久美子は窓に立てかけていた楽譜から目を離す。放課後の廊下には、久美子と同じように個人練習に励む部員たちの姿がぽつぽつと並んでいた。教室での練習だと自分と他人の音が混じってしまうのだろう。

「あがた祭りってなんなの？」

「うおっ」

声が間近に聞こえ、久美子はとっさに振り返った。久美子のすぐ後ろで、真由が頭を傾けている。その腕にかけられたお手製の巾着からは譜面台の先端がちらりとのぞいていた。

「ごめん、驚かせちゃったね。久美子ちゃんは休憩中？」

「うん、ちょっと息抜きしてた。真由ちゃんは個人練習の場所探してたの？」

「そうなんだけど……でも、ここの廊下は混んでるね」

きょろきょろと辺りを見回し、真由がため息をついた。

「四階は空《す》いてるから、そっちで吹くといいよ。屋上につながってる階段の踊り場も穴場だけど、あそこで吹くと反響がすごすぎて自分が上手くなったと勘違いしちゃうんだよね」

「あはは、それはよくないね」

「誰かとこっそりしゃべるときはいい場所なんだけどね。先輩たちもよくあそこでナイショ話してた」

「久美子ちゃんは先輩たちと仲がよかったの？」

「というより、オモチャにされてただけのような気もする」

「可愛がられてたんだね」

ふふ、と真由が笑みの混じった吐息をこぼす。その身体を包む夏服の白さに、久美子は目を細めた。買ったばかりの彼女の制服は、一年生と同じくらいにピカピカだった。

「そういえば、あがた祭りの話だったね。って言っても、地元のお祭りって説明以外は難しいんだけど。真夜中に神輿《みこし》を運ぶっていう伝統があって、暗夜の奇祭なんて呼ばれたりしてるよ。神輿が見れるの、私たちだと補導されちゃう時間だから」

「へえ、ちょっとおもしろそう。私、あんまりお祭りとか行ったことないんだ。久美子ちゃん、もしよかったら一緒に行かない？」

一瞬、声が詰まった。対応の仕方がわからなくて、動揺が露骨に顔に出た。こちらの感情を読み取ったように、真由がわかりやすく眉を曇らす。

「ダメ、かな？」

「いや、誘ってくれたのはうれしいんだけど、別の子と約束があって」

嘘だった。あがた祭りのことなんて、ついさっき一年生たちの会話を聞くまで忘れていた。しどろもどろに動く自身の唇を、久美子は口内に引っ込める。

自分でも、なぜここまで動揺しているのかが理解できない。真由のことは好きだし、仲良くなれたらいいなと思っている。相手から誘ってもらえるのはうれしいことだし、普段の自分なら絶対にふたつ返事で応じていたはずだ。

「そっかぁ。先約があるなら仕方ないね」

あっさりと引き下がった真由に、久美子は内心で安堵した。

「ごめんね。また今度、一緒に遊びに行こうよ。葉月たちも誘ってさ」

「うん、楽しみにしてるね」

彼女がうなずくたびに、絹のような黒髪がさらさらと肩を流れていく。髪を梳く指先からはうっすらとベリーの香りがした。

「ねえ、久美子ちゃん、さっきソリの練習してたよね？」

「え？　うん」

「一緒に吹いていい？　私、トランペットパート吹くから、かけ合いしない？」

「それはいいけど……」

自然と、返事は歯切れの悪いものになった。それを気にした様子もなく、真由は譜面台をその場で組み立てた。楽譜ファイルを台に置き、ぱらぱらと該当のページまでめくる。

「じゃあ、久美子ちゃんから吹いてね。私、途中から入るから」

「あ、うん」

楽器を構えると、窓ガラスに二人分の姿が映った。並ぶ金色と銀色がうすぼんやりと光っている。

マウスピースに口をつけ、久美子は真由へと目で合図を送る。その睫毛がぱたりと上下したのを確認し、そっと息を吹き込んだ。

久美子が楽器を吹くときに手本としているのは、先輩であった田中あすかの演奏だ。ベルのなかでたっぷりと空気を震わせる彼女の音は、久美子とは明らかにレベルが違った。あんなふうに吹きたいと思った。繊細な美しさで彩られた、それでいてどっしりと深みのある音色に憧れた。

あれから奏が入部し、その一年後に佳穂が入った。奏の腕前は確かだが、久美子は彼女を脅威だと思ったことはなかった。それはやはり、小学生のときからユーフォを吹いているという自負があるからだろう。普段は謙遜しているが、久美子の根底には経験者としてのプライドが根を張っていた。だが——……。

久美子の目をまっすぐに見つめ、真由がうれしそうに目尻を下げる。ピストンにかかる指が、楽しげに躍った。銀色のベルが振動する。テニスのラリーのように、投げかけたフレーズを彼女が打ち返す。その音は柔らかで、綺麗で、軽やかだ。芯のある音色の表面は、華々しさでコーティングされている。

清良の音だ、と久美子は即座に思った。音量は大きいのに、上品さは失わない。あすかとはまた違う形の、効率のいい楽器の響かせ方だ。

相手の呼吸の音が聞こえる。息をするタイミングが、身体の動きで自然とわかる。ふたつのユーフォが奏でるメロディーが交錯し、そして重なる。

真由の睫毛が震える。その瞳がきらめく。月光を浴びた夜の海面みたいに。チカチカと映り込む銀が、ただただ綺麗だった。そこにあったのは、純粋な喜びだった。

「――ぷはぁ、」

ソリ部分の演奏を終え、真由がマウスピースから口を離す。唇からこぼれた吐息は、子供っぽい響きをしていた。ほのかに赤く染まる彼女の頬が密やかに緩む。

「楽しかったね」

そう、彼女は言った。あまりにも無邪気な声で。

「……うん」

応じた自身の声は、うわずっていたかもしれない。真由と吹くのは確かに楽しい。だけど、それを後ろめたく感じている自分もいた。

不穏な色をした違和感が、カリカリと心臓の表面を引っかいている。

真由はいい奏者だ。そんなことは、彼女が入部したときから知っている。久美子が本当に知りたいことは、自分と彼女のどちらが優れた奏者であるか、だった。

がちゃん、と音を立てて手のなかの鍵が半回転する。スピーカーからは下校を促す放送が先ほどから繰り返されていた。窓をのぞき込み、無人の音楽室に忘れ物がないことを確認する。

「そういえば、黒江さんと吹いてたんやってね。ソリのところ」

腕を組んだまま壁にもたれかかっていた麗奈が、ぽつりと言葉を発した。

「どっかで聞いてたの？」

「直接聞いたんじゃなくて、一年生が興奮してたから探っただけ」

十中八九、ホルンの子と一緒にいたトランペットの一年生だろう。麗奈に知られたと思うと、こそばゆさとばつの悪さの両方が同時に込み上げてくる。

「そういえば、その一年生の子がしゃべってたよ。あがた祭りに麗奈を誘ったけど振られたって」

音楽室の鍵を握り込み、久美子は露骨に話題を逸らした。廊下を歩き始めた久美子の隣に、麗奈が並ぶ。

「だって、パート全員で行こうって言い出すから。アタシ、そういうのは好きじゃない」

「人数多いの嫌いだもんね」

「久美子はどうすんの、今年。去年は塚本と行ってたけど」

「んー、多分秀一とは行かないだろうね」

あのころ、久美子と秀一は恋人同士だった。別れたいまでは、二人で出かける理由がない。

視界に入った上靴は、汚れで端々が黒ずんでいる。緑色の廊下をなんとなく目でたどると、隅のほうで灰色の埃《ほこり》が小さく集まっていた。

「じゃ、今年はうち来る？」

「え？」

予想外の提案に、久美子は目を瞬かせる。麗奈はあまりに軽い口調で言った。

「家のスタジオで、一緒に吹かへん？」

翌日、放課後の低音パートの練習室は、三日後のあがた祭りの話題で持ちきりだった。

「トランペットの子が、パートの一、二年で行くって言ってたんですよ。うち、それがめっちゃうらやましくて。低音もパート全員で一緒に行きませんか？」

休憩時間になった途端、弥生が威勢よく席から立ち上がった。すずめが「ええやん

ええやん」とはやし立てて、佳穂は意味もなく笑っている。

「低音一緒にって、めっちゃ人数多くない？」
一、二、三……と葉月がその場で人数を数え始める。今年の低音パートはチューバ五人、ユーフォ四人、コントラバス二人の合計十一人だ。団体行動といっても、祭りに行くには人数が多すぎる。
「あ、私は先約があるからダメなの」

真由が控えめに手を上げる。「先約って？」と葉月が尋ねた。

「つばめちゃんと行こうって、今朝約束したところで」

「お姉ちゃんと行く予定なんですか？　だったら、低音パートwith釜屋つばめで行きましょうよ。お姉ちゃんは私が説得しとくんで」

「つばめちゃんがいいなら大丈夫だけどね、私は」

真由はにこにこと笑っている。つばめと行く、という真由の言葉に、久美子は密かに胸をなで下ろした。

机に腰を下ろし、葉月が軽く顎を動かす。

「久美子はどうすんの？　誰かと行く予定ある？」

「あー、私は麗奈と約束あるから」

「じゃ、久美子はダメか。うちは行ってもええと思ってるけど、緑どうする？」

「緑も一緒に行こうかなぁ。最後の年やし、葉月ちゃんと回るの楽しそう」

「オッケー。二年生組はどうする？」

葉月の問いかけに、さつきが美玲の手をつかんで上げさせた。

「ハイハイ！　W鈴木は参加します」

「私はまだ何も言ってないでしょ」

「だってうち、みっちゃんと一緒にいたいんやもん」

いいやろ？　とさつきがうかがうように美玲の顔を見上げる。自身の前髪をくしゃくしゃとかき回し、美玲は深々と息を吐いた。

「仕方ないなぁ」

「ヤッター」

「じゃ、みっちゃんさっちゃんは参加か。奏ちゃんは？」

「私は梨々花と一緒に行く約束をしていますので。見つけたら手でも振ってください」

そう言って、奏はその場で軽く手を振った。対面して座っていた佳穂が、おずおずと手を振り返している。佳穂は少し天然なところがある。

頭上のバンダナに軽く触れ、弥生が黙ったままの求を見やった。

「求先輩もどうですか？　一緒に」

「いや、俺はいい……」

「ま、まさか、彼女と行くんですか！」

オーバーに身を仰け反らせた弥生に、求が渋面を浮かべる。

「なんでそうなるわけ。塚本先輩たちと行く約束してるだけ」

「塚本先輩？　それはそれで怪しいですね」

「なんでだよ」

眼鏡の奥の両目を爛々《らんらん》と輝かせ始めたすずめに、求が投げやりな言葉を返す。おもしろがるように、奏がニンマリと口角を上げた。

「どういう経緯で副部長と一緒に行くことに？　二人が仲がいい記憶はありませんが」

「べつに、男子部員で集まって行くことになっただけ」

はーっ、と葉月が感心した声を出した。

「今年の男子はほんま仲ええなぁ」

「でも、意外だね。求君が緑を優先しないなんて」

「それは単に向こうの約束が先だったからという話で——緑先輩、誤解しないでください。僕の尊敬する先輩は緑先輩だけですので」

前半は久美子に、後半は緑輝に向けての弁解だった。必死な求を、緑輝が笑いながらなだめている。「うちらは尊敬しとらんのかい」と葉月が唇をとがらせているが、求にその声は届いていないようだった。

あがた祭りの日は、宇治橋周辺の商店街はすべて歩行者天国となる。通りは人であふれ、並ぶ屋台から立ち込める匂いがあちこちで入り混じっている。葉月たちはもう集合したのだろうか。腕時計に視線を落とすと、十九時を過ぎていた。

あがた神社へ向かう人の流れに逆行し、久美子は住宅地のほうへ向かって歩く。麗奈とは源氏《げんじ》物語ミュージアムの前で落ち合う約束をしていた。

アスファルトの道路を歩くたびに、コッコッとヒールの先端が音を立てる。薄桃色のパンプスの先端にはシンプルな形のリボンがあしらわれていた。襟付きの白と黄色のワンピースは麗奈の家に遊びに行くために買ったものだ。

「久美子ー」

ミュージアム前の公園で、麗奈が手を振っている。濃藍のスカートに、白のブラウス。黒のミュールサンダルの金具がキラリと闇のなかで光っている。大人びた格好だった。一年生のころのワンピース姿も可愛かったけれど、いまの麗奈はあのころよりも一段と綺麗になった。

「道、混んでた？」

「大吉山《だいきちやま》のほうから来たから全然。麗奈の家、どっち？」

「こっち。ここから歩いて五分くらい」

歩き出す麗奈のあとを、久美子も慌てて追いかける。夜の住宅街にヒールの音が響くのが、少しだけ申し訳なかった。

「楽器、本当に持ってこなくてよかったの？」

「だって重いやんか。家にあるの貸すって」

今日のいちばんの目的は、麗奈の家のスタジオで自由曲の練習を行うことだった。楽器を学校から持っていくのかと尋ねた久美子に、麗奈はその必要はないとあっさり答えた。マウスピースだけを持ってこいとのことだったので、いまの久美子の鞄の中身はとても軽い。

「お祭りの日ってさぁ、特別感があって好きなんやけど、わざわざ他人と一緒にいる必要性はあんまないなって思ったりもする。パートの子らとか、いまこの瞬間に同じ場所に集まってるわけやけど、アタシはいいかなって」

「それなのに、私は家に呼んでくれるんだ？」

「それを言うなら、久美子もわざわざこんな日にアタシの家に来てくれてるわけでしょ？　みんながあがた祭りに行く日にさ。それはどうして？」

質問の体を装っているが、麗奈は次に返ってくる言葉を確信しているようだった。

一年生のころの会話を思い出し、久美子は思わず笑いをこぼす。理由なんて、そんなのは考えるまでもない。

「みんなと違うことがしたかったから」

満足そうに、麗奈が息を漏らした。その顔を近づけ、彼女は秘密を打ち明けるように久美子の耳元でささやいた。

「アタシも」


城だ、というのが麗奈の住む家に対して最初に抱いた印象だった。とにかく真っ白な外壁に、凝った細工で装飾された鉄製の門。深い青色の屋根の下にはお洒落《しやれ》なベランダが存在し、カフェのようなテーブルが設置されている。三階の出窓は城下町を眺めるプリンセスがいたとしてもなんら違和感のないデザインだ。久美子が子供であれば、髪長姫《ラプンツェル》ごっこをしていたに違いない。

「すごー」

凡庸な感想に、麗奈は「普通でしょ」となんでもない顔で言った。これが普通でたまるか、というのが久美子の率直な気持ちだったが、麗奈にとっては当たり前の環境なのだろう。

門をくぐると、見覚えのある自転車が庭横のスペースに駐《と》まっていた。一年生のころ、麗奈が通学用に使っていた自転車だ。いまではママさんバレーに通う母親のものになっているようだが。

「今日はお父さんいないけど、お母さんはいるから」

「お父さんはお仕事？」

「そう。コンサートのためにいまはオーストリア。来週からはイギリス」

「おお、ぐろーばるぅ」

「なにその感想。いまの時代、どこにいても変わんないでしょ。ネットもあるし」

麗奈が扉を開ける。玄関に足を踏み入れて早々、室内の豪奢《ごうしゃ》さに久美子は目を丸くした。吹き抜けのエントランスの頭上には華やかなシャンデリアが吊るされている。金色の額縁に収まった油絵、ガラス製の写真立て。大理石と思われる床をこそこそと移動すると、ローファーの底が思ったよりも大きな音を立てた。

「あぁ、久美子ちゃん。いらっしゃい」

廊下の奥から顔を出したのは気の強そうな黒髪の女性だった。間違いなく、麗奈の母親だろう。くっきりとした目鼻立ちのせいか、麗奈よりもさらに気が強そうに見える。

久美子は慌てて頭を下げた。

「おやじゃまします」

焦る気持ちが空回り、思いきり噛んでしまった。ぶふっ、と麗奈が噴き出す。

「久美子、緊張しすぎ」

「だ、だって、すごく綺麗なおうちだから。空気に呑まれると言いますか……」

「普通にくつろいでくれてええからね。麗奈からいつも話聞いてるし。この子、久美子ちゃんの話ばっかりしてるし」

「もう、お母さんは余計なこと言わないで」

唇をとがらせる麗奈に、今度は久美子が噴き出す。大人っぽい麗奈も、母親を前にすると形無しだ。

「久美子も笑わんでいいから。はい、これ履いて」

促されるがままに久美子はスリッパへと履き替えた。麗奈が母親と会話しているあいだ、久美子は素直にそのあとについていく。自分の目が肥えているとは思わないが、それでも絨毯《じゅうたん》や家具が高品質であることはわかる。こんなに緊張して家のなかを歩くのは、あすかの家にお呼ばれして以来だ。

「久美子ちゃん、好きなものある？　晩ご飯も食べていくでしょう？」

麗奈の母親がこちらを振り返る。久美子が口を開く前に、麗奈が答えた。

「久美子は卵が好きやって。卵料理」

「じゃあ何頼もうかしらね。デリバリー」

「ピザでええんちゃう？」

「ピザって卵入ってた？　オムライスとかがいい気がするけど」

「じゃあそれも頼めばいいやん。残ったら明日の朝ご飯にするし」

「美味《おい》しいお店に注文お願いしなあかんね。楽しみにしてて」

うふふ、と上機嫌な笑い声を残し、麗奈の母親がリビングの奥へと消えていった。

「なんか、気を遣ってもらってごめんね」

「全然？　むしろお母さんのテンションがめんどくさくてごめん。友達とか連れてきたの初めてやから、はしゃいじゃって」

「私が初めて？」

「そ。前に久美子の家に泊まりに行ったときも、お母さんってば勝手に興奮しちゃって。アタシが誰かと仲良くしてるの、うれしいみたい」

その気持ちはなんとなくわかるような気がする。中学のころは、麗奈が誰かと一緒にいるところをあまり想像できなかったから。

「楽器は物置部屋に置いてある。お父さん、コレクター気質やから。買ったはいいけど全然使ってへん楽器も多いの。ユーフォニアムもあるから安心して」

物置部屋、と麗奈が案内した部屋は八畳ほどの一室だった。ずらりと並ぶ楽器ケースは、北宇治の楽器室を思わせる。ケースの形はさまざまで、刻印されたメーカー名もそれぞれのケースごとに違っていた。

「定期的にメンテナンスしてるから、ちゃんと音は出ると思う。このユーフォはベッソン。こっちはヤマハで、こっちがウィルソン。部活で使ってるのはヤマハやし、これがいちばん久美子には使いやすいと思うで」

「すごい。楽器屋さんみたい」

「お母さんはいくらか減らしてほしいって言ってるけどね。いまのところ金管楽器の収集だけで満足してるみたいやけど、パーカッションとかまで集め出したら置くとこなくなるし」

「ここにある楽器、お父さんは全部吹けるの？」

「まさか。トランペット以外は音階吹けるってレベル。ピアノのほうが断然上手やし」

「音楽一家……」

「お母さんはほとんど吹かへんけどね。聞くのは好きみたいやけど」

はい、とヤマハのユーフォニアムケースを差し出され、久美子は鞄から自分のマウスピースを取り出した。麗奈の父親のユーフォは新品同然で、触ることすら緊張する。

「スタジオはこっち」

麗奈に促され、二人はリビングの隣にあるスタジオへ移動した。グレーの壁色、黒のカーペット。譜面台と積まれたパイプ椅子。余計な物が何もない、スタイリッシュな部屋だった。

「はい、譜面台ね」

椅子と台をふたつ並べ、久美子はその上にファイルをのせた。マウスピースに息を吹き込み、久美子は軽く音を出す。基礎練習を十分ほど行い、麗奈はこれ見よがしにファイルを広げた。

「今年の自由曲さ、どういう曲かちゃんと知ってる？」

「緑にある程度教えてもらったけど……各章が春夏秋冬なんだよね」

「あの曲、作曲家さんがお父さんと過ごした一年を描いた曲なんやって」

「へえ、意外。なんちゃら創世記みたいな名前のタイトルでも違和感ないくらい壮大な感じだけど」

「まあ、最初の印象はね」

麗奈の指がファイルの縁をなぞる。透明なフィルムに鱗《うろこ》のような指紋が残った。

「でも、じっくり聞くとシンプルに綺麗な曲やと思うねんな。アタシは第三楽章がいちばん好き」

「ユーフォとペットのソリのとこ？」

「そう。しっとりしてて、少し寂しい感じ。冬の予感がするけど、でもまだほのかに明るいというか。アタシはこのソリ、本番で絶対吹きたい」

「それは……私もだけど」

オーディションは今月だ。ソリの枠を勝ち取らなければ、久美子が舞台で吹くことはない。奏は優秀な奏者だ。そして間違いなく、真由も。

「吹こうや、ここから」

第三楽章の始まりを指差し、麗奈がこちらの顔をのぞき込む。ピカピカの楽器を抱え直し、久美子は爪先から脚をそろえた。

「ソリのとこ？」

「もちろん。黒江さんと吹けるなら、アタシとも吹けるでしょ？」

そう言って、麗奈はトランペットを構えた。その横顔をまじまじと見つめる。

「麗奈サン、もしかして嫉妬してる？」

「そんなわけないでしょ」

一蹴され、久美子は肩をすくめた。「だよねー」とうなずくと、それはそれで不満そうな顔をされた。

「ほら、無駄口はええから。はよ吹いて、ユーフォから」

「はいはい」

足裏に力を込め、久美子は息を吹き込む。マウスピースの振動が管に伝わり、漂う空気に音を生み出す。麗奈の喉が上下に動き、金色のベルから力強い音色が吐き出された。

カラカラカラ。回り続ける自転車の車輪が夜の歩道に響いている。途中まで送るという麗奈の言葉に、久美子は素直に甘えることにした。麗奈が押す自転車のライトが、道路を白く照らし出している。

「お母さん、めっちゃ喜んでた」

「本当？　ならよかった」

「今日は朝からはしゃいでたから。久美子が来るって」

歩いているうちに、道は徐々に変化していく。宇治上神社《うじがみ》へ続く参道は、石製のタイルが敷かれている。左手にある大吉山への入山口を横目に、久美子たちは足を動かし続ける。初夏だというのに、夜は少しだけ肌寒い。

「楽器、貸してくれてありがとう」

「あんなのいつでも貸せるから。久美子はマイ楽器買わへんの？　黒江さんのあれ、ヤマハのマイ楽器でしょ？」

「んー、これからも続けるっていうなら買うかもしれないけど、将来も楽器吹くかわかんないし」

「音大行けばいいやん」

音大、という台詞に、先日会った梓の顔が脳裏をよぎる。梓にしろ麗奈にしろ、音大という進路を当然視しすぎているような気がする。

「麗奈はホント、私に音大勧めるよね」

「だって、久美子がいつまでたっても進路決まらんって言うから」

「進路に悩むにしても、音大は行かないよ。私は、その選択肢を選ばない」

もっと正確に言うならば、選べない、だ。久美子には音大に行くだけの覚悟も、経済力も、それらすべてを上回る飛び抜けた才能もない。ユーフォニアムは好きだ。みんなと演奏する時間も、もちろん楽しい。だが、それを職業にして生きていくほどの気概はない。

「正直、久美子が音大行ったら、つながる理由はできるな、とは思ってる」

麗奈の人差し指が自転車のベルを軽く弾いた。チリン、と涼やかな音が参道に響く。

「私が音大行かなかったら、会う理由はなくなっちゃうの?」

「そういうわけちゃう……って言いたいけど、絶対大丈夫やって言いきれへんから少し怖い。将来のアタシがどう考えるかなんて、いまのアタシにはわからんし。未来の久美子の考えはもっとわからん」

「珍しく弱気だね」

「だって、友達関係ってアタシだけでどうにかできることちゃうし。アタシが会いたいって思っても、久美子がそう思うかわからんし」

麗奈はそう言って、軽く唇を結んだ。直球な物言いに、久美子はきゅうと自身の心臓が締めつけられるのを感じた。思わず笑ってしまいそうになったのは、隣を歩く同級生が自身の口にした感情の重さをまったくもって自覚していなかったからだ。

「自分でどうにかできないってところに引っかかってるんだね、麗奈は」

「そりゃ引っかかりもするやん。逆に、久美子は不安に思わへんわけ？」

「思ってるよ。でも、麗奈がそう言ってくれたことのうれしさが不安に勝っちゃってる」

「何それ」

それまで一定のリズムを刻んでいた足音が、急に止まった。振り返ると、麗奈がむくれたように片頰を膨らませている。子供じみた行動に、今度こそ久美子は笑い出した。

「なんで笑うの」

「いや、麗奈って可愛いなって思って」

「めっちゃアタシのこと馬鹿にしてへん？」

「してないしてない。むしろ褒めてる」

「信じられへんなぁ」

胡乱《うろん》げな視線をこちらへ投げかけ、麗奈は再び歩き始めた。カラカラカラ。回り始める車輪の音に、久美子は耳を傾ける。

道を進んだ先には、宇治川があった。そのさらに先ではおそらく、大勢の人間が祭りを楽しんでいるのだろう。だが、いまその場所に、久美子たちはいない。人けのない参道で、二人きりで過ごしている。

「いまの私たちって、特別かな」

ぽろりと口から転がったのは、無意識の言葉だった。前を見据えたまま、麗奈が答える。

「そりゃ、特別でしょ。こうやって一緒にいるんだから」

「ふーん」

だとするなら、今日という一日もまた、特別な日だったのだろう。なびく黒髪を片手で押さえ、麗奈がチラリとこちらを見上げる。満天の星が、その両目には広がっていた。

「これがあがた祭りのときの写真ね」

パート練習室の中央の机に置かれた一枚の写真には、つばめとすずめが箸巻きを食べているところが写っていた。どうやら、放課後練習の休憩時間は写真鑑賞に費やすことになりそうだ。

「よく撮れてるでしょ」と、真由はさらに写真を並べる。

さつきと美玲が鈴カステラを食べ、その後ろで葉月と緑輝が射的をしている。すずめと弥生が赤と青のかき氷をひとつに混ぜ合わせ、それを慌てて止めようとする佳穂の写真もあった。ヨーヨーを釣り上げる緑輝をすぐ間近で撮ったものや、くじで当てたぬいぐるみを背負う葉月とそれを取り囲むチューバ組の写真もある。五十枚近くある写真はどれもが楽しそうで、彼女たちが祭りを満喫している様子が伝わってくる。

「真由ちゃん、写真上手だね」

「撮るの好きだから。修学旅行の写真もあるんだよ」

そう言って、真由はさらに写真を広げる。あがた祭りの数日後、三泊四日の修学旅行は実施された。行き先は東京だ。周辺の学校には海外に行くところもあるというのに、北宇治の行き先は十年連続で変わっていない。国会議事堂の見学を組み込むためらしい。

「みんなに見せようと思って、あがた祭りの写真と一緒に持ってきたの」

「なんかめっちゃ厚みあるけど、何枚ぐらい撮ったん？」

「プリントしたのは厳選したやつだけど、二百枚くらいある。データでもよかったんだけど、やっぱりこうして手に取って見れるほうがみんなで楽しめるでしょ？」

七並べをするみたいに、真由が別の写真の束を並べた。後輩部員たちも興味津々で写真を手に取っている。遠目から様子をうかがっていた求が、根負けした様子でこちらに歩み寄ってきた。十中八九、緑輝の写真目当てだ。

「うわ、この写真めっちゃいいですね。国会図書館って広っ」

「何を目的に皆さんがサムライミュージアムに行かはったんか、謎です」

「葉月先輩、枕投げにしてはフォームが綺麗すぎません？」

「お姉ちゃんの浴衣姿！　真由パイセン、一生ついていきます！」

口々に感想を漏らす一年生の横で、奏が一枚の写真を抜き出す。久美子、葉月、緑輝、つばめがおそろいのポップコーンケースを首から下げている写真だ。

「三日目、ディズニーランドだったんですよね。楽しかったです？」

「いろいろと楽しかったけど、私としては部のみんながちゃんとやってるかが心配だったよ」

「確かに。三年おらんからって二年は調子乗ってへんかった？」

おどける葉月に、美玲が「葉月先輩じゃないんですから」とため息混じりに答えている。

さつきがニカッと屈託のない笑みを浮かべた。

「真由先輩は、二回修学旅行に行ったんですよね？　清良と北宇治で」

「うん。なんだかお得な気分だったよ」

「うらやましいです、ほんま。うちが三年生やったらお姉ちゃんの写真いっぱい撮ったのに。なんでお姉ちゃんは自分の写真を撮りたがらへんのやー」

「つばめちゃん、自撮りは嫌いみたいだから。っていうか、真由ちゃん本当にすごいたくさん撮ったんだね」

「えへへ、はりきっちゃった」と、得意げに真由が胸を張る。

「高坂先輩は一緒に回られなかったんですか？」

奏の問いに、緑輝がわかりやすく眉尻を下げた。

「そうやねん。麗奈ちゃんはクラス違うから一緒に動けへんくて」

「それは残念でしたね。……それにしても、東京ディズニーランドといえば、かつて吹奏楽コンクールの会場が普門館《ふもんかん》だったころは、全国大会に出場した学校はディズニーで演奏できましたよね」

「えー！　そうやったんですか。めっちゃうらやましい」

すずめがどんどんと何度か拳で机を叩いた。それまで黙って写真を眺めていた美玲が、不意に口を開く。

「あの、真由先輩は写ってないんですか？」

「うちもさっきから見てたんやけど、先輩全然写ってはりませんよね」

美玲とさつきの指摘に、真由は口元をもごもごと動かした。後ろめたさが仕草に表れている。

「私、あんまり自分が写真に写るの好きじゃないの。みんなを撮るのは大好きなんだけど」

「えー、せっかくやのにもったいないですよ」

「いいの、本当に。自分が写ってる写真を見たら、ちょっとぞっとしちゃう」

「うちが真由やったらしょっちゅう鏡見たくなると思うけどなぁ。めっちゃ美人やん」

「そんなことないよ。葉月ちゃんのほうが可愛いって」

「緑はみーんな可愛いと思う！　女の子って、みんな可愛い！」

両手を広げ、緑輝は無邪気に言い放った。謙遜のし合いだった会話が流れ、葉月と真由が照れくさそうに笑っている。嫌みなくこうした台詞を言えるのが緑輝の強みだ。

写真をきっちりと整頓していた求が、大きく咳払いした。

「すみません、そろそろ休憩時間は終わりじゃないですか。オーディションが来週なので、早く練習したいです」

久美子は壁にかかった時計に視線をやった。確かに、休憩時間はそろそろ終わる。

「求、今年はめっちゃやる気やん」

葉月の両目が人懐っこく細められた。求は無表情のまま顔を逸らす。

「やる気というか……今年は緑先輩と一緒の本番に出られる最後の年なので、一度でもその機会を失いたくないだけです」

「一度でも？」

緑輝がコテンと首を傾けた。すぐさま求が相好を崩す。

「今年は大会ごとにオーディションがあるので、京都府大会のオーディションが大丈夫でも次がどうなるかわからないじゃないですか。緑先輩は間違いなくAメンバーでしょうけど、僕はどうなるかわからないので、少しでも上達したいと思ってて」

「求くん偉い！　さすがは緑の一番弟子！」

「ありがとうございます！」

犬のように頭をなでる緑輝に、求はなすがままにされている。「何を見せられとるんや」と弥生が頬を引きつらせた。

「うちも、今年こそAメンバーになるぞー」

葉月が拳を突き上げた。隣にいるさつきが同じ動きを真似る。それを眺めていた奏が、頬杖をついたまま脚を組み替えた。

「私たちも、どうなるかわかりませんねぇ」

にうなずいた。

その唇に、含みのある笑みがのる。真由は銀色のユーフォを膝に置くと、ただ静かにうなずいた。

北宇治のオーディションは、音楽室で行われる。パートごとに一人ずつ呼ばれ、滝と美知恵の前で演奏する習わしだ。以前までは一日で行われていたが、部員が百人を超えたことから今年は二日間にわたって行われることになった。木管・パーカッションは一日目、金管は二日目だ。オーディション結果は翌週の水曜日に発表される。

今日、土曜日がオーディション一日目、そして明日の日曜日が二日目として割り振られている。音楽室からは木管の音色がひっきりなしに聞こえてくる。今日ばかりは廊下での練習は禁止されており、皆がパート練習室で個人練習に励んでいた。

ユーフォニアムに指定されている譜面は四カ所。課題曲で二カ所、自由曲で二カ所だ。もう一カ所、滝がオーディション時にランダムで指定することになっている。

課題曲は習得している自信があるが、自由曲はまだおぼつかないところがある。楽譜どおりの音を出すことはできるが、吹きこなすのは難しい。

メトロノームに合わせ、主旋律を奏でる。アタックの強さが不ぞろいにならないよう意識する。指がしっかりと回っているか、口が滑っていないか。三年目となったいまは、久美子は自身の耳を信用している。

右からは真由、左からは奏の演奏が勝手に耳に入ってくる。左耳に飛び込んできたメロディーに、久美子は思わずピストンを動かす手を止めた。

「奏ちゃん、いまのところもう一回吹いて」

「久美子先輩がそうおっしゃるなら」

短いフレーズを、奏がもう一度繰り返す。楽譜に書かれた音と実際に流れる音を聞き比べ、久美子は首を横に振った。

「ここの三連符、二音目が詰まってる。タタタ、だよ。一拍で三音」

「こうですか？」

久美子が口頭で伝えたイメージを、奏は正確に再現してみせた。

「うん、直った」

「ありがとうございます。でも、いいんですか？」

「何が？」

「敵に塩を送るような真似をして」

「奏ちゃんは敵じゃないでしょ。みんな、少しでも上手いほうがいい」

「サスガ部長、器が大きい」

うふ、と奏が手を口元に添えて笑う。同じフレーズを繰り返し吹いていた真由がマウスピースから口を離す。

「久美子ちゃん、やっぱり私、辞退しようか？」

「オーディションを？」

「だって、ユーフォってだいたい二人くらいじゃない？　私のせいでもし二人のうちのどちらかが落ちたら申し訳ないというか……」

またその話か、と久美子は内心でため息をついた。それははたして真由の優しさから出た言葉なのか、それとも気を遣ってのひと言なのか。彼女はどのタイミングでもあまりに優しい。だからこそ、その真意が見えにくい。

閉口した久美子を一瞥し、奏が頬の横で両手を重ねた。

「黒江先輩、その点はお気になさらず。去年はユーフォ三人でしたし、そもそも久美子先輩はオーディションで手を抜くと恐ろしく怖いですからね。すごく怒るんです」

「怒ってるわけじゃないけど、そういうやり方は間違ってると思ってるから。そんなんで全国金賞なんて取れるわけないし」

「という主張なようです。黒江先輩も、明日のオーディションでは本気でいきましょうね」

奏は奏なりに、去年の自分の行動を反省しているらしい。奏が差し出した右手を、真由がおずおずと握り返す。今年はオーディション時にトラブルがありませんように、と久美子はこっそりと心のなかで祈っていた。

オーディション二日目。ユーフォニアムは十四時から音楽室へ移動することになっていた。毎年のことながら、やはりこの瞬間はドキドキする。本番よりも緊張するかもしれない。

ハンカチを手に、久美子は女子トイレへと足を運んだ。芳香剤から漂う石けんの匂いがキツい。鏡に映る自分と目を合わせ、髪を簡単にひとつにまとめる。きゅっと後頭部が引っ張られる感覚がして、なんとなく心が落ち着いた。

久美子が個室トイレに入ると、バタバタと二人分の足音が聞こえた。

「オーディション初めてやったけど、マジ緊張したー。死ぬー」

「軍曹先生って、顔怖すぎひん？　あんなん集中できひんって」

「我々、初心者の割には頑張ったよ」

「うんうん。合格は多分無理やけど、できるだけのことはやった」

声だけで判断するのは難しいが、話しているのはおそらく金管の一年生部員だろう。先輩に聞かれているとは露とも知らず、二人は話し続けている。

「それにしても、ペットのソロは誰になるんやろな」

「そりゃあ高坂先輩でしょ。それよりうちが気になってるのは、ユーフォのソリが誰になるかやなぁ」

「黄前部長でしょ？　上手いし」

　突然、自分の名前を出され、久美子はその場に硬直した。

「それが、今年は黒江先輩が入ってきたからわからんらしい」

「えー、黒江先輩がソリストになったら副部長とドラムメジャーが怒るんとちゃう？　あの人ら、部長贔屓《びいき》なところあるし」

「どうなるかわからへんでー。滝先生、空気読めへんし、黒江先輩ソリも可能性としては全然アリ」

「ピリつく空気で合奏すんの嫌やわ。どうか部長がソリストに選ばれますように」

「そしたら部のまとまり自体はよくなるしな。黒江先輩って、やっぱ転入生やし」

「あー、まだ馴染んでない感じはする」

「本人が悪いとかではないけどね。そういう空気やん、やっぱ」

「見てるこっちも、黄前部長のほうを応援したくなるしなー。いろいろと苦労してるって、りりりん先輩も言うてはったし」

「アンタ、梨々花先輩のこと好きすぎちゃう？」

「だって可愛いんやもん。可愛いは正義」

　何それ。ほんまのことやもん。あはは。他愛のない声の応酬が少しずつ遠ざかっていく。それが完全に聞こえなくなったのを確認し、久美子はそっとトイレの扉を開けた。辺りにはもう、誰もいなかった。

——滝先生、空気読めへんし。

先ほど聞こえた台詞が、脳内をぐるぐる回っている。言葉の内容そのものよりも、自分がソリストであることを望む空気が部内にあるという事実に、久美子は動揺していた。

「では、黄前さん。課題曲からよろしくお願いします」

楽譜をのぞき込み、滝がこちらへ笑いかける。音楽室内にあった机と椅子は外へと運び出され、一人用の椅子と譜面台、そして滝と美知恵の机だけが残されていた。時計の針は十四時を過ぎている。

オーディションはすでに、始まっていた。

「はい」

乾いた唇を舌で舐め、久美子は短く息を吐いた。窓はすべて開け放たれており、クリーム色のカーテンが視界の端で膨らんでいる。そこからのぞく青は、透き通るような色をしていた。

課題曲である『キャット・スキップ』の前半部分にある裏メロ、後半のメロディ。自由曲冒頭のオブリガート。指定された箇所を、久美子は冷静に吹き上げる。問題はひとつもなかった。

「では次に、ソリをお願いします」

何度も練習していた箇所だ。滝の顔をまっすぐに見返し、久美子ははっきりと返事をした。ピストンに指をかけた途端、先ほど聞いた一年生の会話が脳裏を巡る。それを振り払うように、久美子は軽く頭を左右に振った。

自分が万全の演奏をして、実力でソリの枠を勝ち取る。そうすることが、部にとってもっとも望ましい形だ。自分はただ、最善の演奏をすればいい。いまこの瞬間、自分がすべきことはひとつだ。

「いきます」

背筋を伸ばし、マウスピースに息を吹き込む。頭に描いていたのは、あがた祭りの日に麗奈と一緒に吹いた、あのときの演奏だった。麗奈の奏でる音楽が、脳内で勝手に再現される。適切な音で、適切なタイミングで。管のなかで音を響かせ、もっともいいと思う音を作り上げる。

「はい、ありがとうございます」

滝がパチンと手を叩いたのが合図だった。久美子は楽器を膝へと下ろし、一度ぎゅっと目をつむった。瞬きをすると余計な力が抜けていく。

美知恵は腕を組み、滝はいつもの柔和な笑みを浮かべている。軽く顎をさすり、フルスコアの端をめくり上げ、滝は久美子に語りかけた。

「以上で大丈夫です。お疲れ様でした」

「えっ……あの、もう一カ所、先生が指定した箇所を吹くことになってたかと思うんですが」

「必要ないので大丈夫ですよ」

にこやかに言いきられ、久美子はただ黙って頭を下げるしかなかった。必要ないってどういうことだ。不安が押し寄せ、心臓をドキドキと打ち鳴らす。

「それでは次の方を呼んでください」

「あ、はい。……失礼しました」

左手にユーフォを下げ、右腕で楽譜ファイルを抱える。音楽室の扉を開けると、次の番である真由が廊下に立って待っていた。銀色のユーフォニアム、流れる黒髪。その姿に、一瞬だけあすかの立ち姿がフラッシュバックする。

窓の外を見ていた真由が、こちらへ振り向く。無表情だったその顔が、柔らかに綻んだ。

「久美子ちゃん、お疲れ様」

「あぁ、うん。ありがとう。次、真由ちゃんの番だから」

「頑張ってくるね」

銀色のユーフォを腕に抱え直し、真由が音楽室の扉に手をかけた。すぐに扉は閉まり、廊下と室内は分断される。黒江真由です、というくぐもった声が壁越しに聞こえていた。

この場に留まるか、去るか。逡巡したのは一瞬だけで、すぐさま久美子は踵を返した。背中から追いかけてくるユーフォニアムの音色は、相変わらず美しかった。

ガラスケースのなかで、赤い金魚が静かにたゆたっている。エアーポンプから湧き立つ気泡がぽこぽこと水面に弾けて消えた。長い背びれを優雅に動かしながら、金魚は沈んでいく餌を飲み込んだ。

オーディションを終えた日、帰宅した久美子を出迎えたのは、二匹の金魚と、目を輝かせながら餌をやる父親の顔だった。

「……お父さん、これ何？」

鞄を床に置き、久美子は思わず父親へと歩み寄った。水槽はなかなかのサイズがあり、普段はがらんどうの棚の上でかなりの存在感を放っていた。

「職場のやつからもらったんだ」

「金魚を？」

「子供があがた祭りですくったらしいんだが、飼育できないみたいでな」

「なんで？」

「飼ってる猫が金魚を狙って何度も水槽に突撃するらしい」

「へー、猫って本当に魚好きなんだ」

「それは知らん」

シャツ姿の父親は、袖を肘辺りまでまくっていた。そこから見える腕は、久美子の記憶のなかのそれより幾分か細くなっている。父も年を取ったと、こうした瞬間にふと感じる。

「珍しいね。お父さんがこんなにしゃべるの」

揺れる水面を上から見下ろす。敷き詰められた石に、可愛らしいデザインの石のオブジェ。父親の趣味ではないだろうから、おそらく水槽ごと譲ってもらったのだろう。

「お前が話しかけてくるほうが珍しいだろう」

「そんなことないと思うけど」

「そうか」

「うん」

こぽこぽこぽ。噴き出す泡を、久美子はなんとなく眺めた。餌をやり終えたはずの父親も、なぜかその場から動かない。

「あー……久美子」

「なに？」

「いや、進路はどうするんだ」

まさか父親からその話を振られるとは。久美子は父親の顔を見上げたが、彼は水槽のなかの金魚を凝視し続けている。

「まだ決めてないけど」

「もう六月なのにか？　やりたいことがあるのなら隠すのはやめなさい。父さんも無理強いするつもりはない」

「どんな進路でも反対しないってこと？」

「そういうわけじゃない。ただ、もし不安定な進路を選ぶとお前が言い出しても、反対はするが強制はしない」

なんだか真面目な雰囲気だ。久美子は右足を軽く曲げた。スリッパの踵部分は、生地が少しだけ余っている。歩くだけならサイズなんて合ってなくてもいい、と母親に昔言いきられた。

「私、お姉ちゃんとは違うよ」

「そんなことは最初からわかっている」

「自分の将来も全然予想できないっていうか……いまは部活で精一杯というか。今日だって、コンクール前のオーディションだったし」

「コンクールは結果が出そうなのか」

「そんなのわかんないよ。部長だし、頑張ってはいるけど」

「そうか」

　父親はそこで口をつぐんだ。眉間に寄った皺が深い。娘に対してどう接するべきか、彼なりに模索しているのだろう。

　姉の麻美子の一件があってから、父親は少しずつ変わろうと努力している。

「久美子が部活を頑張ってるのは知ってる」

「うん」

「でもそれを、進路の言い訳にはしないように。好きなことに打ち込むことと、将来に向き合わないこととは別だ」

「もしかしていま、叱られてる？」

「叱ってるんじゃない。大事なことだから話しているんだ。もしも悩んでるなら、麻美子に相談するのもいいだろう。最近の進路については詳しい」

「お姉ちゃんに？　進路を？」

「何もおかしなことはないだろう。家族なんだから」

　おお、と口から間の抜けた声が漏れた。父親の発した『家族』という二文字が、水面の気泡の上でくるくると踊っている。

「お父さんからそんな台詞を聞く日が来るとは」

「なんだ。悪いのか」

「いや、ちょっとびっくりしてるだけ」

慌てて言い訳すると、父親はフンと鼻を鳴らした。「ただいまー」と、玄関のほうから買い物帰りの母親の声が聞こえてきた。

「今日の献立は久美子の大好きなオムライスよー」と母親はのんびりとした口調で言った。素直に喜んでいると、父親に呆れ顔で笑われた。


オーディションの結果発表が行われる水曜日は、授業が六限までしかない。部室へと移動する周囲の人間と違い、吹奏楽部員の振る舞いにはどこか緊張感がにじんでいた。

久美子たちが音楽室へ着くころには、すでに後輩部員たちの手によって机と椅子が廊下へ運び出されていた。パートごとに整列し、部員たちはミーティングが開始されるときをいまかいまかと待ち望んでいた。予定時刻が近づいてきたことを確認し、久美子、麗奈、秀一の三人はグランドピアノの前に並び立つ。

「では、オーディションの発表前に、まずは今週末の練習内容についての確認です」

自身の左手首の上で、細身の腕時計が小さな針を動かしている。出席確認については、副部長である秀一が終わらせてくれていた。

「メンバー発表後は、AメンバーとBメンバーに分かれて合奏を行うことになります。今年からは複数回オーディションを行うので、Bメンバーになった子も課題曲と自由曲の練習を続けていくことになります。予定表でAと書かれているのがAメンバーの予定、Bと書かれているのがBメンバーの予定、そして全と書かれているのが全体への指示です。たとえば今週の土曜日は、午前中は基礎合奏、午後からはAメンバーは音楽室で、Bメンバーは多目的教室で合奏という形になります」

六月の休日練習は朝九時から夕方の十七時、居残り練習は十九時まで許可されている。コンクール本番が近づいたら、自主練習する生徒の数はますます増えていくだろう。

「外部の先生が来てくれる機会もこれから先、たくさん増えていきます。指導が受けられることを当たり前と思わず、与えられた機会を大切に――」

久美子の言葉を遮るようにして、スライド式の扉が開いた。皆の意識が一瞬にして久美子から離れた。美知恵が入室してきたのだ。

「失礼。話の途中だったな」

「いえ、全然大丈夫です。それでは、副顧問である美知恵先生よりAメンバーの発表を行ってもらいます」

中央の位置を美知恵に譲り、久美子、麗奈、秀一の三人は黒板側へ身を引いた。オーディションの結果を、部員たちと正面から向き合って待つのは初めてだ。

美知恵が腕に挟んでいたバインダーを開く。

「では、メンバー発表を行う。名を呼ばれた者は返事をするように」

「はい！」

声の塊が、室内で飛び跳ねる。久美子はごくりと唾を飲んだ。

「まずはトランペットパートから。三年、高坂麗奈」

「はい！」

凛《りん》とした声が、久美子の隣から聞こえた。よかった、と思った。Aメンバーとして最初に名を呼ばれたのが、高坂麗奈という人間で。

「三年、吉沢秋子《よしざわあきこ》」

「はい！」

「二年、小日向夢」

「はいっ」

はっきりとした返事だった。顔を赤らめてはいるが、夢の両目はまっすぐに前を見据えている。去年と比べて、彼女は北宇治の一員として大きく成長してくれていた。

「……以上、五名がトランペットパートだ。次にホルンパートのメンバーを発表する。

「三年──」

　例年どおり、発表は金管からだった。ホルン、トロンボーンと次々にメンバーが発表されていく。秀一もまた、トロンボーンメンバーで最初に名を呼ばれた。副部長、ドラムメジャーの面目を保った形となる。

　次はいよいよ自分の番だ。久美子は口元を引き締めた。

「ユーフォニアム。三年、黄前久美子」

「はい！」

「三年、黒江真由」

「はい」

「二年、久石奏」

「はい」

「以上、三名がユーフォニアムパートになる」

　低音パートの列のいちばん前に並んでいた緑輝が、こちらに軽く目配せを寄越した。去年と同じく、今年もユーフォは三人だ。まずは自分がAメンバーから漏れていなかったことに安堵する。自信はあったが、それでも心のどこかでは不安だった。

「次、チューバパート」

　美知恵の声に、葉月がぐっと息を呑み込んだのが見えた。高校で吹奏楽部に入った葉月は、一年生、二年生時はどちらもBメンバーだった。今年こそ、という彼女の意気込みを同じ低音パートである久美子も緑輝もよく理解している。

鈴木美玲、鈴木さつきはどちらも中学生からチューバを担当しており、今年でチューバ歴五年目だ。去年、美玲は一年生ながら、三年生であった後藤、梨子とともにAメンバー入りを果たした。一年生である弥生とすずめはどちらも初心者だ。チューバの人数が去年と同じであれば、三年生、二年生のチューバメンバーは全員がAメンバーになる計算となる。

どうか頼む、と久美子は心のなかで両手を組んだ。部長である自分が表立って誰かに肩入れするわけにはいかない。だが、それでも、これまでの葉月の努力が報われることを願わずにはいられなかった。

美知恵の吸う息の音が、空気を震わす。

「三年、加藤葉月」

その瞬間、葉月の口元が引きつるように震えた。両目にはみるみるうちに水がたまり、それを押し込めるように葉月は一度大きく瞬きした。

「……はい」

深い感慨がこめられた声だった。喜びをこらえきれないのか、緑輝が歯を見せて笑っている。葉月の後ろに立つ美玲も、安堵に頬を緩めていた。

「二年、鈴木美玲」

「はい！」

「一年、釜屋すずめ」

「はいっ」

　明瞭な返事に、「えっ」と誰かの動揺する声が紛れ落ちた。さつきのものではない、別の誰かの声だった。予想外の人選に、二年生部員が明らかに動揺を見せている。久美子は無表情を装うことで驚きをねじ伏せた。

「以上、三名がチューバパートだ。では次に、コントラバス。三年、川島緑輝――」

　月永求、とコントラバスパートは去年と同じ二人が選ばれた。ここは想定内だ。

　発表は粛々と続けられ、木管パート、パーカッションパートのメンバーの名も読み上げられた。オーボエの梨々花、クラリネットの沙里、パーカッションの順菜とつばめもAメンバー入りを果たした。

　メンバーの多くは前評判どおりだったが、去年との違いは三年生メンバーの落選がちらほらと目立つところか。部員数の増加に比例して、Aメンバー入りの難度は明らかに上がっている。

「以上、五十五名が京都府大会Aの部で出場する。呼ばれなかったメンバーは私とともにBの部で舞台に立ってもらう。今日、この場で悔しい思いをした者もいるだろう。

だが、悔しがる暇はない。オーディションはゴールではなく、通過点だ。ありったけの力を練習にぶつけろ。いいな」

「はい！」

響く声には、嗚咽混じりのものもあった。喜びを隠しきれないホルンの一年生、顔を覆ってうつむいているクラリネットの二年生、目を腫らしたまま前を向くサックスの三年生……視界に映る姿はさまざまだ。そこから目を逸らすことは、久美子には許されない。

「続いて、ソロメンバーを発表する」

美知恵の言葉に、Aメンバーに選ばれた生徒たちが居住まいを正した。久美子は自身の両手を後ろに回し、強く握り込んだ。互いの爪が、指の関節のあいだに食い込む。課題曲にテナーサックスのソロがあり、自由曲の冒頭にはクラリネット、第二楽章にはマリンバ、コントラバスソロ、そして第三楽章にユーフォとトランペットのソリがある。

「課題曲。サックス、三年、瀧川ちかお」

「はい！」

「自由曲。第一楽章、クラリネット、三年、高久《たかひさ》ちえり」

「はい」

「第二楽章、マリンバ、三年、釜屋つばめ」

「は、はい」

「コントラバス、三年、川島緑輝」

「はい！」

「第三楽章、トランペット、三年、高坂麗奈」

「はい！」

次々と挙げられる名前に、心の準備が追いつかない。美知恵は無表情のまま続ける。

「ユーフォニアム、三年、黄前久美子」

「はいっ」

前列に並ぶ三年生の顔が、一気に綻んだのがわかった。おめでとう、と明確に口だけを動かした部員もいる。

久美子は目だけで低音パートの列を見る。前を向く真由が、こちらに向かってうっすらと微笑みかけた。悔しさや悲しさを一切感じさせない、純粋なる祝福だった。

肘までのシャツの袖を軽くまくり、美知恵は腕を組んで胸を反らす。

「以上がソロメンバーだ。今年は大会ごとにオーディションを行うことになっている。いま言ったメンバーからソロ担当者が変わることもあるかもしれない。チャンスを逃さぬよう、これからも精進するように」

「先生、ドラムメジャーからひと言いいですか」

軽く手を上げ、麗奈が問いかける。美知恵がうなずいたのを確認し、麗奈は一歩分だけ前に出た。

麗奈が口を開いた瞬間、整列する部員たちの身体が力んだのを感じた。

「ここにいる百三名は全員が仲間であり、ライバルです。Aメンバーになった子も、なれなかった子も、京都府大会で終わりと思ってもらっては困ります。北宇治の今年の目標は、全国大会金賞。その夢を叶《かな》えるためには、生半可な努力では足りません」

紡がれる言葉には迷いがない。部員一人ひとりの顔を見るように、麗奈がぐるりと室内を見回した。

「アタシは勝ちたい。立華にも、龍聖にも、どの学校にも。北宇治が一番やって言われたい。そのためには、ここにいる全員が本気で音楽に打ち込む必要があります。去年の夏の、あの関西大会のときみたいな思いはもう二度としたくない。全員で、全力を尽くしましょう」

「はい！」

熱気が弾ける。そろう返事に、麗奈は満足そうに目を細めた。

「葉月ちゃん、おめでとう」

「葉月、やったやん」

「今年は一緒にAで出れるな」

ミーティングが終わって早々に、葉月が他パートの三年生部員に取り囲まれている。その大半は一年生のときにBメンバーだった部員だった。

離れた場所では、先ほどソロに指名されたつばめが順菜に抱き締められていた。

「つばめ、やったやん。マリンバ、つばめの見せ場やで」

「順菜ちゃん、練習手伝ってくれてありがとう。私、順菜ちゃんがいいひんかったら、絶対ここまでできひんかった」

「つばめの努力の結果でしょ。ドラムはあんまり上達しいひんかったけど、鍵盤打楽器なら敵なしやんか」

「私、頑張るから。コンクール、ほんまに頑張るから」

「つばめが頑張らんかったときなんて、一回もないって」

感極まった様子で、つばめが順菜の肩に鼻をこすりつける。しんみりとした空気が漂う二人に、すずめが「お姉ちゃん、うち、やったでー！」と元気よく突撃していた。

「久美子先輩、おめでとうございます」

そう言って袖を引っ張られる。はたと我に返ると、すぐ目の前にユーフォニアムパートの面々が並んでいた。奏、真由、佳穂の三人だ。残念ながら佳穂はBメンバーとなったが、初心者である彼女は今回のオーディション結果に納得しているようだった。

「オーディションの発表ってドキドキしちゃうね」

はにかむ真由の隣で、奏が口端を吊り上げる。

「手を抜かずにきっちりと演奏した甲斐《かい》がありました。久美子先輩も黒江先輩もお上手ですから、今年はA入りは難しいかと思っていたので」

「確かに、ユーフォ三人は多いよね。久美子ちゃんと私で終わりかな、と予想してたんだけど、奏ちゃんも受かってよかった。やっぱり、いままで北宇治で頑張ってた子が報われないと嫌だから」

「もしかして、私が温情でA入りしたとおっしゃってます？」

「ええっ、そんなんじゃないよ。単純に、北宇治でこれまで頑張ってきた子が私のせいで押し出されちゃうのは嫌だなって心配してたの」

「……黒江先輩はとっても素敵な性格をされてますね」

「そんなことないよ、全然」

胸の前で手を振り、真由が慌てて謙遜する。奏の台詞が皮肉であることは明白だったが、それを指摘するのもためらわれる。「とにかくよかったね」といつものように曖昧にお茶を濁す久美子に、奏が冷ややかな一瞥を寄越した。顔を逸らすように、久美子は音楽室内の一角を見つめる。さつきの周りには、他パートの二年生たちが集まっていた。

「さっちゃん、残念やったね」

「うちもBやで、一緒に頑張ろー」

「うん。頑張る！」

ぴょこんとさつきがその場で飛び跳ねる。ふたつくくりの髪の先端が、楽しげに上下した。彼女は嘘が下手だ。落ち込んだ素振りを見せていないということは、今回のオーディション結果にある程度納得しているのだろう。

ほお、とため息をつき、それが安堵の表れであるとあとから気づく。さつきがこの結果をどう受け止めているのかは、久美子にとって大きな懸念事項だった。

「黄前先輩、少しお時間いいですか」

二年生部員と話していた美玲が、その輪から抜けてこちらへやってきた。一瞬さまよった視線が、奏の顔に留まる。

「ユーフォでお話し中だとは思うんですけど、」

「いや、全然大丈夫だよ。ここじゃないほうがいいかな？」

「可能であれば、二人でお話ししたいです」

「わかった」

残る部員にパート練習室に戻るように指示を出し、久美子は美玲を伴って屋上へつながる階段へと向かった。埃をかぶる踊り場は、二人で話したいときには便利だった。

美玲の指は長い。ささくれのない綺麗な指先が、耳殻に沿って自身の黒髪をなでつけた。長い前髪を左に流し、わずかに伸びる襟足が首筋を半端に隠している。久美子の目線よりもずっと高い位置にある美玲の顔は、大人びた造形をしていた。

「みっちゃんとこうやって面と向かって話するの、久しぶりだね。去年のサンフェスを思い出すよ」

久美子は階段に腰かける。美玲の顔を見上げるが、彼女はその場に立ったままだ。一年生のころから、美玲の立ち姿は美しい。まっすぐに伸びた背は、久美子に本番前のバレリーナを連想させた。

「あのときはお恥ずかしいところを見せました」

「あれをきっかけに仲良くなれたと思ってるから、私的にはいい思い出だけどね。それより、座らないの？」

「このままで大丈夫です。立っているほうが楽なので」

「そっか」

無理強いするのもためらわれ、久美子は素直に引き下がる。美玲は手すりを何度も指の腹でなぞるようになでていたが、やがて意を決したように口を開いた。

「今回のオーディション結果、先輩は納得していますか」

やはりそう来たか。予想どおりの切り出し方に、久美子は表情筋を普段どおりに保つことを意識する。

「みっちゃんは納得してないの？」

「正直に言えば、あまり。どうしてさつきがBで釜屋さんがAなのか、滝先生の考えが理解できません。釜屋さんは確かに初心者にしては上手です。努力もしています。ただ、テクニックの面でさつきのほうが能力が高いのは明らかです」

美玲の言葉を久美子は否定できない。久美子自身も同じことを思ったからだ。

「北宇治は実力制なんですよね？　将来性ではなく、現時点での能力を比べて優れている人間をメンバーに選ぶ。そういうシステムだと私は思っていたんですが」

「滝先生には滝先生なりの考えがあるんだと思う。じゃなきゃ、さっちゃんよりすずめちゃんのほうがいいって判断にはならないだろうし」

「それはつまり、黄前先輩も順当に考えたらさつきがAになるべきだって思ってるってことですか？」

ためらいが喉につっかえ、言葉が出ない。美玲の言わんとする意味は充分に理解できた。

彼女は疑っているのだ。この部の絶対の指針である、滝の判断を。

「……みっちゃんがわざわざ二人で話したいって言ったのは、自分の主張が部にとってマイナスになるってわかってるからだよね」

「そのとおりです。顧問の判断に疑問を呈するのは、部のあり方の根底を覆す行為でしょう。だからこうして、部長である黄前先輩に尋ねているんです。大勢の前で指摘したら、さつきにも釜屋さんにも迷惑をかけてしまいますし」

それを実際に行ったのが、二年前の優子だ。あのころ、一年生だった麗奈を迎えたトランペットパートはいろいろと大変だった。

「滝先生は私たちとは違う次元でそれぞれの演奏と向き合ってる。私たちの判断よりも滝先生の判断のほうが結果的には正しくなるはず。多分、コンクールのころには、この判断でよかったと思えるよ」

「黄前先輩は滝先生の判断を支持するということですね？」

こちらを見下ろす眼差しは、ひどく冷静だった。彼女の真っ黒な瞳は深い夜色をしている。それから目を離さないまま、久美子はコクリと短く首を縦に振った。

ぱちぱちと美玲の睫毛が緩慢に上下する。その唇から、観念したようにため息が漏れた。

「わかりました。黄前先輩がそう言うなら、いまは滝先生の判断を信用することにします」

「いいの？」

「いいというより、黄前先輩に不満があると伝えられたことで、とりあえずは満足したので」

「そ、そうなんだ」

「黄前先輩には知っておいてほしいんですけど、」

美玲はそこで一度、言いよどむように口を閉じた。唇を口内で湿らせ、彼女は一気にまくし立てる。

「先輩たち……いまの三年生にとって、滝先生って神域なんだと思っています。弱小校を強豪校に導いたカリスマだし、先輩たちは部が強豪校に変貌していくところを実際に目の当たりにしている。でも、一年生、二年生にとって、北宇治は入部した時点で強豪校なんです。私たちは北宇治が弱小だった時代を知らない。滝先生は確かに素晴らしい顧問だと思っていますが、でもきっと、三年生ほど滝先生を絶対視することはできない。それだけは、頭の片隅に留めておいてほしいんです」

「わかった。肝に銘じておく」

「今年は最初から去年とは空気が違っていて、ずっと競争をあおられている感じがします。自分の意思で動いているというより……なんというか、駆けっこをしているときに後ろからライオンに追われている、みたいな。危機感に脅されてる気持ちになることが多いような気がして。それが今年の方針だと言われれば、それまでの話なんですけど」

美玲の手がスカートの裾を軽く払う。少し丈の長いスカートが、彼女の膝で不安定に揺れていた。ストレートな後輩の物言いに、久美子は緊張をごまかそうと口角を上げる。

「みっちゃんって、たまに鋭いこと言うよね」

「たまにですか？　自分ではいつもだと思っているんですが」

「人間関係の話ね。音楽に関してはいつも、細かいところまでよく聞いてるなって感心してる」

美玲はある意味で素直な性格をしている。決して嘘をつかないし、自身の思考に従順だ。こうして久美子に直接意見したのも、部をよくしたいという気持ちの表れに違いない。

手すりをつかむ指先に力を込め、久美子はその場で立ち上がる。段差の力を借りさえすれば、美玲と目線を合わせることはたやすかった。

「みっちゃんみたいな後輩がいて、三年生としては心強いなって思うよ。ちゃんと自分の意見を持ってる」

「べつに、そんなふうに言ってもらえるようなことはしてませんけど。むしろ先輩にこうして意見して申し訳なく思っています。黄前先輩って優しいから、いろいろと言いやすくて」

「申し訳なく思う必要なんてないよ。また何か気になることがあったら、私にどんどん言ってほしい。みっちゃんの意見って、参考になるから」

私でよければ、と美玲が満更でもない声音でつぶやく。本当に、彼女は素直で可愛い後輩だ。夏服に包まれた彼女の肩を、久美子は優しく叩いた。

「よろしくね、みっちゃん」

反乱の芽は早めに摘み取らねばならない。部をまとめるというのは、そういうことなのだ。


パート練習室へと戻っていく美玲を見送り、久美子は職員室の扉を叩く。放課後の職員室は、三年生の出入りが目立った。模試が近いから、そのせいかもしれない。進路相談室の上に貼り出された合格者実績表には、学校名と数字がただひたすらに並んでいた。

パーテーションの奥へ足を進めると、マグカップを傾ける滝と目が合った。

「滝先生、オーディションの件なんですけど」

「あぁ、先ほど松本先生から発表があったんですね」

右耳に挿したイヤホンを外し、彼はキャスターのついた椅子を軽く動かす。

「ちょっとその……質問があって」

「なんでしょう？」

「いや、こういうのって本当は聞いていいのかわからないんですけど、チューバパートの選考基準ってなんだったんでしょう？　どうして初心者の釜屋すずめさんがAで、二年生の鈴木さつきさんがBなんだろうって、単純に不思議で」

机に積まれた書類の束を手で押しのけ、できたスペースに滝はマグカップを置いた。コーヒーの刺激的な匂いが久美子の鼻腔《びこう》に入り込む。

「アンサンブルコンテストのとき、北宇治の代表チームは部員投票で決めましたよね。そのとき、黄前さんは何を基準にクラリネット四重奏《アンサンブル》に決めましたか？」

全日本アンサンブルコンテストとはその名のとおり、重奏の演奏を対象としたコンテストだ。一編成あたりの人数は三人から八人、演奏時間は五分以内と決められている。北宇治は今年三月、アストラ・ピアソラの『革命家』を演奏したクラリネット四人が全国大会で銀賞を獲得した。

アンサンブルコンテスト初出場で華々しい結果を残せたのは、外部指導者である新《にい》山《やま》聡《さと》美《み》の存在が大きい。関西大会前、彼女は連日のように北宇治にやってきては四人に指導を行っていた。

「それは……やっぱり、完成度ですかね、全体の。ほかのグループも上手い子はたくさんいましたけど、クラの子たちは音の全体像をよく見ていたというか……どこで引いてどこで出るか、自分の役割を理解して、音楽を作り上げているように思ったので」

「私もそれと同じです。オーディションでは当然、一人ひとりの能力を見極めるところから始めます。ただ、それだけでなく、全体の音楽バランスを考えて編成を組む必要があります。いくら飛び抜けて上手な子が多かったとしても、トランペットパートを三十人にする団体はいないでしょう？」

「全体のバランスを見たときに、釜屋すずめさんのほうがいいと思ったってことですか？」

「端的に言えばそうなりますね。彼女は確かに鈴木さんと比べてつたないところがありますが、とにかく音が素晴らしい。美しさをキープしたまま大きな音を出せるのが彼女の強みです。音域が狭いのは今後の課題ですが、今回の課題曲、自由曲で高音域が必要な箇所はP《ピアノ》なので、そこは吹かないでもらえばいいわけですし」

「でも、演奏って音量がすべてじゃないと思うんですが。技術的な面もありますし」

「ですが、人数に上限がある以上、音量は相当に大事ですよ。土台となるチューバとなれば、とくに。後藤君がいなくなって今年はチューバを四人にしなければならないかと悩んでいましたが、彼女のおかげでなんとか形になりそうです。超絶技巧だけが奏者の能力を示すものではないと私は考えていますよ。奏者側には納得しづらい判断かもしれませんが」

隙のない回答に、久美子は口をつぐんだ。滝のなかで合理的な判断がなされていたのならば、それに異を唱えるのはナンセンスだ。ただ……と思考が言葉にならぬよう、久美子は片手で自身の口元を覆う。

自分は本当に、滝に言われるがままに動いていていいのだろうか？

「滝先生は、私たちを全国に連れていってくれるんですよね？」

「その言い方は正しくないですね。正確に言うならば、全国には皆さんの力で行くんです。私だけでは何もできません。音楽を作るには奏者がいなくては」

滝の頭のなかでは、きっと理想の音楽がすでにできあがっているのだろう。彼の望む音楽を求めて、部員たちはこれまで努力を重ねてきた。

滝先生、どうして私をソリに選んだんですか。こう問いかけることは可能だった。ここにはほかの吹奏楽部員はおらず、聞き耳を立てられる可能性も少ない。滝は奏者としての力量のよし悪《あ》しで自分をソリストにしたのか、それとも部がまとまることを優先して自分をその位置に置いたのか。湧き上がる疑念を、久美子は唾とともに飲み込む。

　わかっている、頭ではわかっているのだ。滝がそんなことをするはずがない、と。それなのに、負の思考が脳を渦巻いて消えてくれない。

　彼の薄い瞼が弧を描き、柔和な笑みを形作る。

「京都府大会でのユーフォのソリ、楽しみにしていますね」

「……はい」

　いつもならうれしいはずの言葉も、今日ばかりは素直に受け取れない。ガラリと閉じる扉の音が、なぜだかやけに耳に残った。

「うわっ」

「ソリ、やったやん」

　職員室から出た途端、廊下にいた麗奈に声をかけられた。その場で飛び上がってしまったのは、麗奈がパート練習室にいると思い込んでいたからだった。ふっ、と吐息混じりの笑みをこぼす麗奈を、久美子は直視することができない。先ほどの滝との会話を聞かれたのではないかと気が気じゃなかった。

「どうしたの、こんなところで」

「普通に、来週の進路相談の件で職員室に用があっただけやけど。むしろ、久美子はなんでここに?」

「いや、滝先生とちょっと、」

「ちょっと?」

語尾を濁す久美子に、麗奈は遠慮なく続きを促してくる。薄氷の厚さにも満たない、滝に対する微かな不信感。麗奈には、それを悟られたくなかった。

久美子は無理やりに自身の瞼を上げてみせた。快活な表情になるよう、笑みを繕う。

「ほら、京都府大会がもうすぐ始まるでしょ? 夏休みもあるから、どこまで予定詰めるかを相談してたの」

「部長だけで? 副部長もドラムメジャーも抜きで?」

「まあ、それも部長のお仕事だからね。オーディションも終わって、これから本気モードだしさ。まずは京都府大会、絶対に突破したいじゃん」

「ふーん。まあでも、本当に正直に言えば、京都府大会は問題ないでしょ。アタシらには滝先生がついてるんやから」

夜闇に差し込む月光のように、麗奈の瞳がきらりと輝く。そのまばゆさに、久美子は一瞬息を呑んだ。信頼をにじませる彼女の言葉が、隠したはずの後ろめたさを刺激する。

「そう、だね」

「オーディションメンバーも納得やし、今年は去年よりも実力が上がってる。一年生の子から三年生まで、みんなしっかりと力をつけてるわ。初心者でも戦力になるまで上がってきた子もいる。全国大会までこの調子で突っ走っていけたら、絶対に金賞取れるってアタシは確信してる」

「こわーいドラムメジャーもいるしね？」

「それを言ったら、そんなドラムメジャーと仲良しな部長もおるし」

顔を見合わせ、二人は同時に笑い出した。肩を揺らす麗奈の手には、折り畳まれた白い紙がひっそりと収まっていた。


もし、北宇治が京都府大会から先に進めなかったら。

もし、自分が吹奏楽部の部長にならなかったら。

もし、自分が北宇治に入っていなかったら。

戯れのように、仮定が頭のなかを飛び交っている。真剣に悩んでいるわけじゃない。ただ、針孔《めど》くらいの小さな不安が、じわじわと脳内をむしばんでいる。考えても無駄なことに異様に固執するのは、いまの自分に満足できていないからだ。

「黄前は、将来のビジョンが描けていないんだな」

「……はい」

夏休みを直前に控えた放課後、三年生の教室では二者面談が行われていた。二者面談期間中は各教室が使用できなくなるため、吹奏楽部員は体育館を借りて基礎練習を行っている。合奏中の指示出しは、ドラムメジャーである麗奈の仕事だ。

久美子の担任教師である松本美知恵は背もたれに身を預け、静かに息を吐き出した。耳にかかる髪には、白髪が交じっている。

「美知恵先生は、どうして学校の先生になろうと思ったんですか？」

「安定した職に就きたかったからだな」

「えっ、それだけですか」

「それだけだが？」

予想外の答えに面食らう。美知恵のことだから、もっとちゃんとした理由があるのだと思っていた。

「もちろん、教師になってからいろいろと見えてきたものはある。やりがいだって感じている。だが、それを就職前に思い描いていたかというと別の話だな。仕事のいいところも悪いところも、実際に働き出してから気づいたことばかりだ」

「美知恵先生がそういうタイプって、ちょっと意外です」

「そうか？」

「なんというか、いろいろとピシッとしてそうなので」

「人生なんてものは、設計図どおりにはいかないものだ。未来を空想するのもいいが、机上で考えるよりも実際に足を踏み出したほうが得るものが多いこともある。黄前はやや考えすぎるきらいがあるな。それが悪いとは言わないが」

窓を背にした美知恵の身体が差し込む日差しを遮っていた。大人の形を描く影に、自身の身体が呑み込まれている。そのことに、なぜだか少しほっとする。

「やりたいことがわからないんです。昔から流されがちというか、誰かに決めてもらった目標に向かって頑張るのは好きなんですけど。友達みたいに明確なビジョンを持てなくて……」

「実際、どうなりたいかを考えて動ける人間は少ないだろうさ。黄前はまだ若いし、未来がある。なれるものの選択肢を増やしておきたいと思うなら、大学進学という選択はいいと思うがな」

そう言って美知恵が取り出したのは、先日提出した進路調査票だった。進路希望に書き込んだ三つの大学名は、そのどれもが京都にある。いまの自分と同じ学力レベルの学校だ。

「でもそれはべつに本気で行きたい大学ってワケじゃなくて、これが無難だろうなぁと思っただけなんです。何を勉強したいって希望もないし、何をしたいって目的もなくて。それなのに、大学って進路をなあなあで決めている自分が好きじゃなくて」

「学部名、空欄だしな」

「そうなんですよね。大学名まではイメージできても、なかなか……」

「そうは言っても、もう夏休みに入るからな。やりたいことが決められないなら逆に、やりたくないことから道を決めていくのもひとつの手だ」

「やりたくないこと、ですか？」

将来を考えるワードとしてはネガティブすぎる気がする。困惑が顔に出たのか、美知恵は薄く微笑した。

「自分が嫌なことを避けられるかどうかで、生きやすさは決まる。立ち向かうことも大事だが、意外と避けてもやっていける。若いうちはプラスばかりを追い求めがちだが、マイナスを減らす考え方も間違いではないということだ」

おもむろに、美知恵が進路調査票の上に紙を重ねる。Ａ４サイズの紙に印刷されていたのは、京都府内にあるいくつかの大学名とその学部紹介ページだった。そのどれもが、久美子が調査票に書いたものより偏差値がやや高い。

「これは？」

「黄前の参考になればと思ってな。興味がありそうなところをまとめてみた」

文学部、言語学部、社会学部、教育学部……並んでいるのは物の見事に文系ばかりだ。

「ありがたいです、すごく。こういう学部が私には向いてますかね？」

「向き不向きはともかく、日ごろの生活からだと黄前は人間に興味があるように感じていたからな。それに、黄前は数学や化学は苦手だろう？　国語や社会は得意なようだから、受験するときに文系教科が重視されるシステムの学科のほうが、相性はいいと思うぞ」

「それは本当に。数学重視の学校は厳しいです。でも、私の学力だとここらへんの大学ってちょっと厳しくないでしょうか？」

「何を言っているんだ。まだ夏休み前だぞ。これから勉強して上げていくに決まっているだろ。現状維持のままだとむしろ偏差値は下がるぞ。周りは勉強するんだから」

「ア、ハイ」

　あまりにもっともな意見だった。自分の発言が恥ずかしくなり、久美子は無意識のうちに背中を丸める。

　美知恵の指先が、コツンと机を軽く叩いた。

「さっきも言ったが、黄前はまだまだ若い。なれるものの選択肢はたくさんあるし、それらを早々に捨てる必要はもちろんない。だがな、迷いを怠けの言い訳にはするなよ。やらない理由を探す癖がつくと、いつか身動きが取れなくなるぞ」

　厳しい言葉とは裏腹に、その声色は優しかった。向けられた眼差しは、母親のそれによく似ている。

差し出された紙をかき集め、端と端を合わせて積み上げる。美知恵はほかの生徒にもこんなふうに親身になって進路相談に乗っているのだろうか。だとすれば、教師という仕事は本当にすごい。誰かの将来を自分のひと言が決めるかもしれない。その状況に、久美子なら耐えられないだろうから。

「夏休みの模試までには志望校を決めたいと思ってます。じゃないと、部活中もふわふわしちゃいそうですし」

「部長だからって、あまり気負いすぎないようにな」

「はい。ありがとうございます」

考えるより先に、久美子は頭を下げていた。この感謝の気持ちが、少しでも相手に伝わればいいと思った。

「では次、十二番行きます」

体育館の扉を慎重に開けると、隙間から麗奈の声が漏れ出した。パイプ椅子と譜面台が合奏隊形に並べられ、部員たちはAやBの区別なしにドラムメジャーの指示に従い練習に励んでいた。

指揮棒を振っている麗奈が口に出した数字は、基礎練習用の楽譜番号だ。短い楽譜はリップスラー、ロングトーン、ハーモニー、タンギングなど、それぞれの技法を特化して作られている。

体育館隅に置かれた楽器ケースを取り出し、久美子は一度そそくさと体育館から出る。音出しのあとのチューニング。管を抜き差しして微調整を行い、それから再び館内へと戻る。

「次、三十六番」

「はい」

麗奈が楽譜をめくる。椅子と椅子の隙間を縫い、久美子はようやく自分の定位置へとたどり着いた。久美子の左手の席には、真由、奏、佳穂の順番で部員たちが座っていた。

「一、二、三、四」

麗奈の指揮棒に合わせ、低音から順にド、ミ、ソ、と音を重ねていく。和音の練習だ。

「音、しっかり聞いてください。根音から、順番に行きましょう」

基準となる低音が、まずはしっかりと音を鳴らす。それに乗せるように、第三音、第五音を担当する楽器が音を奏でる。

麗奈が首を横に振った。

「しっくりこないなって感覚、わかりませんか。初心者の子、まさかチューナー見ながら吹いてませんよね」

麗奈の指摘に、数人の部員が肩を揺らした。どうやら図星だったらしい。額を押さえ、麗奈が軽くため息をつく。

「いいですか。チューナーは音程の高低を教えてくれるだけで、出すべき音を教えてくれる道具ではありません。いつでも真ん中のメモリを狙って吹けばいいってもんじゃなくて、頭を使わないと」

こうして始まるのは、麗奈の純正律講座だ。何度聞いたかわからない説明だが、音の高さを調節できることが管楽器の強みなのだと、麗奈は口を酸っぱくして繰り返している。

「この場合、第三音は少し低め、第五音は少し高めに吹くと完全に澄み切った音になります。音楽には理論があるわけで、ただ漠然と吹くのでは何回やったってよくなりません。コンクール曲でも伸ばす箇所はたくさんありますよね？　美しくないハーモニーに違和感を持つ耳を作る。一年生はその点をしっかり意識しましょう」

「はい！」

「では、もう一度」

三年生になってから、麗奈は少し辛抱強くなった。ユーフォニアムを構え、久美子は指揮棒を振る親友を見上げる。

彼女は最初からわかっているのだ。一人では、全国には行けない。

「いやだから、なんでさっき言ったことができひんわけ？　もう一回！」

ガンガン、と指揮棒で譜面台を叩く麗奈に、久美子は内心で苦笑する。辛抱強くなったという評価は、撤回すべきかもしれなかった。

＊＊＊

床に敷き詰められた毛布に、木製の足場を積んでいく。本番と同じ座り位置になるよう調整し、Ａメンバーたちは滝が現れるのを待つ。

夏休みに突入し、部員たちの生活はますます慌ただしさを増した。京都府大会は八月の前半、本番なんてあっという間にやってくる。

目線を上げると、澄んだ夏空が窓の形に切り取られていた。質感のある入道雲が空をゆっくりとよぎるのを、久美子は音を出しながら眺めている。夏服の白で覆われる音楽室、毛布の少し埃っぽい匂いと、それに混じる制汗剤の甘酸っぱい香り。それらすべてが、久美子に夏を実感させた。

「では、もう一度」

低く落ち着いた声が、音楽室に響き渡る。滝がスコアをめくるたびに、パラパラと紙がこすれる音がした。彼の隣では、外部指導者である橋本真博《はしもとまさひろ》と新山聡美が着席したまま演奏に耳を傾けている。

今年の北宇治は、何もかもが早い。例年だと夏合宿の時期にやってくる二人も、今年は夏休み開始直後から指導を行っている。木管担当の新山、パーカッション担当の橋本、そして金管担当の滝。三人の役割分担は、二年前から変わらない。

「そこ、トロンボーン、ユーフォ、ホルンでもう一度」

「はい」

楽器を構え、マウスピースに息を吹き込む。視界の左側で、銀色のユーフォニアムがキラキラと光を弾いて輝いている。長い黒髪が揺れるたびに、脳裏に赤色が一瞬ちらつく。それを意識から追いやるように、久美子は足裏に力を込めた。

「それでは、今日の練習を終わります」

「ありがとうございました！」

練習を終え、音楽室は慌ただしくなる。早々に帰宅する子や残って練習する子。自主練習に関する判断は自由だが、残って練習する部員のほうが比率は高い。九時から十七時が決められた部活動時間で、それ以降、どこまで残るかは各自の判断に委ねられている。

「塚本、帰るんけ？」

サックスパートの席からちかおが揶揄《やゆ》するような声を飛ばす。声をかけられた当の本人は、すでにバッグを肩にかけていた。

「今日は夏期講習あるから」

「勉強とかやっぱ」

「いや、お前も受験生やろ。やれや」

「俺は推薦やし大丈夫」

「余裕こいてコケても知らんからな」

軽やかな会話が頭上で交わされる。秀一のように塾や予備校に通っている生徒も多く、そうした生徒たちは早めに帰宅することが多かった。ちなみに、秀一の親友と噂の瀧川ちかおは、おちゃらけた言動と裏腹に練習態度は至極真面目だ。

「久美子、鍵閉めよろしくね」

身支度を終えた麗奈が軽く手を振る。今日はトランペットのレッスン日らしい。

「りょーかい。また明日ね」

「うん、また明日」

去り行く麗奈の後ろ姿を見送り、久美子はその場から立ち上がった。ふたつ隣の席に座る奏が、真由の頭を避《よ》けるようにしてこちらに声をかけてくる。

「久美子先輩は今日は何時まで残る予定なんです？」

「十九時くらいかなぁ」

「そうですか。ちなみに、いまからどこに？」

「個人練習したいから、人けのないところ探そうかなぁって。あ、もしかして奏ちゃん、一緒に練習したい箇所とかあった？」

「いえ、大丈夫です。ただ、久美子先輩がどうするのか気になっただけですので」

うふ、と奏がいつものごとく妖《あや》しげな微笑を浮かべる。深入りしては相手の思うつぼなので、久美子は「はいはい」とあしらうに留めた。

右手にはユーフォを、左手には譜面台を。そして、脇に楽譜ファイルを挟み、久美子は音楽室をあとにした。


体育館裏の非常階段は穴場スポットだ。体育館をほかの部が使用していないときだけという条件はあるものの、人の少ない場所で思う存分練習することができる。

コンクリートに囲まれた小さな空間で、久美子は折り畳み式の譜面台を組み立てる。仕切りのすぐ向こう側では、若々しい葉をたっぷりとまとった木が、気持ちよさそうに青空に枝を伸ばしていた。春ごろは薄桃色の花弁で彩られていた桜の木も、夏になるとほかの木とそう大差ない見た目となる。

息を吸い込み、まずはロングトーンから。楽器全体に空気が回るよう、意識して息を吹き込む。ピアノからフォルテへ、ゆったりとしたクレッシェンド。美しい音色を心がける。

軽く唇を動かしたあとは、自由曲を頭から順に追っていく。得意なところと好きなところは同じじゃないし、苦手なところと嫌いなところも別だったりする。

久美子が自由曲でいちばん好きなのは、やはりトランペットとのソリだ。シンプルに美しいだけでなく、どこか物悲しさを感じる旋律。寂しいという感情を結晶化したら、きっとキラキラと綺麗だろう。第三楽章にはそれに近い、どこか陰のある美しさがある。

自由曲を吹き終え、久美子はユーフォニアムを下げる。夏休みに入り、吹く曲と言えば課題曲と自由曲ばかりになってきた。『キャット・スキップ』も『一年の詩～吹奏楽のための』もどちらも好きだが、それでも繰り返し吹いていると気晴らしにほかの曲も吹きたくなる。パラパラと楽譜ファイルをめくってはみたものの、久美子が選んだのは結局いまここにない楽譜の曲だった。

柔らかな音。夏の日差しを色づけるように、空気がゆったりと振動する。風が吹くたびに揺れる緑色の葉、その下に浮かび上がる木漏れ日は万華鏡みたいに瞬きするたびに模様が変わる。流れる曲の名は、『響け！　ユーフォニアム』。田中あすかが久美子に託してくれた曲だった。

二年前のあすかに、いまの自分は追いつけているのだろうか。一年生のころ、先輩は皆、大人に見えた。あのころの彼女のように、自分は見えているのだろうか。北宇治を引っ張る部長にふさわしいと、認められているのだろうか。

カサッ、と近くから衣《きぬ》ずれの音が聞こえ、久美子はとっさに演奏を止めた。楽器を下ろして階段下をのぞき込むと、ばつの悪そうな顔で真由がこちらを見上げていた。

「どうしたの、真由ちゃん。何か用でもあった？」

「用というほどのものでもないけど、個人練習の場所を探してたらユーフォの音が聞こえてきたから」

その言葉どおり、彼女の右手には銀色のユーフォニアムが提げられていた。

「練習、邪魔しちゃった？」

「そんなことないけど」

「久美子ちゃん、いつもここで吹いてるの？」

「体育館に人がいないときだけ。怒られちゃうから」

「ふうん、そうなんだ」

非常階段を上がる真由は、久美子がいる踊り場のひとつ下の段で足を止めた。

「ここ、春は桜が見えるんだね」

「綺麗だよ、毎年」

「そうなんだ。じゃ、卒業式が楽しみだな」

手すりに左手をかけ、真由はわずかに目を細める。長い黒髪が風に乗ってなびいたが、彼女はそれを押さえようともしなかった。

「ね、久美子ちゃん」

「ん？」

「さっきの曲、なんて曲なの？　すっごく素敵だなって思ったんだけど」

ごくん、と自分が唾を飲み込む音がやけにはっきりと聞こえた。こちらを振り返る真由の表情からは、一切の悪意を感じない。自分の心に忠実な、素直な言葉だった。言い渋る理由はない。それなのに、久美子は本能的な不快感を覚えた。視界の端で、銀色のユーフォニアムが影へと溶け込んでいる。

「教えるほどの曲じゃないっていうか……うーん、ただの気まぐれで吹いてただけで」

「もしかして、久美子ちゃん作曲？」

「まさか。人から教えてもらった曲だよ」

「そうなんだ。先輩?」

「まあね」

真由のことは好きだ。いい子だと思う。だが、踏み込まれると抵抗がある。距離を縮めることに、困惑する自分がいる。

真由の白い頬に、数本の黒髪が張りついていた。それを指で払い、彼女は静かに微笑した。

「ごめんね、練習の邪魔して。そろそろ私も練習してくる」

「うん。あ、この先の校舎裏とか空いてるから、そこがいいかも」

「ありがとう、久美子ちゃん」

ペタペタと足音を立て、真由が階段を下りていく。長い黒髪を揺らすその後ろ姿が、自然とあすかに重なった。


個人練習、パート練習、合奏練習。同じサイクルを繰り返しているうちに、気づけばコンクール目前となった。

今年は明らかに、去年と比べて演奏の質が高い。重なる音が、響く旋律が、それを証明してくれている。やはりコンクールに向けた練習を早めに始めた影響が大きいのだろう。五十五人分の席が用意された音楽室を、久美子は見回す。

本番前ということもあり、練習後に残っている生徒の数も多い。楽譜に向かう葉月の姿を見つけ、久美子はわずかに頬を緩めた。

「ねえ、久美子。ソリのところ一緒に練習しいひん？」

後方に座っていた麗奈が、首を伸ばすようにしてこちらに話しかけてくる。久美子は振り返り、譜面ファイルを軽く振る。

「いいよ。ここでやる？」

「廊下がいい。ここやとほかの音がうるさいし」

「了解」

「先、出とくね。外で待ってるから」

麗奈はそう言って、トロンボーンの生徒の足をまたぎ、廊下へと進んでいった。トランペットは小さいから移動するにも邪魔にならない。久美子はユーフォニアムの端をぶつけないように注意を払いながら、真由と奏のあいだを縫うようにして移動する。

「久美子先輩、しばらく廊下ですか」

通りやすいように気を遣ってくれたのか、奏は楽器ごと足を手前に引いた。

「うん、吹いてくる」

「わかりました。いってらっしゃい」

見送られ、その場から立ち去ろうとしたそのとき、久美子の耳にユーフォニアムのフレーズが飛び込んだ。確認しなくともわかる、トランペットとのソリ部分だ。演奏しているのは真由だった。

「黒江先輩、どうしてこのタイミングでその箇所を練習するんですか？」

「え？　だって、関西大会前になったらまたオーディションがあるでしょう？　私、変なことしたかな」

「変なことって――いえ、もういいですけど」

「もし変だと思ったら、ちゃんと指摘してね。私、全部直すから」

はあ、と奏のわざとらしいため息の音が明確に聞こえる。二人きりの会話を聞くのは初めてで、心臓が不安でドキドキした。この二人、もしや相当に上手くいっていないのだろうか。

「久美子、まだ？」

我慢できなくなったのだろう、麗奈が廊下から顔を突き出している。久美子は慌ててユーフォの管をつかむと、廊下へと歩き出した。

「今年の北宇治高校の出場順は、一番となりました」

朝のミーティングの最中、滝から放たれたひと言に音楽室からは悲鳴が上がった。

「何がダメなんです？」と初心者部員である佳穂が首を傾げる。奏が声を潜めてそれに答えた。

「トップバッターというのは評価基準にされてしまうので、あまり歓迎されませんね。朝が早いので、当日に練習する時間も減ってしまいますし」

そして、何より懸念されるのが、早朝に起きることで発生する体調トラブルだ。いつもより早く起きることで狂う生活リズム、本番に対する緊張、ストレス。それらの要素が絡み合い、本番で百パーセントの力を発揮することができない生徒も珍しくはない。

「時間が早くなることの対策として、本番一週間前から練習開始時刻を早めます。とにかく本番まで、体調管理に気をつけてください。いくら頑張ろうという気持ちがあっても、それが本番で発揮できなければ意味がありません。無理しない、無理させない、無理強いしないの三本柱でいきましょう」

「はい！」

自分たちのいまの演奏に、手応えはある。実力の百パーセントと言わずとも、普段の八割の力が出せれば関西大会に進出できるだろう。逆に言えば、いくら仕上がっていようとも、たった一回のミスですべてが崩れるかもしれない。どんな強豪校にも、本番の怖さはつきまとう。

滝が幹部役職の三人のほうを向き、微かに首を傾けた。

「何か伝えておくことはありますか？」

その言葉に、麗奈が真っ先に前に出る。久美子と秀一の顔を見るより先に、彼女は口を開いていた。

「演奏順が一番ということは、審査員やお客さんの耳にその日最初に入るのは北宇治の演奏だということです。さらぴんの状態で聞いてもらえるというのは、アタシはメリットやと思っています。最初に聞いた演奏が最高やったわって言ってもらう気持ちでいきましょう」

「はい！」

「副部長からは、食事の注意ぐらいやな。前日、ゲン担ぎとか言って普段と違うもん食べると危ないから気をつけて」

「はい」

「じゃ、最後に部長からひと言頼むわ」

秀一の手が、軽く久美子の肩を叩く。それだけで少しドギマギして、そしてそんなふうに動揺する自分が嫌だった。手の甲を軽くつねり、久美子は息を吸い込む。

「えっと、ついに本番も近づいてきました。四月に一年生が入部してくれてから、長いようで短い時間だったように思います。北宇治は強豪校みたいな感じの見られ方をするので、どうしても関西大会に行くのが当然みたいな空気になりがちです。でも、きちんと目の前にある本番と向き合わないと、絶対に後悔します。次の大会に進むために、頑張りましょう」

「はい！」

返ってくる声の勢いに安心する。全国に行きたい、その想《おも》いは皆同じだ。「どこがひと言やねん」という秀一の突っ込みに、周囲から柔らかい笑い声が上がった。それをごまかすように、久美子はコホンと咳払いする。

「当日の朝に遅刻しそうな子はパート内、もしくは友達同士で電話し合ってください。とにかく寝坊厳禁です、前日は緊張すると思いますが、しっかり寝ましょう」

「会場に一番乗りできるって思ったらうれしくなるのはわかるし、興奮して寝れへん子もいるかもしれんけどね」

そう告げる麗奈の顔は真剣だ。久美子は思わず肩をすくめた。

「そんなのでテンション上がるのは麗奈だけだよ」

とは言ったものの、やはり一番乗りというのは特別だ。大会当日、部員たちを乗せたバスはどの学校よりも先に会場へとたどり着いた。時刻は朝七時、普段なら家を出る時間の生徒も多くいる頃合いだ。ちなみに今日の集合時刻は午前三時で、もはや早朝というより夜に近かった。

『全日本吹奏楽コンクール　京都府大会』

張り出された白い紙。この文字を見るのは、ちょうど一年ぶりだ。こんなにも駐車場が空いているところを見るのは初めてだった。等間隔に植えられた街路樹。白とグレーのタイルで仕切られた中庭からは、コンクリート製の階段が伸びている。結果発表時にはいつも学生でごった返しているが、こうして人のいないときに見ると広々としているように感じる。

一番乗り、と久美子は口のなかで小さくつぶやく。麗奈の言葉どおり、確かに気分はすこぶるよかった。

「トラック来てるので、移動します。直前で故障トラブルがないように、くれぐれも丁寧に扱ってください」

「はい！」

久美子の指示に従い、部員たちが動き始める。演奏順が一番の特権は、十五分のステージリハーサルが行えることだ。さらに前の学校の演奏を聞かなくてすむという利点もある。

「もし忘れ物があった場合は、ごまかさずに早めに報告してください。本番まで時間がないので、何事も早め早めの対処でいきましょう」

パーカッションの部員たちが楽器を運んでいるあいだ、金管、木管パートのメンバーは指定された箇所で自分の楽器を組み立て始める。普段ならば待機場所にいる横を他校の部員が挨拶しながら通り抜けていくのだが、時間が早いためにそもそも他校の部員の姿が少ない。龍聖も立華も、午後から演奏することになっている。龍聖の特徴的な深緑色のブレザーを見なくてすむというだけで、緊張は少し和らいだ。他校を意識するなとは言われているが、それでも気になるのが人間の性《さが》だ。

「求くん、手が震えてる」

緑輝の声に、久美子は顔を上げた。半端に開いた楽器ケースの蝶番《ちょうつがい》がキイと小さくきしむ。

「緊張してるん？」

「……すいません。なんか、ここで終わったら緑先輩とコンクールに出ることはもうないんだって思ったら、急に吐き気が」

細い首筋を隠す詰襟。今日の本番の舞台に立つメンバーは皆、冬服を着用している。補助に回ってくれているBメンバーは夏服のため、識別しやすい。

緑輝は布製のカバーに収められたコントラバスを横へ置き、求の肩に両手を置いた。袖の紺色が学生服の黒に侵食する。長い膝丈のスカートに、無個性の白いソックス。先輩としての緑輝の振る舞いを、久美子は黙って見守っている。

「求くんは、お盆休みどうするの？」

「えっ、休みですか」

予想外の質問だったのか、求がたじろぐ。お構いなしに、緑輝は言葉を重ねた。

「そう。お休みの時間。緑は毎年、友達とプールに行ってるねん。求くんは？」

「僕は……多分、お墓参りに行きます。本当は一人で行きたいんですけど、車じゃないと行けなくて」

「ちゃんとお参りするなんて、偉いね」

「いや、行きたいから行ってるだけなんで、全然偉くないです」

「お墓参りは毎年の恒例行事なん？」

「毎年と言うか、季節が変わるたびに行ってます」

「そうなんや。じゃあ求くんにとってはそれが日常なんや。今日が終わって、明日になって、それが続いたら休みになる。そのときの求くんは、」

緑輝の踵が持ち上がる。その指先が、求の前髪に軽く触れた。おもしろいくらいに求が狼狽《ろうばい》したのがわかった。

「せ、センパイ？」

「求くんの目は綺麗やね。いろんなものを映してて。緑、求くんを見てると、もし弟がいたらこんな感じなんかなって思うねん」

「弟ですか」

「うん。落ち込んでたら励ましてあげたいなって思うし、元気そうやったらうれしいなって思う。求くんは緑のこと、お姉ちゃんみたいやって思う？」

緑輝の問いに、求は首を縦にも横にも振らなかった。

——緑先輩って、姉に似てるんです。

いつの日か告げられた言葉を、不意に思い出す。あれから一年近い月日がたった。求の緑輝に対する感情に、なんらかの変化はあったのだろうか。顔を赤くして硬直する求に、緑輝が屈託なく破顔する。

「どう？　緊張は解けた？」

「……はい？」

その語尾は裏返っている。えへへ、と緑輝が色気なんて微塵も感じさせない仕草で、くしゅくしゅと自身の髪をかき混ぜた。

「本番のことばっかり考えてたら気が滅入《めい》っちゃうかなぁって思って。ちょっとは気持ち悪いの、治ったんとちゃう？」

「あ、確かに気にならなくなってます。すごい、さすが緑先輩！」

「やろー？」

「一生ついていきます！」

目を輝かせ始めた後輩の後ろで、ぶんぶんと勢いよく揺れる尻尾が見える。天然って怖い、と久美子はこっそりと苦笑した。

「久美子先輩、手を動かさないんですか？」

隣でケースを開けていた奏が、呆れ混じりの眼差しを寄越す。「油断大敵ですよ」と揶揄する奏の言葉を聞き流し、久美子はケースからマウスピースを引き抜いた。

「では、チューニング。オーボエから」

「はい」

滝の指示に従い、梨々花がリードを口に含む。伸びる音に合わせ、木管、金管と順に音を上に乗せていく。空気が澄んでいるのか、今日は普段よりも音と空気の輪郭線がはっきりとしているように感じる。昨夜磨いたローファーの先を軽く動かすと、カタリと無機質な音が自分にだけ届いた。

開場前の観客席は、ほとんどが空席だ。本番と同じ格好、本番と同じ舞台。ただ、観客だけがいない。

「一回軽く通しましょう。課題曲と自由曲の第一楽章まで。楽器を替える人は、自分の動線も意識してください」

「はい」

滝の身を彩る、純白のタキシード。その胸元にはモスグリーンのハンカチが添えられていた。

膝にかかるスカート、きつく結ばれた黒髪。夏場に冬服をまとうことで、今日という日の特別さがよりいっそう強調される。金色のユーフォニアムの管を軽くなで、久美子は腹筋に力を込めた。


ステージリハーサルを終えると、次にリハーサル室へ移動する。音を出せるのはここが最後で、そのまま本番となる。

九時が近づき、会場にはお客さんが続々と集まっている。久美子の両親も、演奏を見に来ると言っていた。北宇治が京都府大会で終わるとは思っていない。それでも、ほんのわずかな不安の塊が脳の隅にこびりついている。

「では、出だし部分。何度かやります」

最後の音出し時間で、滝はいつも冒頭部分を繰り返し演奏させたがる。最初の出来ですべてが決まる、というのが滝の考えだ。

「三、四、」

滝の手の動きに合わせ、音が一斉に吐き出される。何度も何度もその繰り返し。春から練習してきた楽譜だ。何度やろうと、正確なタイミングで音楽が作られる。皆が気になる箇所をピックアップして、最後の確認を行う。不調の生徒はいない。

準備万端だ。

満足した表情で滝が指揮棒を下ろす。腕時計をちらりと見下ろし、彼は室内を見回した。

「いよいよ本番ですね。今日の日のために、皆さんはたくさんの努力をしてきました。全国大会金賞という目標を掲げてここまでやってきましたが、このステージはその第一歩目です。油断はいけませんが、皆さんならやり遂げられるということを私は知っています。記念すべきコンクールの、一番目。審査員や観客に、今年の北宇治はひと味違うというところを見せつけてやりましょう」

「はい！」

「では、幹部の三人。声かけがあればお願いします」

リハーサル室の扉の前では、スタッフの女性がニコニコと笑顔でこちらを見守っている。もしかすると、彼女もかつては吹奏楽部員だったのかもしれない。

移動している最中、「頑張ってくださいね」と奏がささやくような声で笑った。本番前だというのに、ずいぶんと余裕がある。

合奏隊形に近い形で並ぶ部員たちの列のあいだをすり抜け、久美子、麗奈、秀一は前へ出た。部長になってから何度となくこうして部員たちに語りかけてきたが、それでも本番前の緊張感はこれまでと比べ物にならない。歯を見せて笑う葉月が、弓を軽く持ち上げる緑輝が、久美子の逸る心臓《はや》を少しだけ鎮めてくれた。

「では、アタシから」

最初に口を開いたのは、やはり麗奈だった。いつもは肩へ流れている黒髪を、彼女はひとつにきつく結んでいる。上へと引っ張られた髪からのぞくうなじを、久美子はなんとなく横目で追いかけた。

「昨日の夜は、ついにこの日が来たんやと思ってなかなか眠れませんでした。アタシにとってこれが、三度目の京都府大会です。春からずっとキツいことも言うてきたし、しんどい思いもさせてきたと思います。それもこれも、全部が今日のためです。絶対に後悔しいひんよう、本気でぶつかっていきましょう」

麗奈の言葉は、一つひとつが力強い。空気を熱し、士気を上げる。「はい！」と響く返事の声は、明らかに先ほどよりも威勢がよかった。

興奮で頬を赤らめるすずめが、ぎゅっと自身の袖口を握り締めている。それに気づいた美玲が、そっと彼女の背に手を回した。

「副部長からは、とにかく本番を楽しもうということだけです。橋本先生がよく言ってはるけど、音を楽しむと書いて、音楽です。せっかくの本番やねんから、楽しかったって思い出を残してほしい。本番、楽しんで演奏しましょう」

「はい！」

秀一らしい言葉だ。彼はとにかく優しい。副部長となってからも、彼の基本的な行動理念は変わらない。

「部長、いつものやつ」と隣にいる久美子に秀一が耳打ちする。それを見た麗奈の顔が、一瞬だけ般若《はんにゃ》みたいに引きつった。「ほんまそういうとこ、ないわ」と麗奈は部員に聞こえない程度の声量で毒づく。多分、秀一には聞こえていた。

二人のあいだに流れる険悪なムードをごまかそうと、久美子はわざと大きな音を立てて咳払いをした。久美子が口を軽く開けるだけで、部員の視線がすっと集まってくる。注目されている。その状況に、久美子はいまだ緊張する。

「滝先生と、そしてこの五十五人で、私たちは本番の舞台に立ちます。支えてくれたBメンバーや保護者の人たちに、努力の成果を見せましょう」

「はい！」

「それでは、いつものやつやります——北宇治ファイトー」

「オー！」

一斉に拳が突き上げられる。その勢いに、久美子は思わず頬を緩めた。自分たちならやれる。不思議と、そうした確信があった。

「北宇治高校の皆さん、お時間です」

スタッフの言葉とともに、厚みのある扉が開く。薄暗い通路を通り抜ければ、すぐに大ホールだ。

「では、順に移動してください」

滝の指示に従い、部員たちは合奏の形を崩さないまま通路へと進んでいく。上座側に着席するチューバやコントラバスは、ほかの楽器よりも先にリハーサル室を出る。

「葉月先輩、頑張りましょうね」

「みっちゃんもすずめちゃんも、ばっちり決めたろな」

「もちろんです」

ひそひそと話す三人の後ろに続くように、ユーフォニアムも移動する。両腕で抱えるようにしてユーフォを持つ真由が、背後からそっと久美子に語りかけた。

「私、北宇治として本番に立つんだね」

「そりゃあ、真由ちゃんは北宇治の一員だし」

「ふふ、なんだか不思議な感じだよ」

振り返ると、微笑する真由と目が合った。目尻になるほど下がる両目、うっすらと弧を描く唇。凹凸の少ない顔立ちのせいだろうか、その微笑はひどく寂しそうに見えた。

「……真由ちゃん？」

「頑張ろうね、本番」

「あぁ、うん」

踏み込むべきか、留まるべきか。与えられた時間は刹那で、逡巡する隙すら与えず真由の心の扉は閉まってしまった。彼女は多分、意図的に何かを隠そうとしているのではない。あすかのように本心を大人の仮面で塗り固めているわけでも、奏のように大人びた自分を演出しているわけでもない。ただ、いい子というひと言で表すには、何かが異質なのだ。

「久美子先輩、早く歩いてくださいよ」

真由のさらに後ろにいた奏が、せっつくように唇をとがらせた。自身の歩みが鈍くなっていたことに気づき、久美子は慌てて足を動かす。

右手に提げたユーフォニアムを握り締め、久美子は唾ごと違和感を飲み込んだ。真由のことを気にしていても仕方がない。本番は、もうすぐそこだ。

「続いての演奏は、プログラム一番、京都府立北宇治高等学校の皆さんです。課題曲Ⅳ、自由曲は戸川ヒデアキ作曲『一年の詩　～吹奏楽のための』、指揮は滝昇です」

アナウンスとともに、部員たちがスタンバイを始める。演奏台に座り、久美子は譜面台にファイルを置いた。さんさんと、視界を燃やすスポットライト。ローファーの底がすれる音。足の裏に走る感覚。ティンパニの表面がわずかに振動する気配。膝にのせた楽器の重み。緊張を押し殺す部員たちのまばらな吐息。舞台を構成するすべてが、この一瞬を鮮やかに彩っている。

滝が腕を上げる。それに合わせ、部員たちは楽器を構える。マウスピースの冷えた感触が、唇に軽く押しつけられる。——ついに来た。北宇治の運命を決める、十二分間が。

そして、指揮棒は振り下ろされた。

久美子にとって高校生活最後のコンクールが、いま、始まる。

【北宇治幹部ノート】

八月　第二月曜日　　　　　　　　　担当者　黄前久美子

まずは、コンクールお疲れ様でした。一番だったこともあるけど、とにかく長い一日だったね。もう、発表までの時間が永遠に感じたよ……。なかには他校の演奏中に寝てた子もいたので、そこらへんは注意案件だと思う。でも、朝三時集合だったもんね、そりゃ眠たいよね。美知恵先生の小言が少なかったのはそれが理由かなと思います。

さてさて、そしてそして、

京都府立北宇治高等学校　金賞　代表決定！

おめでとう。多分テンション上がってるせいで、文章もちょっとはしゃいでるかも。ドキドキしすぎて、結果を見た瞬間、倒れ込んじゃってごめんね。本当にホッとした。関西大会に行けるとは思ってたけど、それでももしかしたらって不安だった。関西行きは、龍聖学園と立華だったね。やっぱりというか、納得というか……とにかく、北宇治が次のステップに進めてよかった。

関西大会まで時間もあとちょっとしかないけど、できる限りのことはしたいよね。去年みたいに悔しい思いをしたくないし、絶対に全国に行きたい。北宇治で、みんなで、全国金賞を取りたい。これから先、合宿もオーディションもあるし大変かもしれないけど、幹部三人でほかの子たちのフォローとか頑張っていきましょう！

コメント
祝！　関西大会進出！　とにかくいまは喜びを噛み締めとこ。（塚本）
関西で喜んでる場合じゃないでしょ。気を緩めないように。（高坂）

エピローグ

塾からの帰り道、秀一は自転車を押して歩いていた。京都府大会が終わった数日後、盆休みとして与えられた休日はほぼ夏期講習で埋め尽くされている。

夜の十時を過ぎ、辺りはすっかり暗い。ほとんど人通りのない道路は静寂に満ちているが、駆け抜けるバイクの喧騒がときおり静けさを遮った。柳の木を照らすライトは橙色に近く、浮かび上がる宇治橋はなんだか不気味だった。

キュルキュル、と使い慣れた自転車から短いうめき声が上がる。普段ならば全力で自転車を漕いで帰宅する秀一だが、この日はそんな気分ではなかった。横断歩道を渡り、わざわざ遠回りをしてまで宇治橋を歩こうとしている。カゴのなかに乱雑に放り込まれたバッグは、車輪が小石を踏みつけるたびに憤慨した様子で身を揺する。飛び出しそうになる筆箱を手で押さえ、秀一は足を進めた。

宇治橋をちょうど渡り終えるか終えないかというタイミングで、不意に正面からまばゆい光を浴びせられた。

「こんな時間に何やってるん？」

聞き慣れた少女の声と、橋の下から聞こえるゴウゴウという川の流れる音。聴覚が同時に刺激され、秀一は眉間に皺を寄せた。相手はすぐにわかった。

「高坂こそ、何やってんねん。女子一人で歩くには危ない時間やろ」

彼女の手のなかで、スマートフォンがくるりと回った。真っ白なカットソーに、七分丈のデニムパンツ。私服姿の彼女は、制服のときよりどこか大人びて見える。

「いまから家へ帰るところ。ピアノのレッスンがさっき終わったから」

「はぁ？　親は迎えに来うへんのか」

「これぐらいの距離で迎えなんて必要ないでしょ」

「うわー、さすがの俺でも心配になるわ。あかんやろ、こんな時間に一人は」

「それ、思いっきり塚本にも当てはまるんやけど」

「俺はチャリやしな。送ったるわ、とりあえず家の近くまで。事件とかあったら嫌やし」

「久美子に怒られそう」

「なんでやねん。べつに怒らんわ」

秀一の言葉に、高坂は「どうだか」とからかうような声で言った。彼女と会話するといつもこれだ。結局ペースを持っていかれる。

「で、なんで塚本はここにいたの」

「塾からの帰り」

「いや、そうじゃなくて。なんで宇治橋のこっち側に来てたのって話。塚本、JR宇治駅の近くの塾に行ってるんでしょ？　しかも自転車を押して歩いて。不自然すぎるやん」

「あー……家、あんまり早く帰りたくなくて」

「なんで？」

「母さんがぐちぐちうっさいから。なんか、イライラしてまうねんな、注意とかされると。あとから考えたらなんでそんなムカついたんかわからんような、ほんまに些細《ささい》なことやねんけどさ」

「ふうん。反抗期か」

わかったような顔で、高坂は軽くうなずいた。自分の精神の揺れをひと言で片づけられたことに、秀一は少し不満を覚えた。

自転車のハンドルを握り直し、秀一は高坂の顔を見下ろす。

「高坂はないんか。親への不満とか」

「親にはないかな。部員にはたまにイライラするけど」

「さすが、鬼のドラムメジャー」

「仏の副部長はもう少ししっかり叱ることもしなさいよ。塚本のせいで、久美子に負担かかってるってところもあるんやから」

「俺のせいって？」

「無自覚なふりするにはちょっと露骨すぎるでしょ。頑なに久美子を『部長』って呼んでるのは、意地張ってるん？」

痛いところを突かれ、秀一は黙り込んだ。フン、と高坂が鼻を鳴らす。

「副部長、やらんでもよかったんやで。それやのに引き受けたのは塚本やろ？　大事なところで逃げ出さんといてや」

「それは……肝に銘じておく」

「銘じるだけじゃあかんやろ。行動で示さな」

「ハイハイ」

一本道の向こう、行先はふたつに分かれている。高坂は一歩前に進み出ると、「ここでいい」ときっぱりと言い放った。夜道を女子一人で歩かせることには抵抗があったが、高坂がそんな秀一の意見を聞き入れるわけもない。

自転車カゴの奥へ鞄を押し込み、秀一はため息に似た吐息を漏らす。冬ならば白く染まっていただろう空気が、夏の夜に消えていった。

「塚本、」

サドルにまたがったところを呼び止められ、秀一はペダルから片足を離した。地面についた右足が、一瞬だけふらつく。

「なんやねん」

「送ってくれた礼を言わなきゃと思って。ありがと」

「べつにこれぐらいなんともないけど」

「塚本って、ほんまよくも悪くも優しいなって思ったわ」

「褒められてるように聞こえへんねんけど」

「だって褒めてへんし。今回はアタシやから特例で見逃すけど、ほかの女子やったらアウトやから」

「はいはい」

「久美子のこと、泣かさんといてや」

むしろ泣きたいのはこっちのほうや。浮かぶ本音を、秀一はすんでのところで呑み込んだ。高坂に言ったとしても、ただの言い訳としか思われないだろう。

「高坂こそ、部長に迷惑かけるなよ」

戯れに発した言葉は、単なる意趣返しだった。高坂は何も言わず、ただ黙って踵を返した。その背にかける言葉など持っているはずもなく、秀一は自転車のペダルを思い切り踏み込む。

分かれた道を、二人は別々に進み始めた。

この物語はフィクションです。作中に同一の名称があった場合でも、
実在する人物、団体とは一切関係ありません。

本書は書き下ろしです。

高校生活最後の
コンクールに挑む久美子たち。
たび重なるオーディションに、
部員たちの気持ちは揺れ動く。
はたして久美子たちは
念願の全国大会金賞を
成し遂げることはできるのか……!?
そして、それぞれの道へ――。

Sound! Euphonium
響け！ユーフォニアム
北宇治高校吹奏楽部、
決意の最終楽章
後編
Ayano Takeda
武田綾乃
2019年
6月
発売予定
宝島社
文庫

武田綾乃（たけだ・あやの）

1992年、京都府生まれ。
2013年、第8回日本ラブストーリー大賞隠し玉作品『今日、きみと息をする。』（宝島社文庫）でデビュー。他の著書に「響け！ ユーフォニアム」シリーズ（宝島社文庫）、『石黒くんに春は来ない』（イースト・プレス）、『青い春を数えて』（講談社）、『その日、朱音は空を飛んだ』（幻冬舎）、『君と漕ぐ　ながとろ高校カヌー部』（新潮文庫 nex）がある。

宝島社
文庫

響け！ ユーフォニアム
北宇治高校吹奏楽部、決意の最終楽章
前編
（ひびけ！ ゆーふぉにあむ
きたうじこうこうすいそうがくぶ、けついのさいしゅうがくしょう　ぜんぺん）

2019年5月1日　第1刷発行

著　者　武田綾乃
発行人　蓮見清一
発行所　株式会社 宝島社
〒102-8388　東京都千代田区一番町25番地
電話：営業 03（3234）4621 ／編集 03（3239）0599
https://tkj.jp
印刷・製本　株式会社廣済堂

ISBN978-4-8002-9399-2